夫人拈花惹草

5

完

風文創 795

桐心 著

目錄

第四十一章

盛城的春天比平安州來的晚一些，天還沒有暖起來。城牆上的冰層還在，雖然正在一點一點的消融，但是依然能看見當日冰封城牆的景象。

太陽的光照在城牆上，又被反射回來，好似整個盛城放著亮光一般。

常江騎馬跟在宋承明的身邊，抬手指著盛城的方向。「主子，像不像仙城？都說天上的宮殿是玉石堆砌的，可我覺得，還是沒有咱們的盛城好看！」

「天上的仙城，哪裡抵得上人家繁榮富貴？」宋承明打馬往城裡奔去。

不到城門口，就看見哨樓上的人揚起了紅色的小旗。

緊跟著，城牆上傳來歡呼之聲，一聲高過一聲的歡呼，顯示著他們是多盼望遼王的歸來。

宋承明打著呼哨，進了城。

五娘早已經收到消息了，她等在大門口，朝遠處眺望。

馬到了跟前，宋承明從馬上跳下來，看見五娘就笑。

五娘剛要迎過去，誰知道宋承明兩個箭步就走了過來，二話不說，將她往肩膀上一扛，大笑著就往府裡去。

跟著宋承明回來的侍衛，一個個吹著口哨叫好，哄笑聲一片。
五娘在宋承明肩膀上狠狠地捶了一下。「快放我下來！像什麼樣子？」
宋承明在五娘的屁股上拍了一下。「老實點，可想死我的！」
饒是盛城民風慓悍，知道大家對這樣的事不以為意，但五娘心裡還是羞澀，還是止不住臉紅。到了屋裡，丫頭們都避了出去。
宋承明將五娘扔到炕上，手就順著衣服的下襬伸了進去。
「快別鬧了！叫人看笑話。」五娘掙脫他，坐了起來，推他去梳洗。「身上都有味了，快去洗洗！」
宋承明知道她是不好意思，也不為難她，在她胸口摸了兩把，揉得她臉上潮紅一片，才起身進了裡間。「過來給我洗頭。」十分高興的樣子。
五娘跟進去，拿著瓢舀了熱水，給他澆在頭上，問道：「占了平安州就歡喜成這樣？」
「這可不是平安州的事。」宋承明靠在浴桶的壁上，然後抹了一把臉上的水，才睜開眼睛道：「能娶到妳，我是真高興。」
五娘哼了一聲。「既能當老婆用，還能當帳房先生用，要緊的時候還能當上陣的將軍用。這麼算下來，你是該覺得占便宜了！」
宋承明又得意地笑。「還了金家的權杖，我真是一點都不可惜了。有妳，就能再締造一個金家出來。妳說，我當初怎麼就一眼瞧中了妳呢？」他拉著五娘耍賴皮。「妳知道嗎？妳救我的那天晚上，我一瞧見妳，這心就跳得止不住。」

「胡說！」五娘白了他一眼。「少拿好話甜呼我。」

宋承明一本正經的道：「真的！誰騙妳誰是小狗！我現在都還記得，妳當時穿了一件鵝黃的小襖……這裡還沒現在這麼大。」說著話，他的手就在五娘的胸前比劃。「還有一條蔥綠的燈籠褲。我當時還想，這姑娘的腿怎麼這麼長呢？妳當時光著腳，踩在猩紅的被褥上，上好的玉石都沒有妳腳上的皮膚好看，我當時差一點就忍不住想要抓過來看看……」

五娘兜頭澆了一瓢水過去。「登徒子，好不要臉！」這混蛋，是故意的！挑得自己這會子面紅耳赤，他就得意了。

宋承明哈哈直笑，三兩下的把自己擦乾，然後跳出來，抱起五娘就去炕上。

唇齒相依，五娘喘著粗氣，心裡有些迷糊，有些迷失了。

「我現在才知道這大長腿的妙處。」宋承明在五娘的耳邊輕笑呢喃。

五娘羞憤欲死，不知不覺間，自己又盤在了他的腰上。

剛要放下來，就被宋承明擋住了。「乖，就這樣……」說著，就俯身下來。

兩人磨纏到晚上才起身，香荽進來的時候，臉繃得緊緊的，十分不贊同的樣子。

五娘有些尷尬，趕緊道：「去看看飯好了沒？擺飯吧！」

這就是擺明要打岔了。香荽看了五娘一眼，臉上帶著肅然，但到底是低頭應了一聲，再沒有說什麼不合適的話。不過她心裡卻開始謀劃，想著是不是該去跟春韭說一聲了？想辦法給金夫人傳個消息才好，可不敢由著他們的性子胡來。這萬一有了身孕，可不是鬧著玩的！

飯菜擺上桌，宋承明就叫伺候的人都下去，跟五娘說起了烏拉圭礦山的事。

「朝廷不會再給咱們任何武器配給了。」宋承明的眉頭皺了起來。「這次急著回來，就是想先敲定這邊的事。如果可行，那麼，平安州就完全可以自行招募一定數額的士卒。如今天下不安穩，徵兵倒是不難，難就難在武器配給上了。」

這是打算擴軍了。

「我跟你一起去，宜早不宜遲。」五娘將菜挾給宋承明。「那本記載著礦脈位置的地圖，只有我記得住。若是出了偏差，我也好看看差了多少？」

「應該不會有太大的差距，上次派去的人，在烏拉圭山撿到了兩塊石頭。」他說著話，就將荷包打開，拿出了鴿子蛋大小的一塊紅褐色石頭。

「赤鐵礦。」五娘接過來，仔細地打量。「咱們明天就去瞧瞧，看看到底是個什麼情況？是不是好開採？這煉鐵的地方又該設在哪裡？」她皺了皺眉，低聲道：「還是離烏蒙太近了些。」

世上哪有十全十美的事？就這個鐵礦，對宋承明來說，已經是意外之喜了。

這般用了晚飯後，兩人又絮絮叨叨地說了半晚上的話。

第二天天沒亮，兩人各自帶著親衛，悄悄出城，直奔烏拉圭山。

烏拉圭山，遠遠看去，像是黑黃色的土上，長了許多紅褐色的斑點，斑斑駁駁。等夏天植被長出來，只怕這山更加不顯眼。

滿是荊棘灌木，枯草叢生，連一個成材的木料都沒有，難怪提起它，讓人聯想到的就是荒山二字。雲五娘看見紅褐色的斑駁，心裡才算真的落定了，這是一處露天的礦山。

如此寶藏，就在人的眼皮底下，誰也沒想到吧？五娘不知道當初那位老祖是怎麼找到這些地方，並且一一地標注下來的。更不知道他是出於什麼心理，將這些都隱秘的收藏了起來，而不是告知皇家。或許是怕財帛動人心，引來不必要的紛爭吧？抑或者是想將這些不可再生的資源留給子孫後代。

不管怎麼猜想，不是當事人，誰也不知道他當時的想法。

那份標注著礦山的地圖，就算落到別人的眼裡，別人也不知道那究竟是什麼東西，因為老祖在圖上標注的東西，全都是地理上用到的標注符號和化學符號。

「怎麼樣？」宋承明見五娘若有所思，就不由得問道。

五娘點點頭。「露天礦，應該好開採才是。」

宋承明點點頭，他也是這麼判斷的。如今要緊的反倒是怎麼才能守住這麼一塊寶地了。

兩人下了馬，徒步向山上走去。

山陰的一面，積雪還沒有完全融化，雪壓在枯草上，蓬鬆得讓人不敢下腳去踩。

遠看紅褐色的土地，近看其實跟別的地方的土層並沒有多大的區別。

這就跟「草色遙看近卻無」是一個道理。

宋承明抓了一把土在手裡，也看不出門道，除了冰冷的寒意，連顆粒都非常的細緻。

「挖下去看看。」五娘輕聲道。總得扒開最上層的地表層吧？

宋承明皺眉「嗯」了一聲，招了招手，身後二十多個親衛就一人一把鐵鍬上前，揮舞個不停。

「給我也拿一把。」宋承明對常江吩咐了一聲，就順手脫了身上的披風，撩起了袍子下襬。

五娘一笑，將他手裡的披風接了過來。

小夥子們一個比一個賣力，捲著袖子，像比賽一樣。

宋承明幹了一會兒就從坑裡上來了。

五娘就打趣他。「怎麼，這就累了？瞧瞧人家的幹勁，再看看你！」

宋承明就哈哈大笑。「這一群小子，都在打什麼主意妳看不出來？」

五娘一愣，就朝站在坑邊上送水的春韭、海石等人看過去。

宋承明小聲道：「一個個的，都看上妳身邊這些姑娘了，想娶回去做媳婦呢！」

五娘哭笑不得。「那他們是得好好表現，只要他們能讓我身邊的人點頭，我絕不阻攔。」

宋承明就大聲喊道：「都聽見了吧？王妃可是說了，你們各憑本事，誰能叫人家姑娘點頭，姑娘就是誰的，王妃絕不阻攔！」

二十多個小夥子馬上吆喝了起來，感謝聲此起彼伏。

倒是把春韭等人臊的，再不肯到他們的跟前去了。

一天啃了兩頓的乾糧，在傍晚的時候，鐵鍬下去，才碰到了石頭層，再也挖不動了。火把照了起來，還是看不清楚。

「今晚就在這裡安營紮寨吧。」五娘低聲道：「來一趟了，不鬧清楚，哪裡能就這麼回去。」

這些人都是帶著帳篷的，一頂小的，兩頂大點的。

如今，小的給宋承明和五娘，兩頂大點的帳篷，一頂給海石、春韭七個人住，一頂卻住不下二十多個小夥子。

「沒事，他們分三班值夜呢！」宋承明躺在毯子上，道。

如今的晚上還很冷，在野外過夜，還真不是好受的。將沒燃盡的灰燼挖個淺坑埋上，如此，一整晚身子下面都是熱呼呼的。然後再鋪上隔潮的羊皮褥子，就算是妥當了。

一整夜，五娘蜷縮在宋承明的懷裡，倒也沒覺得多冷。

不到子時，外面就起風了。風捲著殘枝斷葉，帶著呼嘯，撞在帳篷上，帳篷微微地朝裡面鼓了起來。身邊就是篝火，宋承明順手添了柴火，才又拍了拍五娘。「睡吧。安心地睡吧，我哪裡也不去，就在這裡守著妳。」

五娘合上眼睛，手卻拽著他的腰帶沒有撒手。

感覺到額頭有一點溫熱的濕意，是宋承明親吻著她。

五娘心裡不由得就泛起甜蜜，哪怕睡得迷糊，也覺得渾身都是暖融融的。

這一覺，竟然睡得很沈。

一覺醒來，帳篷上傳來「沙沙沙」的聲音。

「下雨了？」五娘睜開眼，見宋承明也醒了，就問道。

「沒出去，不知道。」宋承明將披風給五娘裹好。「這個季節，乍暖還寒，應該是雪粒子。」

五娘伸手搓了搓臉。「值夜的人該凍壞了。趕緊看看石頭，看完了，好回去歇著。」

「王妃，醒了嗎？」是春韭的聲音。

「進來吧！」五娘招呼了一聲。

春韭拿著水囊和手巾進來。「先擦洗一下。」

水囊裡的水是熱水，漱口沒問題。手巾是濕熱的，捂在臉上，瞬間就清醒了過來。

五娘自己將頭髮攏了攏，覺得不亂，也就不費心打理了。反正外面下雪，出去也要戴帷帽的。

宋承明接過海石遞來的東西，簡單的梳洗過後，才帶著五娘出了帳篷。

山上的風還是又冷又硬，夾著雪粒吹在人臉上，生疼。

雪粒落不住，落地就化成了水。空氣潮濕陰冷，不大會兒功夫，外面的披風就被染濕了。

「我下去瞧瞧。」宋承明叫五娘進帳篷。「外面太冷了。」

「我不親自看看不能放心。」五娘不用他管，直接就往昨天挖出來的坑邊走去。

腳下又濕又滑，宋承明無奈地過去扶住她。兩人攜手，下了深坑。

露出來的石頭濕漉漉的，上面的泥土都被沖刷乾淨了，露出紅褐色的真容來。

五娘面上一喜。「沒錯，就是它！」

她把手放上去，跟上輩子見到的鐵礦石是一模一樣的。

宋承明也將手放上去，臉上露出幾分癡迷之色。「好！很好！」他起身，抱著五娘上去。「咱們先回去。」

「我想帶點石頭……」五娘看著露出來的礦石，迫切地道。

「先回去，想要多少，過幾天叫人給妳送到府裡去。」宋承明將她用自己的披風裹起來。「現在什麼事情都不能幹，乖乖回家，我找專人來做。」

回程的時候，宋承明不讓五娘自己騎馬，將她放在身前，裹嚴實了，才兩人一騎，往城裡趕。

府裡，香荽、紅椒已經將薑湯、熱水準備上了，連外院也安排妥當了。

就這樣，五娘回來，還是發起了低燒。

吃了藥，就躺在炕上發汗。人沒事的時候，心裡就愛瞎想，五娘此時就在想，明王帶著哈達回去，三娘會是什麼表情呢？

三娘的表情，確實不怎麼好看。一身漢人打扮的明王並不會引人懷疑，但是一身漢人打扮的哈達，簡直就叫人不忍直視。這麼一個又高又壯、又黑又悍的啞巴姑娘，誰不會多看兩眼？沒錯，因為哈達不會說漢話，往往又脾氣暴躁，忍不住大喊大叫，所以明王直接用手段叫哈達住嘴了，她暫時說不了話。

「你可以不帶她過來的。」三娘一臉的不快，皺眉對明王道。

明王有些無奈。「這個人是降將，她的屬下比看押他們的人數還多，我不帶著她，能放心嗎？回頭，她能將我的人馬給吃掉了。」

三娘就不說話了，好半天才道：「你打算怎麼辦？就待在這個農家小院裡？」

明王搖搖頭。「肯定是要走的。」

三娘看著他。「有什麼難處？或者是需要我來辦？」

「都不是。」明王搖頭。「咱們得借道回去，烏蒙的內亂我不打算摻和。」

「借道？」三娘皺眉。「從哪裡借道？」

明王看了三娘一眼。「西北離漠北最近，路也好走。遼東的話……距離烏蒙太近了。」

西北？三娘就垂下了眼瞼。「你是準備找成厚淳，還是準備找宋承乾？」

這兩人面合心不合，大有在西北勢均力敵之勢。要不然，平安州也不會叫宋承明捷足先登。所以，三娘問明王，是要找成厚淳合作，還是找宋承乾合作？

但不管跟哪一方合作，另一方都是一個攪局者。想要順利的回去，並不容易。

明王看了三娘一眼。「妳希望幫誰？」

三娘抬眼看明王。「什麼意思？」

「我不僅要借道，而且是帶著兵馬借道。那麼妳猜猜，不管是成厚淳還是宋承乾，有沒有想過跟我順便借個兵呢？」明王附在三娘的耳邊，輕聲道。

三娘面色一白。沒錯，明王能借道，為什麼那兩人不會借兵呢？

借兵摧毀對方，是最直接能幹掉對方的手段了。

兩人是君臣，也是舅甥。於公於私，想幹掉對方，都是受人詬病的。

但，若是借助協力對象的勢力呢？

西北掠劫過烏蒙，那麼烏蒙的明王帶兵復仇，不是最好的藉口嗎？她的手腳發涼，被自己的猜測給嚇住了。不管是跟誰合作，都少不了流血衝突，都是要死人的。

她的手微微的顫抖，但是她心裡卻明白，這是唯一能走通的一條道。

明王看著三娘。「妳希望我跟誰合作？」他的手慢慢地撫摸在三娘的臉上。「妳恨宋承乾，那麼我就跟成厚淳合作，一起滅掉宋承乾好不好？」

「不好！」三娘差點跳起來，她猛地坐直身子，一把拉住明王的手。「不好！不要！」

「妳……」明王先是不解地看向三娘，既而面色一點點地沈下去。「妳還是忘不了他！妳就那麼愛他？他那樣對妳，妳到現在還顧及著他？我的心，妳一點也不在乎，一點也感受不到嗎？為了妳，這一切都是為了妳！這份心意對妳來說，究竟算什麼？」

三娘眼睛裡就有了水光，她抓著明王的手沒有放開。「你胡說什麼？我什麼時候還……記掛他了？」

「沒有？」明王的眼圈都紅了，他的聲音帶著壓抑憤怒的顫抖。「不要將本王當作傻子一般糊弄！如果不是對他不能忘情，妳為什麼不讓我殺了他？有什麼理由，能不殺他？」

三娘看著明王。「如果，非要給你一個理由的話，那麼我可以告訴你，因為，宋承乾是大秦的太子，而成厚淳是亂臣賊子。這個理由夠嗎？」

明王先是不解，繼而愕然，最後面色一點一點緩和下來。他看著三娘，滿眼都是不可思議。「這就是妳的理由？」

三娘點點頭。「西北如果在宋承乾的手中，那麼，西北跟朝廷之間，是能夠避免衝突的。天元帝沒有廢了他的太子之位，就是等著那一天。如果能叫這天下少一點戰亂，那麼，我個人的仇恨，又算得了什麼呢？這個理由還不夠嗎？還有比這更充足的理由嗎？」

明王看著三娘，就像是看著一塊稀世珍寶。「我以為遼王妃就算是一個奇女子了，沒想到，我的三娘也有一顆胸懷天下的仁心……這個理由足夠了。」

西北，榆林衛所。

李山急匆匆地跨進了院子，轉身進了書房。

臨窗的大炕上，坐著的不是宋承乾，還會是誰？

「什麼事？急匆匆的，被狼攆了？」宋承乾面前的炕桌上放著地圖，他正對著地圖，不知道在思量著什麼。

李山的表情有些奇怪，低聲道：「主子，出大事了。」

「什麼大事？」宋承乾不屑地笑笑。「比宋承明占了平安州還大的事？」

李山心想，事倒是不這麼大，但是震撼的效果，絕對非同一般。他低聲道：「主子，故人傳信了。」

「故人？」宋承乾不滿地看了一眼李山。「哪個故人？孤的故人多了。別賣關子了，趕緊說！」

「雲家的三姑娘，雲三娘，永和公主。」李山的聲音不高，卻說得極慢，好似要等著宋承乾想起這個人是誰一般。

宋承乾手裡的炭筆吧嗒一下就掉在了桌子上，這才驚醒過來。「你……你說誰？」

李山自然知道太子已經曉得自己說的是誰了，就換了一種說法道：「就是那個曾經賜婚給主子為側妃的雲家三姑娘。」

宋承乾深吸了兩口氣，表情也變得奇怪了起來。「她不是和親烏蒙了嗎？怎麼會給孤傳消息？」

李山搖搖頭。「遼王妃曾在盛城的牆頭上，假傳聖旨說永和公主是和親給烏蒙的明王了，想來，三姑娘跟那位明王殿下應該有些瓜葛。只怕，找主子的不是三姑娘，而是……明王。」他想，主子對於一個曾經對他情根深種的女子，心裡多少是有些不一樣的。況且，那位三姑娘，算得上是一個美到了極致的美人，主子心裡不能完全忘懷，也是應該的。

宋承乾那一瞬間的失態好似不曾有過，收斂了心神。「信呢？」

李山這才將信送上去。「要不要奴才先驗看，以防有詐？」

「不用。」宋承乾搖搖頭。「孤想不出來，她要孤性命的理由。」

李山的嘴角動了動，到底沒有說話。

宋承乾展開信紙，信紙卻僅僅是普通的紙張。他想起那個曾經夜探的閨房，滿屋子的馨香。想來，她曾經用的紙張，也非桃花箋不用的吧？這樣的紙，就是看一眼，都嫌棄粗鄙的，可如今，她竟然用它來書寫，該是生活過得也不如意吧？

信紙上娟秀俊雅的字體，是他見過的。原以為會像從前那樣，滿紙都是情誼，可實際上，卻是短短的幾句話而已——

月圓之夜，柳堤之上，請君一酌。

宋承乾慢慢地放下信紙。「今兒是什麼日子？」

「初四了。」李山說道。

「那就是還有十天了。」宋承乾一擰眉。「從這裡到灞橋，需要幾天時間？」

「快則七、八天，慢則十天。」李山想了想，就回了一句，才又問道：「怎麼了？」

「收拾東西，馬上就走。」宋承乾站起身來，吩咐道。

李山就有些猶豫了。「主子，真的就這麼去嗎？那裡可是在長安附近……」

成厚淳就在長安城裡。這不是自投羅網嗎？

「不入虎穴，焉得虎子？」宋承乾也哼笑一聲。「你真當你主子被美人迷花了眼睛嗎？你也知道，雲三娘如今身不由己，這封信不可能是她自己的意思，那麼就只能是那位明王的意思了。你忘了，明王在盛城外帶走了哈達的人馬了？這些人馬去哪兒了？準備幹什麼？你想過嗎？要是孤沒有猜錯，明王是來找孤合作的。這對孤來說，未嘗不是一個機會。」

李山肅然點頭。「是！奴才這就去準備。」

長安城外，灞橋的柳樹已經抽出了嫩芽，姿態婆娑，自有一股子風情在裡面。

一輛不起眼的馬車停在柳樹下，馬車的車轅上，坐著一個高胖黑壯的車夫，不言不語，只是看著人的眼神有些瘆人。

「天快黑了，他會來嗎？」明王挑開車廂上的窗簾，看著暮色中隨風擺動的柳枝。

三娘的眼睛始終沒睜開，只淡淡地道：「你要是小看了他，你可就真的吃虧了。」

明王卻不以為意。「陰謀詭計，從來只在暗中取，不從明中來。這樣的人，格局有限。」

三娘的眼睛微微睜開一點，瞟了明王一眼。

明王尷尬地咳嗽了一聲，有些心虛地將頭扭向一邊，然後又色厲內荏地瞪著三娘。「怎麼？我說的不對？」

三娘輕哼一聲。「心眼就跟針孔一樣大。」

明王撇撇嘴，不說話了。

三娘心裡卻滋味莫名。自己跟汗王有夫妻之實，肌膚之親，他從來沒有在乎過這個。可自己跟宋承乾什麼都沒有，清清白白的，只是因為心裡有過這個人，他才這麼在意，才會吃這飛醋。說到底，他看重的不過是自己的一片心罷了。三娘伸出手，放在他的手背上。

明王反手握住她，抬眼不解地看她，帶著幾分詢問之色。

「你真的很好。」三娘靠在他的肩膀上。「遇上你，是我的運氣，我一輩子的運氣都用在遇見你上了。」

「胡說！」明王伸手，輕輕地撫著她的頭髮。「遇見我，是妳好運的開始。妳會一直好運，好運到下輩子還能遇見我……」

三娘的嘴角不由得翹起，正要說話，就聽車廂上傳來敲擊聲。

明王趕緊撩開簾子，四下一看，並沒有什麼人影，只有哈達帶著怒意的目光。

三娘「噗哧」一聲就笑出來了。出來還帶著這麼一個人，也不知道他這腦子是怎麼長的？每次只要兩人說點私房話，哈達總是能製造出一點響動，來顯示她的存在。

明王無奈地看著哈達。「妳能不能老實一點？妳是我的俘虜，要有俘虜的自覺。這是我們的規矩，哈達。」

哈達看著明王，喘了兩口粗氣，渾身都散發著「你當我是死人」的氣息。好半天，才在明王的嚴厲視線下轉身，從懷裡掏出一個餅子，開始啃了起來。

「別理她。」明王回身對三娘道：「她這是氣不順。」

擱誰，誰也氣不順。「你這樣對她不公平。」三娘看著哈達的背影，心裡一暗。她體會過那種深愛一個人，卻被人無視、傷害、利用的心情。「善待她，尊重她的情感，或許，會有驚喜也不一定。」當年，若是那個人心懷一份善念，對她的感情有一份尊重，她想，她的心裡至少還是溫暖的。對他，也還是感念的。

明王攥著三娘的手。「過去了，那些不高興的事情都過去了。」

三娘一笑，慢慢地垂下眼瞼。只有再見他一次，感受一下自己的心跳，才能知道那一切是不是真的都過去了。

月亮掛在柳樹梢。

三娘從車上下來，整理好衣裙，回頭看著明王。「咱們說好的，這次的事情，由我出面。」她轉過身，感覺到身後炙熱的視線，卻頭也沒回地輕聲道：「我也想為了你做點什麼。」

「三娘……」明王喊了一聲。

三娘頓住腳，回過頭，靜靜地看著他。

明王的喉結動了動，好半天才道：「我等妳回來。」

三娘微微一笑，這才轉身，對一邊的哈達道：「走吧。」

不遠處的亭子，修建在灞河之上。初春灞河的晚上，河面上吹來的風還真是有些冷。石桌上放著一盞琉璃燈，三娘站在亭子的邊緣上，看著月色下流淌的河水，才發現腦子裡什麼也沒有，空白得讓人覺得心慌。

遠遠的，有馬蹄聲傳來，三娘沒有回頭，知道要等的人來了。

宋承乾下了馬，快步朝亭子而去。

風吹起了袍角，即便這樣，也一樣帶著幾分凌亂的美感。

月光灑在河面上，像是碎銀子落了一地，銀光乍泄。

背對著他的姑娘……不，不是，應該是女人。她顯得清瘦很多。

她曾經是一個豐腴而明豔的美人，怎麼會清瘦成如今的模樣？

他站在亭子外，卻沒來由的有些心虛，怎麼也邁不出一步。

三娘輕笑一聲，沒有回頭，只道：「月上柳梢頭，人約黃昏後。多美！」

簡單的一句話，帶著無盡的惆悵和落寞。

宋承乾一步一步走上臺階，進了亭子。「是很美，只是我來的晚了，是嗎？」

三娘微微抬起頭，不叫眼淚流下來。這眼淚不是因為他是曾經的心上人，而是沒想到自己還能站在大秦的土地上，見一見淵源頗深的故人。她轉過身，眼睛水潤，嘴角卻含笑。

「早與晚又有什麼關係呢？人生路這麼長，總會錯過點什麼。錯過了你，總還有他。人這一輩子的際遇，誰能說得清呢？」她抬頭看他，還是那個人，以前他是出鞘的利劍，如今卻斂盡鋒芒，變得厚重樸拙了起來。

宋承乾看著三娘的眉眼，她瘦了，可反而越發明豔了。只是，她眼裡再也沒有癡迷，沒有偏執，就那麼淡淡地、清凌凌地看著自己。沒來由的，心猛地跳了起來，他不由得用手捂住胸口。

三娘的視線落在他捂著胸口的手上，然後笑道：「還記得上次在庵堂見面嗎？」

宋承乾慢慢放下手。「因為心跳？」

三娘點點頭。「是啊！因為心跳。」

「所以，還是晚了。」宋承乾自嘲地笑笑。「妳說的對，人這一輩子總會錯過點什麼。」我錯過了妳。而妳，錯過了平王。

三娘微微笑了，笑著笑著，眼淚就下來了。

宋承乾心裡恍若堵了一塊石頭。「妳……過得還好嗎？」

三娘慘然一笑。「你洗劫了烏蒙，卻讓我差點喪命。」

宋承乾嘴角一抿。「對不住了。」他走過去，坐在石凳上。「但就算再給我一次機會，讓我重新選擇，我還是會這麼做。」說完，他又補充道：「哪怕是我意識到，我可能真的因為妳而動心了，我還是會做一樣的選擇。」這個天下，比妳重要太多。

三娘轉身，又看向日夜流淌不息的河水，輕笑一聲。「我知道，我都知道。」

「恨我嗎？」宋承乾看著她的背影，問道。

三娘轉過身，慢慢地坐在他的對面，兩人隔著石桌對望，好半天三娘才道：「恨。」

宋承乾卻笑了。「恨我，為什麼還要來見我？」

三娘嘴角勾起。「因為我是大秦的公主，而你還是大秦的太子。這片土地，應該還是大秦的。」

宋承乾臉上的笑意慢慢褪去，露出幾分肅然之色。「雲家先輩的風骨，全長在了雲家女兒的身上。」

三娘失笑。「這是褒還是貶？」

宋承乾一愣，然後哈哈一笑，轉移話題道：「不是說請我小酌嗎？怎麼，沒準備酒菜嗎？」

三娘扭頭看了一眼哈達。

哈達這才怒目從外面提著食盒進來，「哐噹」一聲放在石桌上，退了出去。

李山瞪了哈達一眼，趕緊上前，將食盒打開，將裡面的酒菜拿出來，隱晦地驗毒之後才拿著空食盒退了出去。

宋承乾執壺。「這次，讓我給妳倒酒吧。」

三娘也沒推辭，微微地點頭。「你是該謝謝我。」

宋承乾的動作如行雲流水，倒完酒，就舉起酒杯。「敬永和公主。」

三娘微笑著端起杯子，跟他輕輕碰了一下，仰頭喝了。

哈達就看著那個一直叫她看不順眼的女人跟一個長得極為俊俏的男人相對坐著，對著一盞昏黃的孤燈，誰也不說話，你一杯，我一杯的，不知道這是在幹什麼？

但，這氣氛莫名的叫人想流淚。

明王站在暗處的樹影裡，心裡難受了起來。即便自己給她的再多，也無法替代她對故土的執念和熱愛。哪怕她的朝廷傷害過她、利用過她，她的靈魂深處也鐫刻著這片土地的名字。守護它，是她的使命。

「妳想過嗎？一旦西北歸我，遼王的處境可就不妙了。」宋承乾打破沈默，第一次對著一個女人說起了天下的大事。因為他突然發現，她也是天下這盤棋上至關重要的一顆棋子。

雲三娘颯然一笑。「你不是說，雲家的風骨都長在了雲家的女兒身上了嗎？我是雲家的女兒，五妹也一樣是雲家的女兒。儘管她不喜歡雲家，而是把自己當金家的人，但我還是想說，她身上還是有雲家先輩的風骨的。不僅有雲家的風骨，還有金家的剛硬和狡詐。你要是覺得她會反對我的做法，那可就真是小看她了。不管是你，還是遼王，都不會看著百姓受荼毒，這就夠了。至於那些勾心鬥角、爾虞我詐，就不是我能管得了的了，你說呢？」

宋承乾久久都沒有說話，而後舉起酒杯。「敬妳。」

三娘將這杯酒喝了，就站起身。「不早了，我該走了。」

「借道可以。」宋承乾也站起身，看著三娘的背影道。

三娘頓住腳步。「借兵也行。」

「兵圍長安。」宋承乾低聲道。

三娘沈默了片刻。「石桌上的琉璃盞為號。」

宋承乾看了桌上的一盞琉璃燈，應了一聲「好」。

三娘漫步就走，順著臺階一步一步地走了下去。

宋承乾心裡一空，不由得叫了一聲。「三娘……」

三娘腳步頓住，站在原地，沒有向前，也沒有回頭。

許久，三娘才看向暗影的方向，一步一步朝那邊走去，越走越快，越走越急，甚至都跑了起來。寬袍廣袖在夜色的風裡飛揚了起來，恍若一隻破繭的蝴蝶。

璀璨奪目，光華綻放。

宋承乾能聽見風裡傳來她如鶯初啼般動人的聲音，她說「我回來了」……

那裡一定有一個摯愛她，她也摯愛的男人，在等著她。

他站在亭子裡，良久都沒有動。

「主子。」李山低聲提醒道：「天不早了，咱們也該早點走了。」

宋承乾悵然了片刻，就笑了。「走吧。」

錯過了，就是錯過了。

他也想知道前面等著他的是什麼？

錯過了她，是不是還有人在前面等著自己呢？

第四十二章

盛城這一場倒春寒，斷斷續續的沒停過雨雪。

天氣陰冷潮濕。

五娘有好些日子都沒有出過屋子了。燒早就退了，風寒早就好了，但還是被宋承明關在屋子裡休養身體，說什麼都不讓出門。

五娘穿著鵝黃的小襖，靠在迎枕上，身上蓋著錦被，隔著因為透氣而開著的半扇窗戶往外看，小雪粒子密密麻麻地向下撒，透著一股子寒意。

「主子，有信兒來了。」春韭上前，輕聲道。

五娘收回視線。「拿來。」

先是一條消息，說三娘跟著明王和哈達離開了農家院，去了哪兒也不知道。這應該是留在三娘身邊的人傳來的。

三娘是故意不帶人，還是不能帶人，這一點就有待商榷了。

總之，就是如今去向不明。

第二條消息，是關中分號傳來的。說是有疑似明王和哈達的人出現過，身邊帶著一個容貌極美的女人，有八成肯定是雲家的三娘。

怎麼會出現在關中呢？那裡可是成厚淳的地盤。跑到成厚淳的眼皮底下想幹什麼？第三條消息是說，宋承乾於初四離開榆林衛所，趕往了灞橋，在灞河邊見了一個女子。那這個女子會是誰呢？

五娘將三條消息並列在一起，心裡就有了答案。

「請王爺。就說有要事。」五娘輕嘆一聲，無力地靠著迎枕，心思有些煩雜。

宋承明來的很快，進來就看到桌上擺著的紙條。他眼睛一掃就沒再探究，這些東西都是用符號寫的，自己根本就看不懂。

五娘將得到的消息一一告訴遼王，就不再說話左右他的判斷了。

宋承明踢掉腳上的靴子，坐上炕，擠在五娘的身邊。「看來成厚淳危矣。」

五娘點點頭。「三娘能做出這樣的選擇……殊為不易。」她扭頭看宋承明。「咱們要做點什麼嗎？」

宋承明失笑地搖搖頭。「做什麼？什麼都不用做。永和公主的選擇是對的，宋承乾是大秦的太子，這樣的選擇才是最合適的。」

五娘看著宋承明不說話。

宋承明拍了拍五娘的手，搖搖頭道：「但是，不光是宋承乾在算，難道成厚淳就沒有算計？成厚淳固守長安，而宋承乾卻在榆林衛，卡住了成厚淳跟西域諸部的通道。以成厚淳這位沙場宿將的作風，妳猜他會不會留下退路？」

五娘蹭一下坐起來。「你是說，成厚淳說不定會順勢而為，將一座空的長安城留給宋承乾，而他則反身直撲榆林衛所？這樣就如同割掉了關中給宋承乾，他自己反倒將榆林直到西域的一片串起來，中間再不會有什麼阻隔！如此一來不僅沒有損失，很可能這正是他急切想要達到的目的。」

宋承明點點頭。「但宋承乾也不算吃虧，以前在榆林，他其實是夾在成厚淳的勢力中間的，看似不弱，但是想左右騰挪，卻處處被掣肘。往西北有西域，往東南是關中，這都是成厚淳的地方；在東北是烏蒙，往西南就是戚家了。他被夾在中間，雖然阻隔限制了成厚淳，但也是將他自己擺在一個死棋的位置上。如今兩人位置一換，活了三方，成厚淳、宋承乾，連同想借道回漠北的明王都活了。一著棋，盤活了三家，是一步好棋，各取所需罷了。」

五娘的視線停在地圖上，來回地看。「如此，宋承乾豈不是跟漢中緊挨著了？漢中……」

「是啊！」宋承明一笑。「天元帝一定會將漢中這一片小江南劃給宋承乾，叫他休養生息的。」

五娘一嘆。「咱們剛得了平安州，人家就馬上有了漢中府。平安州雖然富庶，但是跟人家魚米之鄉還是不能比的。」

宋承明哈哈一笑。「他有一個大方的爹，我有一個能幹的媳婦，誰輸誰贏還不一定呢！」

五娘白了他一眼。「油嘴滑舌！說正經話呢！」

「我說的是正經話。」宋承明又湊到了五娘跟前。「我媳婦能幹，他有小江南，我媳婦也能叫遼東變成賽江南！」

五娘瞪了他一眼，不過心裡卻一動，因為宋承明的一句「賽江南」，她想起了東北的大米。時空不一樣了，但是這地域特性還是一樣的。沒道理東北能種出品質好的大米來，自己在遼東就種不出來。

她一把掀開被子，直接越過坐在炕口的宋承明跳了下去，將屋裡的人都嚇了一跳。

「妳這是幹什麼？著涼怎麼辦？」宋承明拿著披風忙跟了下去。因為著急，就穿著白絲的襪子站在冰涼的地上。

五娘一把接過披風，往身上一披。「你說的對，遼東也能成為賽江南，我這就得想辦法試試！今年城外的莊子我徵收了，我要試種稻子，現在馬上就得去！這場倒春寒一過去，就得忙了，我先去看看情況。」

說著，就喊香荽、紅椒。「快拿衣服過來，梳頭換衣服了！」然後才對愣住的宋承明喊道：「既然休養生息，暫時就不會有衝突，咱們也能喘口氣。你看你的兵工作坊去，我這邊不用你管。」

香荽拿著大毛的衣服。「您這說風就是雨的性子怎麼得了？好歹注意點自己……您現在不是姑娘的身子了，千萬別跳來蹦去的，叫人跟著懸心。」

「囉嗦！」五娘白了一眼。「我幹正經事的時候，都把嘴閉上。」說完，甩了宋承明一個眼刀子。

宋承明猶豫半天才道：「我知道妳想幫我，但是……咱不鬧了行不行？想要漢中，咱們想辦法未必就辦不到。」

五娘瞪了宋承明一眼。「你什麼時候見我幹過沒譜的事？」

宋承明一噎。「真行？」

「行不行的，試一試不就知道了？」五娘失笑道：「橫豎還有誰不知道遼王妃是個只愛伺候莊稼的？」

宋承明看向牆角架子上木盤裡長出的辣椒，綠瑩瑩的辣椒掛在植株上，這在以前誰敢想像？無端的，他竟然升起了一股子希望。

五娘穿上大氅，將自己包嚴實了，帶著人就出門。

宋承明跟著送出去，五娘卻攔住了。

「又不走遠。行了，別送了！」說著，就帶著春韭、海石她們翻身上馬，打馬冒著雨雪去了。

「主子，咱怎麼辦？」常江縮了縮肩膀，小聲地問。

宋承明看了一眼遠走的一隊人馬，臉上有些動容。這些年誰給自己分擔過？沒有！只有她，唯獨只有她。

「回書房。」他心裡滾燙，不知道該怎麼表達自己的心情。他就覺得這輩子要是不能把這世上的好東西都捧給她，就算是對不住她了。

書房裡，幕僚下屬齊聚，都在等宋承明。剛才在談事情，王妃突然將人叫去了，一屋子人都在等王爺，也不敢有任何怨言。誰都知道這位王妃不是花瓶草包，哪裡還有什麼意見？

誰知道王爺還沒來，就聽見下面稟報，說王妃帶著七個女護衛騎馬出府了。還有人打趣，說王爺和王妃是不是鬧脾氣了？

宋承明進來，先把從五娘那裡得到的消息通報了一遍。

這些人一時間都面面相覷。這些消息，是在王爺見了王妃以後回來說的，這說明什麼？說明王妃手裡捏著極為隱秘的勢力！再聯結到王妃緊跟著就出府了，就都沒人敢打聽了。人家肯定是有要緊的事！

「接下來很長的一段時間裡，應該會相安無事。宋承乾不會主動挑釁咱們，咱們也犯不著挑釁他。養兵、練兵，是咱們的主要任務。」

遼王一語定音，遼東自此進入了一段安定的時期。

此時的金陵，雲順謹卻頗有些焦頭爛額。戚家步步緊逼，水軍時而順江而上，衝突一觸即發。

于忠河坐在雲順謹的對面，低聲道：「岳父，您只需等消息，水師成軍不日即可。」

沒錯，于忠河稱呼雲順謹為岳父，他跟四娘，在正月十五的那天，訂親了。

金陵正月十五的燈會，何等的熱鬧，卻因為總督大人千金與漕幫少主的親事，瞬間被轉移了注意力。

整個金陵，誰不覺得荒謬和不可思議？可這卻是事實。

不得不說，自己這位岳父的謀劃是對的；而四娘所說的人心，也都應驗了。漕幫已經打發了好幾批人，急著請自己這位總督的乘龍快婿回去呢！

他們為的什麼，他也清楚。只要自己鬆口，水師即可成軍，這幾乎是沒有什麼懸念的事情。今日來，就是覺得抻的差不多了，漕幫可以回去了。

雲順謹靠在椅子上，只覺得滿心疲憊。當日這般謀劃是一碼事，今日實施在即卻又是另外一碼事。當日，眼前的小夥子只是個陌生人，現在，這是自己的女婿。他這才發現，有些事情能計算，有些事情根本無法計算，就比如人心。

自己此刻的心不就是偏的嗎？再不能如往日擺佈棋子一樣排兵佈陣了。

「即便有十成的把握，也需用百分的心力，容不得一絲半點的馬虎。」雲順謹低聲道：「小心戚家的暗箭。」

于忠河愣了半天，才愕然的發現，這位岳父絮絮叨叨，其實是擔心自己的吧，要不然何須如此？他正色地站起身來，帶著幾分赧然。「岳父，小婿要是連這點事都應付不了，這漕幫早就沒有小婿立足之地了。」

雲順謹這才起身。「那就去吧。跟四娘道個別……」

于忠河應了一聲，面色有些羞赧。出了院子，就見四娘在不遠處等著自己。江南的春天總是和暖的，院子裡的迎春花已經開了，嫩黃的枝條隨意地舒展著，怡然自得。花叢邊，一身淡青色衣裙的姑娘，正含笑站在那裡，她身後的丫頭，則提著一個大的包裹。

「我幾天的時間就回來了。」于忠河看著那個大包裹，就笑道。

「幾天哪裡夠？不管多久，在你看來，都是幾天時間！」四娘嗔了一聲。「兩天跟九天有區別沒？在你看來就沒有！」

于忠河見丫頭們自覺地退到遠處了，才低聲道：「以前不會覺得有差別，現在肯定不會過得那麼糊塗。我心裡惦記妳，恨不能天天見妳，跟妳分開幾天，我還能不知道嗎？天天度日如年的，我——」話還沒說完，就被四娘在胳膊上擰了一下。

四娘左右看看，見丫頭們都離得遠，也沒有人過來打攪，才微微鬆了一口氣。「呸！又開始胡說八道，叫人家聽見了笑話！」

「笑話什麼？想媳婦這事，什麼時候都不丟人！」于忠河十分不以為意，被四娘掐了也只由著她。

「你的肉這麼硬，我怎麼掐得動？」四娘推了推他。「去吧。」

「這就放我走了？」于忠河有些委屈。「沒什麼話要交代？」

「早去早回，注意安全。」四娘心知他這是逗著她說話，就順勢說了兩句。

于忠河還是不滿意。「我們漕幫那些有婆娘的漢子，出門的時候，老婆可都叮嚀了，要是敢不老實，在外拈花惹草，就剝了他們的皮……」

四娘眨著眼睛，戲謔地看著他。「你會嗎？」

于忠河被這雙眼睛一看，什麼心思都沒有了，嚥了嚥口水才道：「我不會，打死也不會。」

四娘白了他一眼，故作一副兇神惡煞的樣子。「你要是敢在外面不老實、拈花惹草的，可就仔細你的皮！」

于忠河愛煞了她這小模樣，只恨不能將她揉碎了，裝著帶走。

四娘被他餓狼一樣盯著，臉慢慢的紅了，連耳根、脖子都成了朝霞的顏色。

于忠河伸手，想抱一下四娘，但到底怕唐突了她，憋了好半天才道：「等我完成了岳父給的差事，咱們就成親，我實在是受不了了……」

四娘臉轟地一下就燒起來了。「滿嘴胡說什麼？快走！越說越混帳了！」

于忠河左右看看，見沒人在，就趕緊將四娘攬過來，抱了一下，在她臉上啄了一口，就又飛快的鬆開，然後一副怕四娘責罵的樣子，竄出去了。「我走了，不需要擔心，幾天的時間我就回來。」

四娘跺腳，臊得臉通紅，轉身對紙兒道：「還不把包袱送過去？」心裡卻罵道：這個冤家，好不要臉！

雲順謹本來打算出門的，誰知轉出院子，就看到閨女和女婿面對著面說話，他心想，兩人正說會兒私房話，要是自己出去了，孩子們反倒不好意思了。他不想出去打攪，就躲在花牆的背後，等著兩人分開。

誰知道兩人你儂我儂了半天，一個憨頭傻笑，一個眉眼含笑，說個沒完了。他心裡一酸，要嘛說女婿都是屬狼的呢？養大的嬌滴滴的閨女轉眼就餵了狼！

正不是滋味呢，就看到這小子賊頭賊腦地來回看，他心裡就知道這小子要犯壞，不想果然……不光抱了自家閨女，還敢親她！

他差一點衝出去，拿著棍子將這小子給攆出去！

什麼水師？老子不要了！離了張屠戶，咱也不會吃帶毛豬！

誰想一轉臉，就看見自家閨女一臉的嬌嗔，這哪裡是惱了？還不知道怎麼美呢！

雲順謹這個心酸喲……

京城，皇宮。

天元帝一掃之前的陰霾，十分的高興，中午竟然還破天荒的喝了點酒。這會子酒上了頭，看著人都有些雙影。見元娘穿著去年做的春裳，忙叫了付昌九過來。「看看內務府還能不能伺候了？連皇后的衣服也敢馬虎！」

元娘趕緊就攔住了。「如今朝廷也難，四處都需要用錢，不管是內宮還是朝廷，都該節儉才對。這衣服都是嶄新的，沒上過幾回身，哪裡就不能穿了？鋪張奢靡之風，得趕緊壓一壓了。」

天元帝嘴角就帶上了笑意，眼睛明亮中透著別樣的神采。

「朕能得一賢后，真是邀天之幸了！」天元帝拉著元娘坐在他的腿上。「有個好消息，妳瞧瞧。」說著，就將手裡的奏摺遞給元娘。「還真是想不到啊！」

元娘始終都微笑著，但拿著奏摺的手卻緊了緊。

這是太子派人送來的密摺，他已經坐鎮長安城。

而另一份奏摺卻是四叔送來的，為四娘的未婚夫婿于忠河請旨的摺子。

「太子能順利地坐鎮長安，雲家的三娘永和公主是出了大力的。就是雲家五娘在盛城的城牆上假傳聖旨，怕也是為了能讓永和公主順利地留在明王的身邊。妳的這些姊妹，都是有功勞的人，這裡面任何一個環節出現問題，都不能有現在這樣的局面，這當賞啊！」

元娘心裡一跳，皇上這不管賞誰，其實都是不合適的，尤其是五娘。皇上的嘉獎，可不正是挑撥五娘跟遼東的關係嗎？他們還能繼續信任一個被皇上讚賞有加的遼王妃嗎？

「要是別人，我自是贊成獎賞的。可要是雲家的姑娘，卻叫我不好說了。哪裡有厚著臉皮為自家姊妹請賞的？您可別臊我了。」元娘說著，就要轉移話題。

天元帝卻一笑。「有功就要獎賞，有過就要懲罰嘛！朕的聖旨，這麼多人都沒明白它的意思，就只有遼王妃看出來朕是賜婚給明王的，這般的聰慧之人，怎麼能不賞呢？」

這就是還對五娘假傳聖旨的事耿耿於懷了。

元娘心思一轉，就哼笑一聲。「皇上隨意就好。」

她站起身，抬步就往外走。「我知道，四叔效忠皇上，連四妹的終身大事都拿來給皇上換水師了。可這水師畢竟是江湖客組成的，跟金家在海上的勢力比，如何？若是沒有金家牽制戚家，就憑著漕幫，您這也放心得太早了。所以，我還是勸您，高興歸高興，可別太過於忘形。忠言從來逆耳，您不樂意聽，我還不樂意說呢！若您看我不高興，大可再廢了我，這皇后我還不稀罕了！」

天元帝臉上的怒氣幾乎止不住。「妳說朕得意忘形？」

「沒有嗎？」元娘哼笑一聲。「您將遼王逼得太狠，您怎麼就知道遼王不會順勢跟太子起了衝突？一旦太子跟遼王對上，那麼在太子背後的成厚淳會不會乘機咬太子一口？都說卸磨殺驢，這邊的磨盤還沒卸下來呢，您就急著想殺驢。成厚淳之所以顧忌太子，是因為他知道，一旦他跟太子起衝突，遼王作為大秦的遼王就不會坐視不管。」元娘疲憊地閉上眼睛。

「現在將矛頭對準遼王和遼王妃，真的合適嗎？」

天元帝瞇著眼睛看元娘。「說到底，妳的心裡還是記掛著娘家多一點。」

「不是為了你好，我會說這些？」元娘冷哼一聲。「我還是退下吧，省得皇上等等因為我說話沒規矩，您啊我啊的說慣了，來治我的罪！」

「妳這脾氣……行了，是朕不對。朕喝了幾杯酒，有點暈，都是醉話，妳怎麼還當真了？」天元帝腳下一晃，才站穩。「今兒朕是真高興。只要成家穩住了，戚家就不敢動。戚長天就是個孬種，沒有那個膽子。如此，好歹給朕爭取來一點時間。」

元娘心道，酒後吐真言。正因為是帶著五分醉意的話，才是最真的話。

他心裡對遼王還是顧忌的。

元娘轉過頭，緩了語氣。「我不也是著急嗎？好歹天下太平，比戰亂四起要好。遼王只要還姓宋，他就得跟皇上俯首稱臣。遼東的軍械已經被控制住了，想來也坐不大，這已經算是懲罰了。何況，五娘在城牆上說的話，不也是形勢所逼嗎？就讓它過去吧！不看別的，只看著那是我的妹子，你是她的大姊夫，饒她一次，行不行？」

天元帝哈哈大笑。「胡說八道些什麼？朕是遼王的叔叔，妳還敢說朕是遼王妃的大姊夫？差著輩呢，可別信口開河叫人笑話了！」

「我這不是被氣的嗎？」元娘嗔了一眼，在天元帝的腰上輕輕地掐了一把。

撂子從金陵到京城，再從京城到金陵，來回用了十一天時間。江面上浩浩蕩蕩地出現了一眼看不到頭的船隻和兵將。

凡是胳膊上繫著紅布條的，都是漕幫帶出來的、願意投靠朝廷的人。

雲順謹心裡一鬆，連忙問道：「姑爺呢？」

于忠河掀了簾子就進了雅間。「見過岳父。」

「快起來。」雲順謹虛扶了一下。「可還順利？」

于忠河微微一笑。「岳父放心，一切都很順利。」

「好好好！」雲順謹笑了一下。「聖旨下來了，任命你為水師提督，從一品。皇上這次是下了血本了，你也要爭氣一些，若是能克制戚家，那也能搏一個封妻蔭子的爵位來。」

于忠河無奈的一笑。「若是四娘想要這些的話，小婿拚命也要掙一個的。」

雲順謹擺擺手。「罷了罷了，你的心思並不在朝堂上，我如此要求，已經是過分了。你放心，我的女兒，我自己清楚，她是一點也不在乎這些虛名。」

于忠河憨憨的一笑，他就知道四娘不是這樣的人。「但您放心，我總不能叫四娘在她其他的姊妹面前沒了顏面。」

人家的丈夫一個個非王即皇，自己這樣的還真是不怎麼夠看。

翁婿倆相談甚美，直到吉時，欽差宣讀了聖旨，才算正式完事。

之後水師將領的任命，全由于忠河擬定名單，然後上報吏部，由吏部任命。可以說，于忠河在水師中掌握了絕對的話語權。

「晚上回家吃飯。」雲順謹知道于忠河這會子忙，就叮囑了一句，轉身走了。

于忠河多想一把拉住自家岳父，他現在就想走，一點兒都不想留在這裡應付這些見鬼的人啊！這從一品的官帽子砸下來，自己這會子還是暈的。

戚長天看著手裡的書信，不由得大怒。「什麼東西？漕幫！」

裡裡外外的，沒人敢說話。

都以為朝廷沒有辦法了，這水師也不是什麼放在袖筒裡的天兵天將，沒有大量的銀子，就造不出大船，更何況是戰船？沒有充足的時間，就訓練不出能在水裡來去自如的兵卒來。

所以，戚長天幾乎可以肯定，朝廷根本就拿不出什麼水師。

要不然，他不會這麼貿然自立，將所有人的敵意都吸引到自己的身上。

漕幫，靠的從來都不是戰船誰強誰弱。而且，這根本就沒有可比性。

漕幫是在水上討生活的人，水裡的本事都是能活命的本事。戚家敢在大江裡時而來去，不是不知道漕幫的威名，而是在他們的眼裡，漕幫就是一群心不齊的江湖莽漢。但若是真的能統率了這些莽漢，那麼在水裡，自家的兵勇絕不占優勢。尤其在江裡，戚家的水師根本比不上漕幫！

這叫戚長天心裡越發的猶豫起來了。以前做好的作戰規劃，完全都不能用了。是另外調整呢，還是乾脆撤銷？他有些拿不定主意。

「西北如何了？」戚長天收斂了神色，問道。

就有隨從輕手輕腳地將條陳放在桌子上，然後慢慢地退了出去。

戚長天拿起來，草草地一看，臉上的神色就越發的莫測起來。

「主公，在下以為，現在跟漕幫爭一時之短長，並沒有必要。」一個青年文士從屏風後出來。「成家跟宋承乾之間暫時偃旗息鼓了，就連遼東都暫時沒有新的動作。如今咱們一動，朝廷可就有足夠的精力集中財力、物力，用來削弱咱們的勢力。這對於我們而言，實在是得不償失了。」

「你想叫我偏安一隅，做那只知眼前富貴的短視之人？」戚長天怒道。

文士眼裡的流光一閃，笑了出來。「休養生息，是為了伺機而動，怎會是偏安一隅、不思進取呢？」

戚長天臉上的神色這才緩和了下來。「你說的也未嘗沒有道理，我要再斟酌斟酌。」

文士行了一禮，才慢慢的退下。他想起一句話，叫做「江湖越老，膽子越小」，這話用在戚長天身上正合適。

西南安逸的日子過慣了，戚長天既想要天下，又害怕冒險，就成了如今這個空有一腔抱負卻又裹足不前的人。

此人，成不了大事。

突渾的初春，處處都是鮮花，連空氣裡都透著一股子沁人的香味。

六娘將院子裡窄小的兩分地撒上青菜、青蔥、香菜的種子，根本就不用擔心澆水的問題，空氣濕濛濛的，不過是吃飯的功夫，就下起了毛毛細雨，地面一會子就濕了。

的事。

「姑娘，再有一個月，咱們的青菜就能吃了！」二喬有些高興，這是她們每天唯一能做

六娘心裡一笑，哪可能那麼快？但面上卻跟著丫頭們一起，雀躍了起來。

她也不知道這暗處有沒有人盯著自己的一舉一動，但是面上，她還得歡喜起來才是。得叫人知道，自己就是這麼容易滿足，哪怕只是二分地的菜苗，也能叫自己覺得心滿意足。

楊相國的府裡。

楊興平坐在廊下，怡姑將茶具輕輕地給他擺在一邊的藤桌上，就打算退下去了。

「等等。」楊興平閉著眼睛出聲，然後隨意地指了指另一邊的椅子。「坐吧，咱們說說話。」

怡姑輕聲應了，慢慢地走了過去。她身上穿的是突渾的服飾，上身緊緊地貼在身上，就連裙子也極為窄小，露出腳面來，叫她很不習慣。其實，她還是更喜歡大秦的衣服，覺得舒服自在。如現在這樣，她總是覺得身上像沒穿衣服一般，低頭含胸，讓人無端地多出幾分小家子氣。她雙腿合攏併緊地坐下，雙腳沒有衣裙的遮擋，就露了出來，叫人好不尷尬。

在大秦，哪家的女人會露出腳呢？女人穿著繡花鞋的腳，該是在翩然的裙襬下時隱時現才好看、才動人。

楊相國哈哈一笑。「以後，妳不必勉強自己，喜歡穿漢人的衣裙，就穿漢人的衣裙。突

渾不缺跟大秦來往的商賈，衣裳、布料肯定能從大秦給帶回來，而且一定是最時興的。瞧妳委屈的，好似我不給妳衣裳穿。」

怡姑輕輕一笑。「只是不大習慣罷了。別人看著不彆扭，我自己卻難受。只這半輩子的習慣了，再是難改的。」

楊相國就道：「我也喜歡妳穿漢家的衣服，好看。」

怡姑的臉一紅。「都一把年紀了，哪裡還有什麼好看不好看？」

楊相國不贊同地擺擺手。「美的女人，不光是臉蛋年輕漂亮叫美，一言一行、一舉一動，姿態刻在骨頭裡，八十歲都不走樣的女人，瞧著也是美的。我瞧著妳一準能美到八十歲！」

怡姑臉上的笑意止也止不住，眼裡的流光一閃而過。這話當然是好話，能活到八十歲，是長壽；能美到八十歲，那一定是福氣。

「只要您在，我自是要美的。若是將來，能走在您前面，那是我的福氣；若是跟您前後腳的走了，那是我的造化。」怡姑眼裡閃過一絲瑩潤。「活了半輩子，跟著您，才過了幾天人過的日子。」

楊相國伸手拉著怡姑的手。「怎麼又來了？過去的就過去了，可別再提了。」

怡姑展顏一笑，點點頭。他喜歡自己是什麼樣子的，自己就得是什麼樣子的。到了她這個年紀，已經摸透了男人。就如同眼前人到中年的楊興平，他其實對於男女之歡，追求的已經不多了，一個月有那麼幾次，放鬆一下身心是有的。他更多的是需要一個人的時候，有人靜靜地陪著他，不一定要說話，更不需要過去撒嬌癡纏，只需要安安靜靜的即可。等他忙起來，他需要出門的時候，有人不捨又溫情地送他；回來的時候，有熱飯、熱菜，連同一個知心的人在燈下等他。這，就足夠了。

他沒有閒時間猜度女人喜歡什麼、想要什麼，她得自己學會將自己打造成他喜歡的樣子，叫他覺得舒服舒心，那麼自己的日子才會好過。

就比如這府裡，沒有人會小看自己這個二夫人是一樣的。因為這個男人覺得自己待在他身邊，叫他感到舒服，所以，這滿府仰仗著他的下人，自然知道該用什麼態度對待她這個連突渾話都說不了幾句的女人。

兩人說了閒話後，怡姑又將灶上燉著的銀耳蓮子羹端來。「您嚐嚐，可還可口？」

楊興平笑著接了過來，點著頭一口一口的吃了，才道：「妳有些日子沒去看過永平公主了吧？」

六娘？怡姑的手很穩，輕輕地放下手裡的托盤，才道：「她的性子，我是知道的。別說一、兩月不去看她，就是一、兩年不去看她，她的日子也是該怎麼過還是怎麼過，一天一天地重複之前的日子，不會覺得悶，也不會覺得無聊，就是給她清粥小菜，她也一樣能甘之如飴。說句不怕您見怪的話，她是我看著長大的，人都說三歲看老，小時候就養成的性子，就是刻在骨頭裡的，一輩子都改不了了。」

楊相國若有所思地「嗯」了一聲，他不由得想起戚家那邊傳來的消息。

戚長天以前造出了那麼大的聲勢，還以為他會一鼓作氣，順江而上呢，沒想到啊，竟是玩了一齣雷聲大雨點小的把戲。人家剛一亮出點真傢伙，他就慫了。

說是休養生息，其實還不是畏戰了？這對於突渾來說，可並不是什麼好消息。戚家跟突渾接壤，他不衝著大秦使勁，那麼多餘的精力就會放在突渾身上。

本來大秦的內務，輪不到邊陲小國來關注，但是因為戚家，他不關注都不行。怎麼偏偏挨著這麼個攪屎棍呢？叫人心裡不能安穩。

想起傳來的消息，他不由得對雲家的姑娘有了幾分好奇。這雲六娘可別是一個扮豬吃老虎的主，到時候，樂子可就大了。說著，他將手邊的信函拿給怡姑看。「想來，妳也想知道大秦的消息。」

怡姑不明所以，打開一瞧。

三娘密會太子，助明王返回漠北。

五娘冰封盛城，城牆上彎弓，百公尺開外，射中了哈達公主。

四娘江中遇險，卻帶回了漕幫的少幫主。漕幫順利來歸，朝廷在漕幫的基礎上，順利組建水師。漕幫少幫主如今是水師提督，從一品的高官顯貴，如今也是雲家的乘龍快婿。

這一條條消息看下來，怡姑的腦海裡就閃過一幅幅畫面。有三娘坐在榻上，閒適地撥弄指甲的畫面；有四娘站在海棠樹下，手裡拿著書本的畫面；有五娘站在廊下，用柳條逗弄雨裡的鴨子的畫面。一幅幅的，還是那麼鮮活。

她怎麼也無法將這些事，跟這些姑娘聯繫起來。

三娘恨不能殺了太子，怎麼最後竟然會是她幫了太子？

四娘一貫清高，怎麼會找了一個江湖草莽做夫婿？

五娘生性圓滑，這站在城牆上剛硬如鐵的姑娘，真的是她嗎？

一時之間，她的心思有些紊雜。或者，這真的是她們，可究竟是怎樣的磨礪和痛苦，才將人打磨成了這副樣子？想來都是十分艱難的吧？

「妳覺得如何？」楊興國放下手裡的碗，又問了一聲。

怡姑有點明白他想問什麼，這是對六娘的性情有些拿不準了。

其實，她也拿不準了。只能開口道：「不是說，不經一番寒徹骨，哪得梅花撲鼻香嗎？好好的姑娘家，若不是經歷了太多，是不會改變這麼大的。我就是怕，您這麼關著六娘，時間久了，這些不得自由、惶惶不可終日的日子，對六娘又何嘗不是一種歷練？」

楊相國蹭一下子坐了起來。「妳是說，這是在打磨六娘？」

「帶著稜角的石頭，要嘛打磨的光滑，可放在手心裡隨心所欲；要嘛，可就跟那蚌殼裡的珍珠一般。砂礫也能變成珍珠呢，何況是一塊上好的璞玉？」怡姑心裡一嘆。「雲家的姑娘，從來都不笨。六娘看著平和本分，但這平和本分，又何嘗不是她在雲家最好的處事手段？」

「所以，妳想說，將六娘放出來。」楊相國看著怡姑的神色就帶著打量。

怡姑心裡一跳，卻也儘量平和地道：「我想著，您正為戚家的姑娘纏著皇上而煩難，與其您費心地為這點小事動火，何不讓年輕人自己玩去？突渾還有很多想成為皇后的姑娘，讓她們各憑手段，您也正好看看六娘的心性，豈不是兩下便宜？如今這麼關著，除了看她每日裡忙活她那二分的菜地，想方設法地弄吃的喝的，又能看出什麼呢？」她說完，就清淺地笑。心道：六姑娘，我能幫妳的，就只有這些了。往後，就看妳自己的造化了。

楊相國垂下眼眸，然後慢慢的笑了。「也是我想多了。其實不管這位和親來的雲家姑娘是什麼性子，我都不可能給皇上換皇后了。不管是戚家，還是突渾貴女，都少不得要插手皇上親政的事，只有這位雲六娘，可以讓我少了這一層顧慮。不管她是真本分還是假本分，一個女人，又能翻起多大的浪呢？按妳說的辦吧，不放出來撕咬一番，誰知道她嘴裡究竟長了幾顆牙？」

六娘坐在廊下，就那麼靜靜的坐著，眼裡好像什麼都有，又好像什麼都沒有。進進出出的丫頭都靜悄悄的，不敢發出任何一點聲響。

姑娘，其實還是不一樣了。

一樣是笑，以前，很容易看清楚姑娘在高興什麼，現在嘛，她們都有些看不懂。

她們不是不焦躁，可是看著姑娘坐在那裡，就跟一幅靜止的畫一樣，就什麼焦躁的情緒都沒有了。姑娘都不急了，她們急什麼？再著急，又能有什麼用呢？

她們的家人都還在雲家，三老爺已經將她們家裡人的身契全攥在手裡了。要是姑娘但凡有一個不好，家裡的人可就活不成了。相反地，只要姑娘好好的，三老爺身上又有了爵位，這往後，家裡的人也能跟著出頭。所以，對於她們而言，背叛是個不划算的買賣。

再說了，姑娘脖子上吊著的東西，是五姑娘臨走前塞給姑娘的。有這個東西，金家就不會看著姑娘不管，這就是一層最後的保障。姑娘現在不用，那就是如今還不到用的時候。

既然不到用的時候，就證明還不算危急。

不過是地方逼仄一點、擁擠一些，不得自由罷了，其實吃的不一定就比不上以前在家裡牡丹苑的日子。

這天，沒什麼特別的徵兆。天還是那個天，濕濛濛的空氣中帶著花香。

院子的門又一次被打開了，進來的還是怡姑。她一身家常漢家女子的打扮，就這麼走了進來，身後的門就那麼洞開著。

「怡姑來了！」六娘笑著拉了她坐下。「我們做了醬爆的黃豆，要不要嚐嚐？」

怡姑看著六娘的臉，人還是那個人，要說變了什麼，就是似乎胖了一點。

「看來六姑娘的日子過得不錯。」怡姑捏了六娘端著碟子遞過來的醬黃豆，吃了起來。

這姑娘已經淪落到用黃豆做零嘴了，但還能笑得這麼一副樣子，真的不能不說，這也是一種本事。

六娘抿嘴笑。「五姊說，笑著是過一天，哭著也是過一天，為什麼不笑呢？不笑可就真的虧了。」

怡姑的心瞬間就沈甸甸的。不是不苦，也不是不想哭。可是苦得自己受，哭又有誰會心疼呢？所以，只能笑著。笑著過這不知道什麼時候才能見天日的日子。

看著六娘還帶著稚氣的臉，喉嚨覺得堵的慌。怡姑深吸了一口氣，才低聲道：「城外有一座別院，在鳳凰山上。離城裡只要一個時辰的路程，很近便。住在這裡憋屈，不如姑娘去鳳凰別院住吧？」

終於能出去了嗎？六娘控制了半天，才壓下心裡的躁動。她手裡穩穩地端著裝著醬黃豆的盤子，半點都不曾晃動。可要是盯著裙襬下的繡花鞋，就會發現，她的腳趾整個都蜷縮了起來。要有怎樣的定力才能叫自己不露出異樣呢？她自己都覺得，自己能控制到這一步真的不容易。過了好一會子，她控制好自己的驚訝和驚喜後，才恰如其分地笑得兩眼彎彎，然後忙不迭地點頭。「好啊！」鳳凰別院？這個名字有點意思。六娘低下頭，道：「這不會是怡姑為我求來的吧？」

怡姑搖搖頭。「我還真沒有這個本事，有心也無力。」這是實話。若不是六娘的身分，再加上最近的局勢變化，楊相國不會這麼安置六娘的。

也許自己的話是有起到一些作用，但真沒那麼大。如果不是自己的話跟楊相國的想法有一些契合的地方，哪會這麼輕而易舉能辦成的？

六娘吸吸鼻子。「住在別院也好。山上的風景好，出產又豐盛，光是野菜、菌菇，就叫我嚮往的不行呢！」

怡姑無奈的一笑。「妳這性子，這麼下去可怎麼辦？」

她低聲道：「皇上有一半的時間都是住在鳳凰山的，皇家的別院離妳要去的鳳凰別院只有二里路，妳可得自己長點心。」

六娘的臉一紅。「我才不會那麼沒羞沒臊呢！」

「怎麼能算是沒羞沒臊呢？」怡姑著急地道：「這鳳凰山就只皇家和楊相國兩家的別院，其他人的別院都是建在山腳下的。妳這是近水樓臺，要是叫別人先得了月，妳能樂意？」

六娘的臉更紅了，將頭扭向一邊。「誰愛去誰去！我才不去呢！」

「這可是沒出息的話。」怡姑說完就笑道：「妳可不能被妳幾個姊姊給比下去了。」

六娘手裡的盤子一晃。「有家裡的消息了？」

怡姑看六娘眼裡終於有了往日在雲家的神采，就低聲將知道的消息都說了一遍。「……妳不用覺得不好意思，想想四姑娘，誰能想到那麼一個跟紙糊的燈籠一樣的人，能在危急的時候那般的決絕，說跳江就跳江，之後又被漕幫救了，還跟漕幫的少主結下了姻緣？如此，朝廷才有了水師。六姑娘，妳行的，不為了別的，就只為了將來妳們姊妹見面，妳站在她們跟前不汗顏，也得好好的試試。」

六娘低下頭，遮住眼裡的淚意。原來不是自己最艱難，誰過的也不容易。但是她卻不敢大剌剌地應下怡姑的話，只不好意思地笑道：「我一直就最沒出息，妳又不是不知道。姊姊們只會護著我，不會笑話我的。」

怡姑表情複雜地看了一眼六娘，還真不知道說什麼好了。

兩人說了半個時辰的話，怡姑就告辭了。「六姑娘收拾東西吧，馬車就在外面。將常用的帶著就行，那邊有現成的。這些嫁妝就留在小院吧，有我打發人看著，出不了錯。」

六娘低頭應了，跟著，就站在院子裡看著怡姑離開。而那扇關了她好幾個月的門，此時卻洞開著。

六娘站在院子裡，看著那扇沒有合上的門。那扇門之外，又是一個什麼樣的世界呢？她有些好奇，又有些忐忑。今日一旦踏出去，自己的世界可能從此再也不一樣了。

「姑娘，這要收拾哪些東西？」二喬輕聲問道。

「金銀細軟、值錢又不占地方的都帶走。」六娘臉上的笑意一點點的沈下去。

今兒怡姑透露的消息可不少。

突渾的這位皇上竟然常年住在城外的鳳凰山上。

這山上只有皇家別院和楊相國的鳳凰別院，而且離得很近。

這就知道，這位皇上被逼得有多艱難。

鳳凰山上的鳳凰別院，猛地一聽，還以為這是以鳳凰別院為主呢！

怡姑說叫自己上心、多爭取，又特意提了山腳下有突渾大臣的別院。

那麼，自己要爭，是要跟誰爭呢？

戚幼芳？或者是很多很多的突渾貴女？

六娘深吸一口氣，眉眼慢慢的就恬淡了起來。

第四十三章

馬車從鬧市一般的街上緩緩的駛過，六娘從車窗往外看，四處都是綻放的花卉，讓人的心不由得跟著愉悅了起來。哪怕她聽不懂這些人說的是什麼，但還是能感覺到他們生活得很安逸祥和。不管到哪裡，老百姓都是一樣的質樸。

他們不會在意皇位上坐的是誰，只看管事的人能不能給他們好日子過。眼前這樣的場景，就足以證明這位楊相國很有幾分治世的手段。

那麼，這位突渾的小皇帝想要親政，只會更困難。她心裡裝了事，就擰眉放下車簾，擋住外面的景象，也像是擋住了一切的喧鬧。

馬車到了山腳下，六娘才出聲道：「停下吧，我自己走上去。」

二喬在車停下來之後，就跳了下來，聲音帶著雀躍地道：「姑娘，外面可真美！」說著，就伸出手，扶了六娘下馬車。

車簾子撩起來，六娘彎腰伸出頭，然後扶著二喬的手跳下馬車。才一站穩，就被眼前的美景所震懾了。

整座山都籠罩在一層輕霧之中。滿目的蒼翠，還有鳥雀的歡叫之聲，遠處隱隱傳來水流動的聲音。安靜，沒有人聲。但又不安靜，因為這山林的風聲中帶著各種鳥雀昆蟲的叫聲。

六娘突然有了一種脫出樊籠的暢快之感，頓時提起裙襬，就往山上跑去。腳上的繡花鞋其實並不適合走山路，山路不平，且佈滿青苔，繡花鞋穿在腳上，早就髒了濕了，甚至腳下不平的山路還硌得她腳疼，但這樣的疼痛叫她覺得真實，叫她真的感覺到自己還是活著的。

她暢快地笑著，驚得林子裡的鳥雀撲稜稜地飛了起來。

六娘抬著頭看天上飛的鳥兒，道：「妳們瞧，牠們多自在。」想飛去哪兒，就飛去哪兒。有時候，人還真未必比得過這天上的鳥兒。「我要是能變成牠們多好。」六娘喃喃地道。

要是自己也有一雙翅膀，縱使隔著千山萬水，她也能回去，回去看看她的親娘。她也能去漠北看看三姊過得好不好；看看五姊在遼東可還自在；還要在江南盤桓數日，瞧瞧四姊跟那個草莽姊夫是怎麼相處的？會不會雞同鴨講？想起這些，她臉上的笑意越發的明媚。總有一天，她也要成為這樣能自由來去的鳥兒，誰也不能束縛自己！

鞋子髒了，裙襬沾上了露水，也濕了。

但是自由了！真好！

鳳凰山別院，依山而建，層層的竹樓掩映在翠竹和鮮花之中。

「豆綠，妳留下，帶著人歸置東西。」六娘的聲音清脆悅耳，透著一股子歡快勁，然後喊道：「二喬，走！咱們去林子裡，看看有沒有野菜蘑菇？我還聽見水聲了，妳說，水裡會不會有魚？我想肯定有的！咱們先去看看，要是真有，咱們回來就編了竹簍子，以後頓頓都有鮮魚吃！」

二喬提著一個小籃子，走了出來。「來了，姑娘！」

六娘眼睛一瞪，低聲道：「從今兒起，叫公主吧！把妳們在國公府的威風都給我擺出來！公主身邊的侍女妳們沒見過，但五姊身邊的海石、石花、水草她們，妳們都應該還記得，都給我擺起款來！」

二喬跟豆綠，胭紅還有沙白、晨紅對視一眼，然後皆正色應了。「是！公主。」

六娘滿意地點點頭，這才朝二喬道：「走吧！」

見到門外站著的僕婦，六娘的眼神閃了閃，就又高聲笑道：「山林裡的魚，比起五姊養的，滋味肯定是更勝一籌的！五姊要是知道這邊的風景是這樣的，還不定怎麼羨慕我呢！五姊喜歡這山裡的野味，而四姊肯定更樂意在這竹叢花影裡作畫吟詩。也不知道那位常年飄在大江上的四姊夫可怎麼受得了四姊這股子酸勁？」一副小姑娘見到新鮮玩意兒的興奮樣子。

二喬眼裡閃過疑惑，但還是點頭應和著。

兩人慢慢地出了別院，沿著別院外的小路，一路往山上，循著水聲而去。

沒走多遠，就聽到水聲，原來是一掛瀑布，只有八、九仞寬的樣子，高也不過十四、五仞，瀑布下是一汪淺池，池底下的遊魚清晰可見。池子裡的水順著一條不大的溪流往山下潺潺流去，讓眼前的景色也活潑了起來。

「真的有魚！姑……公主。」二喬還不適應這樣的稱呼。她這一轉身，才發現自家姑娘看著池子裡的水，眼裡卻沒有來時的半點興奮，相反地，她身上透著一股子說不出來的嚴肅。二喬心裡一晃，就不安了起來。「姑娘，您叫我出來，就是想找個沒人的地方說話？」

「光是沒人還不行，誰知道哪片樹葉的後面就躲著一雙耳朵呢？」六娘的聲音軟糯中帶著沈穩。

這不是自家姑娘該有的樣子。

二喬被六娘說的話嚇住了，她想四處看看，就聽六娘出聲道——

「別四處亂看，這葉子片的背後不光有耳朵，還能藏住眼睛呢！妳該幹什麼幹什麼，臉上笑著，支著耳朵聽我說話就行。」

原來是想借著水聲擋住兩人的說話聲。

二喬勉強地笑了，蹲下身，將籃子放進溪水裡，做出一副要兜魚的樣子。

六娘也坐在溪邊的石頭上，摘了邊上的野花，往頭上簪，然後一邊攏頭髮，一邊對著水裡照，嘴上卻道：「晚上的時候，妳跟她們幾個提一句，叫她們往後說話、辦事小心點，別覺得用漢話，別人就聽不懂。那滿別院都是別人的奴才，誰能保證她們肯定不懂漢話？咱們的日子，還是吃吃喝喝、沒心沒肺，但也別真沒心沒肺，否則咱們主僕一輩子可就得困死在這裡了。妳主子我還想著什麼時候再回去一次，好歹見一見家裡的人。」

二喬低聲應了一聲，眼睛看著水面，心裡卻亂成一團。這幾個月，小小的宅院將自家的姑娘變成如今這副樣子，也不知道是該慶幸，還是該悲哀。正想得出神，手裡一重，她慌忙提起籃子，頓時就叫了起來。「公主……魚……」還是自投羅網的！

此時一條四、五斤重的黑魚正在籃子裡蹦躂，別提多歡實了。

六娘的臉上帶著笑意。「咱們不急著回去，將魚鰓用藤條穿起來，綁在籃子的提手上，將籃子放在淺水處，省得過會子魚不新鮮了。」

二喬應了一聲，就過去忙了。

六娘站起身，朝瀑布走了過去，不想卻看見瀑布的水簾後站著一個人影，再仔細看去，就見那人正看著自己！「啊！」六娘被嚇了一跳。

二喬手裡正拿著魚呢，不想聽到了六娘的叫聲，她馬上就站起來，結果那魚掉在地上，翻了兩下，就又進了水裡，擺著尾巴游走了。二喬哪裡還顧得上魚，已經跑到六娘的身邊。「怎麼了？公主！」

六娘此刻已經穩了下來，一眨不眨地看著瀑布後面的人。這不是五姊說的故事裡的水簾洞嗎？「你是誰？出來！」六娘大著膽子出聲問道。

隔著水簾，似乎還能看見那人戲謔的眼神。她心裡有了猜測，真的是巧合的相遇嗎？六娘的眼瞼垂了下來，然後才又睜開，一雙眼睛變得清凌凌的。

「妳進來吧。」說的是漢話，聲音清越。

六娘輕輕地捏了二喬一下，二喬才鬆開扶著六娘的手。

「你是誰？怎麼在這裡鬼鬼祟祟的？」六娘往前走了兩步。

那人輕笑了一聲。「這一直就是我的地方，今兒倒有人說我鬼鬼祟祟的，這倒也稀罕。」

六娘嗤笑一聲。「我們來了這半天，你也不出聲，在後面偷窺了半天，好看嗎？」

笑聲更大了一些，好久才道：「好看！」

六娘臉一紅。「你出來，再不出來，我可真進去了！」

「不是說大秦的女子靦腆，不輕易見外男嗎？」那聲音帶著笑意和疑惑。「難道是他們哄我的？」

六娘心裡就更篤定了，她好似有些氣惱，出口就道：「你是外男嗎？別以為我猜不出你是誰！」

那人馬上接話道：「我不算外男？那我該是姑娘的誰？」

六娘才一副失言的樣子，愣了半天。「你是我的誰，你自己不知道嗎？今兒你看了我半天，我還沒瞧見你呢！」她嬌蠻地「哼」了一聲。「這麼吃虧的事，我可不幹！你趁早出來，叫我瞧瞧，你是圓還是扁？」

那人發出笑聲，好像一副樂不可支的樣子。然後那影子真的站了起來，隨後，出現在瀑布邊的大石上。他一身白衣，頭髮散著，只用一根白絲帶綁了，手裡拿著一卷書，隨意地站在那裡，倒是有幾分縹緲之意。

個子中等，因為才只有十四、五歲的少年人的樣子，所以，以後能長多高，現在還說不好。五官其實看不真切，但是滿身的書卷之氣，還是讓人有了幾分好感。

六娘有一瞬間的晃神。

段鯤鵬卻被六娘看得有些彆扭。「妳現在看到了，不算吃虧了吧？」

六娘收回視線，福了福身。「見過突渾皇帝陛下。」

「妳果然是認出我了。」段鯤鵬眉眼帶著笑，他從大石上跳到了岸上，朝六娘走了過去。「我剛才驚走了妳的魚，就賠給妳一頓飯怎麼樣？」

六娘挑眉看他，見他雙眼含笑，卻又一瞬叫人看不出深淺，就輕輕地點點頭。「好。」

段鯤鵬招了招手，那水簾之後，又出來一個青衣打扮的太監，手裡提著一個食盒。溪水邊，有一塊白石頭，跟一面大鼓似的，邊上不規則地散落著幾塊小鼓一般的小石塊。這石桌石凳造得跟周圍的環境融為一體，六娘之前都沒有發現。

兩人相對而坐，那小太監含笑將食盒打開。裡面是一盤京醬肉絲、一盤水晶肘子、一盤麻婆豆腐、一盤炒時蔬，湯是山藥排骨湯。這全都不是突渾的菜，而是大秦的菜色，甚至都是自己喜歡吃的。

六娘攥著帕子的手一緊，今兒這不是巧遇，這菜可都是提前備好的。即便自己沒有闖進他的地盤，他也會想辦法叫自己碰上他的。

她可不相信這位吃慣了突渾當地飯菜的皇上，會對大秦的飯菜情有獨鍾。都說一方水土一方人，這些刻在骨子裡的生活習慣，可不是說改就能改的。她的手微微放鬆一點，淺淺一笑。「這飯菜……真是有心了。」

段鯤鵬嘴角也含著笑。「可還滿意？」

「不光滿意，還有些驚喜呢！」六娘呵呵一笑。

二喬一愣，自家姑娘這話說的，怎麼也不像是說飯菜吧？

段鯤鵬嘴角的笑意更深了兩分。「滿意就好。」

六娘拿起筷子，輕輕地挾了京醬肉絲，好似真的認真地品嚐了一番，之後才道：「這道菜最要緊的就是味道要厚重，這醬味不錯，可惜，就是有些浮了，出鍋得有些急。」

段鯤鵬挑挑眉，這是話裡有話啊！是說自己太過急躁了，落在有心人的眼裡不好，是這個意思嗎？

他有些拿不準，就又盯著六娘打量。這姑娘看起來不甚驚豔，甚至有些軟糯和甜美，有種叫人想要欺負一下的衝動。但是細看就會發現，這姑娘的五官其實極為好看，一雙眼睛笑起來眉眼彎彎，嘴角好似還帶著旋渦。

這樣一個姑娘，很難叫人相信這是個心思沈謀略深的人。

「喔？看來是該常找姑娘聊聊……聊聊……怎麼做菜？」段鯤鵬又挾了水晶肘子過去。

「再嚐嚐這個……」段鯤鵬看著對面的雲六娘，想聽她說點別的出來。

誰知道六娘卻再也不多言，反而極為香甜的吃了起來。

「好吃嗎？」段鯤鵬瞪了半天，不見六娘說話，就輕聲問道。

六娘點點頭，笑咪咪地道：「好吃。」其實味道還是差了那麼點意思，但到底差在哪兒了，她一時還真說不上來。

段鯤鵬頓時就覺得，剛才看著心思深的六娘是一種錯覺。他還是第一次見到有姑娘在他面前吃得這麼的隨心所欲。

六娘飽餐了一頓，就笑著起身告辭。「一條魚換了這麼一頓飯，這真是好買賣。也不知道上哪裡還能找到這麼樂意做賠本買賣的人呢？」

段鯤鵬心裡有了模糊的體悟，這姑娘是不是想吊著自己，下次再見面呢？要不然，這話是什麼意思？於是，他試探著道：「想占便宜就來這裡，老地方見。」

六娘嘟嘴。「我是愛占便宜的人嗎？」

「是我喜歡被人占便宜！」這話說完，又覺得不是很妥當，他忙道：「其實我今兒找妳是有事……接下來不管誰說什麼，妳都不要管，只管吃喝玩樂。若是山上太熱鬧了，也不妨病上一病……有些麻煩，我會處理，這話妳能明白嗎？」

六娘有些訝異，她目光灼灼地看他。「突渾貴女和戚幼芳爭著皇后之位，你卻叫我只管吃喝玩樂？」

「皇后是妳的！誰也爭不走，爭也沒有用！」段鯤鵬低聲道：「我覺得我們該有一個坦誠的開始。」

六娘笑了，所有的委屈一瞬間不見了。她彷彿看見了生命的曙光遠遠地亮了一線，這是個不錯的開始，不是嗎？小皇帝的話，她不知道該怎麼答，只道：「我做了好吃的，一定給你送去。」說著，就拉著二喬，蹦跳地走遠了。

雖然不敢期望一個帝王的情愛，但……她喜歡這個開始！

接下來的日子，六娘沒有出去玩，連丫頭都約束的很好。戚幼芳要見，她以傷風傳染為由躲了；突渾貴女求見，她以語言不通為由拒絕了。

她每天將自己圈在這方寸天地之間，但這種圈，卻跟那種不得自由是不一樣的感覺。她知道，外面風雨交加，可有人卻提前預警，叫自己躲過了這場風暴。

外面都盛傳皇帝喜歡戚幼芳，可緊跟著，戚幼芳卻死了，掉入湖中莫名其妙的淹死了！知道這個消息的時候，她冷汗下來了。若是沒有他的預警，她會面臨什麼呢？

而此時，皇帝「喜歡」的戚幼芳死了，卻成了皇帝拒絕突渾勛貴的藉口。

雖然他「喜歡」的是別人，但六娘的心……卻真的踏實了！

六娘躺在床上，聽著外面雜亂的腳步聲也沒影響她的好心情。緊接著，就是嘰嘰喳喳的聲音，不知道一群人都在說什麼？

二喬先是皺眉，然後提著裙子就下了樓。這些人怎麼回事？

等下了樓，就見胭紅正跟一個別院的丫頭說話。

「那是皇上在悼念戚家的姑娘呢！」

那丫頭說著蹩腳的漢話，但確實是漢話，脂紅聽得懂。

脂紅順著那丫頭的眼神，朝山頂的方向望去，還真是……情深不悔啊！

見二喬站在屋子門口，脂紅就迎了上去。「我怎麼覺得這麼彆扭呢？」她小聲道：「這些人好像害怕咱們不知道皇上正在幹什麼一般，想方設法地將那個叫山雀的小丫頭推到了我面前，像是故意傳話一樣。咱們姑娘是什麼身分，將來是什麼身分，她們會不知道？何必叫咱們姑娘知道，來刺姑娘的心呢？這都打得是什麼算盤？一個個的不安好心！」

二喬就朝外面看了一眼。「妳別說多餘的話，這如今咱們可在人家袖子裡揣著呢！該怎麼辦，還得看姑娘的意思。妳們該幹什麼幹什麼，除了吃吃喝喝的事，什麼也別多嘴。」

脂紅應了一聲。「放心，我在下面看著，妳顧著上面吧。」

二喬這才點頭，轉身上了樓，小聲地將脂紅說的話轉述給六娘聽。

六娘搖搖頭。「真真假假、假假真真，挺有意思的！」

二喬一時不明白六娘是什麼意思？

六娘卻沒有再開口說話的意思。段鯤鵬表現出來的態度也不過是假象，騙楊興國、騙天下人。

直到第二天，脂紅從下面端了早飯上來，才低聲道：「山上的燈籠亮了一夜，說是紀念戚幼芳呢！」

六娘淡淡地「嗯」了一聲，不這麼著他怎麼拒絕那些勛貴？她交代道：「我這會子聽了這個消息，很生氣，也很傷心。懂了嗎？」

二喬和脂紅對視一眼。「懂了！」

六娘卻親手收拾了幾樣吃的，提著去了「水簾洞」。

段鯤鵬深吸一口氣。「好香！」說著，就毫不猶豫地吃起來，這段時間他的做法他相信她看懂了。「再往下，咱們……大婚，冊封妳為皇后，大概是順理成章了。我不會表現得很歡喜，甚至是要做一些傷妳心的事。我知道妳是個聰明的姑娘，這其中的苦衷妳都明白。這不光是為了我，也是為了妳。」說到這裡，他頓了一下，似乎有些說不下去了，好半晌才道：「我心裡……覺得能娶到妳，就很歡喜……妳相信我……小心這別院裡的人……如果有難為之事，去找在妳樓前種花的桂婆婆。她雖年邁，本事卻大……切記！」

六娘嘴角沁著笑意。「你不用顧慮我……能這樣……我已經很驚喜……」很驚喜了！

段鯤鵬看著她一臉知足的笑，無端的昂揚起來。他從來不知道，一個姑娘能給他帶來這麼大的勇氣，以前不敢跟楊相國正面抗爭的他，勇敢了。他不光是個皇帝，還是她的男人，他得學著去保護她。能不能做個好皇帝他現在還不知道，但他想，他能先做個好男人。

段鯤鵬勇敢坦然地看著眼前楊興平的表演。

楊興平面沈如水，帶著幾分苦口婆心。「雲家的姑娘，哪一點辱沒了皇上，叫您這般不喜？您只看雲家的姑爺，哪一個不是一時人傑？雲家六姑娘不管是身分、性情還是樣貌，哪一點是拿不出手的？這是老臣千辛萬苦為皇上求來的，不光是為了給皇上選一位德才兼備的皇后，更是為了跟大秦聯姻，牽制戚家。這是關乎國祚的大事，怎能因為兒女私情——」

「相國！」段鯤鵬適時地怒火沖天。「朕說過很多次了，戚家姑娘是朕心儀之人！她如今香魂尚未走遠，你就要朕大婚，朕如何對得起她？因為朕，她才香消玉殞，至今兇手尚未伏法，你卻叫朕大婚？朕告訴你，休想！就算你逼著朕進了洞房，朕也不跟那什麼雲六娘圓房！她要是願意守活寡，那就嫁進來吧！她敢嫁，朕就敢娶！朕要她空守一輩子，給朕心愛的姑娘陪葬！」

楊興平忽而鬆了一口氣。

只要小皇帝答應大婚就好，至於大婚之後是不是跟皇后圓房？誰在乎呢！

一輩子不圓房才好呢！不圓房就生不出嫡皇子來，那麼，這就永遠都是任性和不成熟的表現。就算是支持皇上親政的朝臣，也會開始掂量這樣一個皇上對突渾的影響，他是不是一個合格的帝王？

所以，當小皇帝任性地說出敢嫁敢娶的話，他真的是心裡一鬆。

不管怎麼說，叫人押著小皇帝大婚，這事真是太難看了。

誰都知道皇上不是不想大婚，而是看不上自己給他選的人而已。

這事情不就僵住了嗎？

他立馬接話道：「這話可是皇上親口說的，金口玉言，再不能更改！皇上準備準備，大婚吧！」

段鯤鵬臉上的怒意一點點龜裂，顯出幾分惱羞成怒來。「朕就是說說！就是說說罷了……」

「皇上的話可以隨口說說，但老臣卻不敢隨便聽聽。」楊相國說著，就扭頭。「秘書丞呢？沒聽見皇上的旨意嗎？皇上要大婚了，該是頒下旨意，告知天下所有臣民一聲，然後請欽天監選黃道吉日吧！」省的夜長夢多！

周圍的人唯有諾諾。段鯤鵬鐵青著一張臉指著楊興國，一副氣得說不出話的樣子。

小連子上前輕輕地給段鯤鵬順氣，卻也乘機用身體擋住了楊興平的視線，好給主子調整好自己表情的時間。大喜之下，皇上的表情有那麼一瞬間的不自然。

誰知道皇上卻一甩袖子，轉身拂袖而去。

小連子緊隨其後，看著皇上一路低著頭，朝山上跑去。這是怕再留下來會被楊相國看出端倪吧？

段鯤鵬直到了山巔的亭子處，才終於揚起嘴角。成了！就這樣成了！

「主子……」小連子左右看看。「您慢些……」

慢些？怎麼能慢些呢？慢些他怕有人看出自己的異樣。現在還不到掀開底牌的時候，不到那個時候啊！段鯤鵬扶住亭子邊的樹，臉上因為興奮而帶著幾分潮紅。「小連子！」段鯤鵬看著山腰的方向，臉上的神色越來越沈凝。「你去辦幾件事，給戚幼芳刻一個牌位，後天，朕要跟戚幼芳的牌位成親。下旨，追封戚姑娘為皇貴妃。別瞞著，一定要宣揚出去……」

小連子一下子就跪下了。「主子，雲家姑娘……」這不是將人家的臉面往地上踩嗎？

段鯤鵬抿著嘴。「去吧。給再多的尊榮，也不過是一個死人，你太小看雲六娘了。」

緊接著，皇家別院裡張燈結綵，又是紅燈籠，又是白燈籠，掛的到處都是。時不時的還有嗩吶聲傳來，一會兒是喜慶，一會兒又是哀戚。

相互交錯，聲音不絕。

「這都什麼毛病？是辦喜事還是辦喪事，怎麼這麼沒譜呢？」二喬皺眉。

兩個別院只相隔二里，差不多是放個屁都能聽見響動的距離。這吵吵嚷嚷的，還讓自家姑娘怎麼休息？

脂紅跑上來，臉色煞白。「還真是既辦喜事又辦喪事！這突渾的皇帝，要冊封已經死了的戚幼芳為皇貴妃！」

二喬面色一變，看向倚在榻上看書的六娘。「姑娘……」她的語氣有些擔心，這事多鬧心吶！

六娘卻淡淡地笑了笑。「那妳們準備著吧，妳家姑娘，這次才算真的要出嫁了。」

二喬朝山上的方向看了一眼。「這是皇帝跟楊相國較勁呢！」

六娘「嗯」了一聲，朝樓下看了一眼，然後抬手就將桌上的茶具砸在了地上。

二喬和脂紅先是一愣，而後兩人對視一眼，才明白過來。

「姑娘，仔細手疼！」

「姑娘，咱不生氣！」

兩人站在二樓上，大聲喊道，就怕樓下的人聽不見一般。

六娘笑著看二人演雙簧，又兀自看自己的書。以前在家裡還沒發現，出了門這兩個丫頭才歷練得能獨當一面了。

怡姑來的時候，正碰上脂紅拿著摔碎的茶壺、茶碗下樓。

「生氣了？」怡姑看了樓上一眼，才小聲問脂紅。

脂紅氣惱地點點頭。「您說這樣的事，怎麼能不叫人生氣？當誰稀罕當這個皇后呢！三老爺當時都給姑娘找好親事了，雖不富足，但也是老實本分的人家，一輩子踏實日子還是能過的。現在這個算什麼？還不如嫁個田舍翁來的自在呢！」

怡姑瞪眼。「我說妳這丫頭，以前怎麼沒發現妳氣性這麼大？姑娘心裡不自在，妳們就要開解姑娘，哪裡能越發的火上澆油呢？」說著，就又抬頭看向樓上。「上面誰伺候呢？」

脂紅低聲道：「二喬在上面呢。」說著又低聲道：「怡姑，真的不能回大秦嗎？我們現在回去……」

「別說胡話！」怡姑白了一眼脂紅。「現在妳們姑娘是板上釘釘的突渾皇后，回什麼大秦？沒出息！」說著，就提著裙襬，一步一步朝樓上走去，嘴裡嘟囔道：「不管怎麼說，還真是習慣不了這該死的樓梯！」

六娘坐在窗戶邊，看見怡姑來了，眼淚馬上就下來了。「您說，咱們大秦的臉還要不要了？雲家的臉還要不要了？這不光是打了我的臉啊！這口氣，我說什麼也嚥不下的！以為這皇后之位人人都稀罕嗎？我還真不稀罕了！大不了，我求五姊將我送到海外的島上，那才更逍遙快活呢！」

怡姑快步走了過去。「我的姑娘，妳怎麼又說胡話？這個時候走了，那才真是認輸了！臉面不是別人給的，是自己掙回來的。只有妳真的成了皇后，妳才能扳回這一局。皇貴妃冊立了還能廢，這會子他喜歡的是別人，那妳就讓他喜歡上妳，這能有多難？難道妳就比不上戚家的姑娘？六姑娘，現在不是在大秦，受了委屈有人替妳出頭。在這裡，失了什麼，就得自己想辦法拿回來。做縮頭烏龜逃避是沒用的，衝動、意氣用事也沒半點好處，還得靜下心，慢慢地謀劃才是。」

「謀劃？怎麼謀劃？」二喬不忿地道：「還有人說，皇上可是說了，一輩子不跟我們家姑娘圓房！您說有這麼欺負人的嗎？」

「男人的話哪裡能當真？」怡姑十分不以為然。「愛妳的時候，恨不能將天上的星星摘下來送給妳，恨不能將心肝脾肺一塊兒掏出來，叫妳看看他的心有多真？可等人死了，再美的人，也就剩下一個冰冷的牌位了，哪裡抵得上溫香軟玉的美人，抵得上幾句知冷知熱的話？」

「怡姑，妳別安慰我。」六娘擦了擦眼淚。「妳的話雖說沒錯，但是還有句話，叫做活人爭不過死人。又有人說，得不到的才是最好的。我已經失去了先機，這樣的皇后，真的有必要嗎？」她看著怡姑，有些猶豫地道：「其實，我是想求怡姑，跟楊相國求個情——」

「六姑娘，這話妳可不能說出口。」怡姑打斷六娘要說出口的話。「聖旨已下，下月初八完婚。」

六娘臉上所有的表情都凝結了，過了好半晌，才像是渾身的力氣都被抽乾一樣地道：「……我知道了。怡姑，妳去忙吧，我會安心待嫁的。不管千難萬難，再怎麼難堪，我總是得活下去的。妳放心，這點羞辱，我還不至於尋死。」

怡姑長嘆了一聲。「我還是那句話，來日方長。」說著，就轉身。「放在小院子裡的嫁妝，隨後就會搬到別院來的。六姑娘，請多珍重。大婚以後，我再想見妳，可能就沒這麼容易了。」

「妳也善自保重。」六娘朝怡姑行了一禮。「不管怎樣，怡姑的情誼，我雲六娘記住了。」

怡姑點點頭，才又抬腳下了樓。

二喬站在樓梯口，直到看著怡姑下樓，由著脂紅送出去，才轉身看六娘。「姑娘，婚期定下了。」

六娘緩緩地舒了一口氣。「定下就好。」總算是定下了！

山上還是傳來嗩吶的聲音，但六娘的心裡卻不焦不躁，一片清明。

婚期定下來了，可婚禮的準備並不怎麼熱烈，甚至，婚禮都沒有回皇宮辦，而是要放在這皇家別院裡。大婚的禮服在箱子裡，是從大秦帶過來的。

「姑娘還是先試一試吧。」二喬將衣服拿起來。「我瞧著姑娘這大半年長了不少個子，這衣服怕是有些不合身了，得提前改一改。」

六娘站著，由著她們給換衣服、量尺寸。

脂紅上來，小聲道：「姑娘，剛才桂婆婆說，在小溪邊開了一叢特別好的茶花，問姑娘去不去看？」

六娘正伸著胳膊叫她們量尺寸，聞言一愣。不是別人來問，偏偏是桂婆婆。這不是桂婆婆問自己，而是段鯤鵬在邀請自己。

六娘笑了，隱藏了眼裡的瀲灩。「去吧！悶著也是悶著。」

二喬拿了大紅的披風出來，六娘擺擺手。「穿那件月白的吧。」

馬上就大婚了，穿著月白的，多不吉利？二喬轉身，拿了一件妃色的。「這件也好……」

「拿月白的！」六娘看著二喬的神色格外的固執。「人家在悼念心愛的人，我穿著喜慶，不是刺別人的眼嗎？」演戲嘛，一個人演多沒意思！

於是，一別院的人，都看見六娘一身月白的衣裳，頭戴著銀簪，慢慢地走了出去。

溪邊確實開著一株茶花，植株不高，但開得卻豔。

「姑娘，這跟四姑娘養的那株十八學士，哪個更好？」二喬心神先被花晃了一下。

六娘湊過去細瞧。「各有各的好。四姊養的花，帶著幾分富貴的嬌弱；而這株茶花開在山間溪水之畔，多了幾分自然之趣，各有各的妙處。」

「這花叫什麼？」二喬愛惜地看了又看，問道。

六娘噗哧一笑。「五姊說，白瓣而灑紅斑的，叫作『紅妝素裹』；白瓣而有一抹綠暈、一絲紅條的，叫作『抓破美人臉』；但如紅絲多了，卻又不是『抓破美人臉』了，那叫作『倚欄嬌』。妳細細瞧瞧，看那該叫什麼？」

二喬跺腳。「姑娘又糊弄我！那些話，也是五姑娘杜撰出來糊弄人的。五姑娘種的都是不值多少銀子的刺玫、野菊，哪裡說得出這麼些道道？不都是糊弄四姑娘的？四姑娘為了這些花的名字，把家裡的藏書閣都翻遍了，才知道五姑娘促狹的糊弄人。您又來糊弄我？這事我記著呢！」

六娘就格格地笑起來，彷彿看見了五娘的狡黠和四娘的氣急敗壞。

「其實，『紅妝素裹』、『抓破美人臉』，這山裡就有。妳們一說這名字，就叫人覺得雅致又有趣。本來色不正的花兒，叫妳們這麼一說，倒平添了幾分意趣。」段鯤鵬走了過來，輕聲道。

二喬的笑意就僵在了嘴角，低頭，默默地退到一邊了。

六娘沒有回頭，只走近了那株茶花幾步。「皇上也是來瞧這茶花的？」

段鯤鵬看她一身素淨，有些赧然。「演戲而已……妳……不必如此……」

六娘淡淡的一笑。「演戲嗎？我怕你入戲太深……」

段鯤鵬有些著急地道：「怎麼會？我就是怕妳多想，才叫妳出來的，看來妳還真是多想了。」

「這話多稀罕吶！」六娘俯身聞了聞花兒。「誰不要面子呢？您這樣，我就是做了皇后，誰會將我看在眼裡？」

「是為了新房的事生氣？」段鯤鵬問道。

六娘搖搖頭。「說不清楚為什麼不舒服，心裡就是不自在，一點也不歡喜。」

「一點也不歡喜？」段鯤鵬皺眉。

六娘這才扭頭，故意逗他。「我以為嫁人、成親，是該心裡有些羞澀和歡喜的，但是我現在沒有，這該怎麼辦呢？」

段鯤鵬愕然，這從來就不在他考慮的範圍之內。所以，一時之間，他竟是不知道該怎麼作答了。

他愣愣地看著六娘清冷的眸子，鬼使神差地道：「那妳說……妳說……我怎麼做……妳才會覺得歡喜？」

六娘轉過身，重新看著那株開得正好的茶花。

「女兒家跟花兒似的，花期轉眼即逝。」她的笑容有些悵然。「您說，這花兒還能開幾天呢？」

段鯤鵬露出沈思之色，卻沒有答話。

六娘似乎也沒有要他回答的意思。「花兒開了，來來去去的都是賞花之人，可誰才是惜花、懂花、愛花的人呢？」說著，就轉身。「咱們還是離它遠著些，省得耽擱它的有緣人。」

段鯤鵬看著六娘轉身，就要跟自己擦肩而過，手不由得就拽住了她。

「之前……我沒想那麼多……」段鯤鵬有些氣虛。「戚幼芳……妳知道的，我不可能會喜歡上她。不說出身，戚長天對君王沒有臣服之心，這跟楊……有什麼不一樣？我就是再糊塗，也不會正眼去瞧戚家的姑娘。再說了，空有一副長相，連腦子都不帶，自大而又不自知，她跟妳根本就不能比，我也從來沒有比較過。」

六娘抬頭看他。「我不在乎什麼臉面，我本來就是庶女。但是我的親人不能跟著我沒了臉面，我姨娘要靠著我這個臉面才能過得更好，我的姊妹若知道我的處境，難道不為我擔心？我……」

段鯤鵬接話道：「我知道坊間傳得沸沸揚揚，我這就下國書給大秦，表示永結秦晉之好的決心。」如此，也算是挽回了一點顏面。

作為皇后，受不受寵，本來就不是什麼大不了的事，世人都是這麼認為的。只要國書一下，這皇后之位就板上釘釘了，其餘的，卻不是大家關注和在乎的。

這次，六娘沒有說話，只微微地福了福身。「那就多謝了。」

段鯤鵬沒有放開六娘的胳膊。「我知道，妳心裡還是不歡喜的，我也不知道該怎麼才能叫妳歡喜。不過沒關係，咱們有一輩子的時間，我總能想明白的。」說著，他自己都有幾分赧然。「還有……還有圓房的事，我……我沒有別的意思。主要是妳還小，如果事先不說個理由出來，大婚以後，只怕什麼難聽的話都會有，我是這麼想的……本來可以給妳另外一個院子的，但是……我不想離妳太遠了……安全是一個方面，我也想有一個跟我作伴的人……想把妳安置在我的院子裡，可這不是跟之前的說辭矛盾嗎？我就打著戚幼芳的招牌用了一次……妳放心，那紅蓋頭下面，放的是咱們兩個的生辰八字，並沒有什麼牌位。還有那白燈籠……我的母后是百夷人，在百夷人的眼裡，白色是最吉利的顏色……」

六娘看著段鯤鵬，眼裡有一絲的詫異。

段鯤鵬臉上也有一分紅暈。「這對妳來說是大婚，是一輩子裡要緊的事，對我來說，也是如此。別人以為我用白色，是按著大秦的習俗故意落了妳的面子，可是我心裡不是這麼想，我心裡……那是給咱們祈福呢！真的！妳相信我！」

這樣的段鯤鵬，六娘沒法說出逗他的話，只認真地看了他一眼。「我知道了。我也喜歡百夷人自己染的布，以後，你多送我一些，我自己要做裙子穿。」

段鯤鵬似乎鬆了一口氣。「這個容易的！要多少，有多少。這次送國書，我也準備一些好的，叫人給雲家送過去。」

六娘的嘴角勾起笑意。「好！家裡人會喜歡的。」

「還有，婚禮不能在皇宮舉行的事，妳心裡別介意，終有一天……終有一天，我會帶著妳回去的。」

六娘點點頭。「我等著那一天。」

段鯤鵬這才鬆開六娘的胳膊，抬頭看了看天。「又要下雨了，妳快回吧。」

六娘點點頭。「你也快點離開吧。這山裡，並不安全。」說著，就提著裙襬，邁步離開了。

進了別院，六娘原來舒緩的臉色卻變得陰沈如水。

二喬跟著，馬上換了一副十分悲憤的表情來。

山雀提著一桶的小銀魚給豆綠送去，回頭卻跟脂紅打聽消息。「公主出去的時候還好好的，怎麼回來就變了一副模樣？」

脂紅憤然道：「姑娘悶了，出去看看花，誰知道遇見不該遇到的人，白白受了一肚子氣——」話還沒說完，二喬就在樓上喊她。

「妳又在嘀咕什麼？還不趕緊拿傷藥來！」

脂紅應了一聲，拿著傷藥就往上跑。

「誰受傷了？公主嗎？是誰傷的？」山雀問豆綠。

「哼！」豆綠沒有好臉色。「除了……還能有誰？一株花罷了，誰規定就是給什麼特定的人開的？真是豈有此理！」

山雀尷尬地笑笑。事情串起來，大概就是這位公主悶了出去賞花，結果碰到了小皇帝，小皇帝認為花是為了戚幼芳開的，因此羞辱了這位公主，還傷了她。

楊興平知道這事的時候，皺了皺眉。「怪不得跟我說要發什麼國書呢？這會子冷靜下來後，知道幹得離譜了？可是太晚了。」

怡姑卻只問六娘傷得要不要緊？「……幸虧這樣的人不理朝政，要真是想起一齣是一齣，下面的人不得遭罪啊！」

楊興平喜歡聽她說這話，明知道有奉承的成分，但還是覺得聽了叫人渾身都舒暢。

第四十四章

不管外面傳的怎麼樣，大婚的日子還是來了。

前一天晚上，怡姑過來，陪著六娘，將丫頭們都打發了，教導六娘男女之事，末了才道：「……妳年紀小，其實不圓房也好。先看看情況，要是關係上實在不能緩和，不妨……不妨在妳這幾個丫頭中，挑兩個忠心且性子弱些的伺候皇上，真要有了一兒半女，記在妳的名下，這後半輩子有了靠，也就不用愁了。」

六娘心道，這怡姑本就是二伯母顏氏的陪嫁，結果呢？還不是主僕離心。

自己就是再蠢，也幹不出這樣的事來。

妻妾間的事，在雲家見的多了，她自己心裡自有一番定論。

不過，她還是只紅著臉聽著，一句都沒反駁怡姑。

怡姑嘆了一聲。「我知道妳們姑娘家的心思，最是看不上我們這些做妾的。可是話又說回來了，有些人家還帶著庶妹出嫁做媵女（注）呢。普通人家尚且如此，更遑論皇家？妳是皇后，心裡看開一些，過得反倒更自在。有時候，權力比男人的寵愛更實在、更可靠。」

注：媵女，是中國周代盛行的一種婚姻制度，當時天子至士之間的各級貴族皆一娶多女，貴族女子出嫁為正室時，需要娣或姪女陪嫁，稱為媵，媵會成為側室，為明媒正「娶」的一部分，地位比「納」、「嬖」的妾高。

別的話，六娘左耳朵進、右耳朵出，只這最後一句，六娘卻聽進了心裡，而且極為贊同的。

絮絮叨叨了半晚上，才挨著枕頭睡著，就被外面的聲音吵醒了。原來是大臣們天不亮就上山，來參加皇上大婚的。

六娘起身，由著怡姑帶著幾個丫頭給她梳洗更衣，再裝扮上精緻的妝容。

「擺香案吧。」六娘吩咐二喬。

二喬應了一聲，在樓下安置好，才叫六娘下來。

六娘焚香，對著大秦的方向，遙遙地叩拜。

兩個別院離得近，接親的不是花轎，而是一副用鮮花佈置好的肩輿。

這肩輿像是一個移動的花房，用紅白相間的花裝飾而成的。

六娘這身嫁衣，因為考慮到突渾的天氣，是用細紗做成的。身上的衣服一層一層，但卻輕柔涼快；蓋頭也是用細紗，卻只一層。外面的人能矇矓地看見六娘的臉，六娘也能看見外面的情形。

喜慶的樂曲、醉人的花房，可周圍的人都一副看笑話的樣子。

因為所有的裝飾，都是紅白相間的。

要不是段鯤鵬的解釋，六娘大概也會誤會吧。

她神態自若地由二喬扶著上了肩輿，然後由前後各十八個壯漢抬著，上了皇家別院。

一路上走來，這二里的山路，都被鋪上了紅白的花瓣，每隔兩步，就有用竹子做出的一個個小拱門，拱門纏繞著鮮花藤。

從鮮花藤下穿過，有花瓣不時地飄過眼前。

幾個跟著六娘的丫頭，臉上的神色慢慢的好看了起來。這婚禮，不是最隆重的，也不是最富貴奢靡的，但卻是最……醉人的。

六娘的眼裡有了些笑意，尤其是看到段鯤鵬一身飄逸的白衣，站在肩輿的前面，伸出手接自己的時候。

他臉上沒有笑意，但眼裡的神采卻怎麼也擋不住。

「喜歡嗎？」他輕聲道：「這是我昨晚親自帶人佈置的。」

很有些邀功求賞的意味。

六娘嘴角勾起。「我心裡……突然有些歡喜了呢。」

段鯤鵬的眼睛亮了那麼一瞬，然後就趕緊掩飾般地垂下了眼瞼。

婚禮大部分還是採用了大秦的習俗，這是楊興平的意思。因為按照突渾的習慣，應該是皇帝和皇后在這都城裡巡遊一天的，但這卻不是楊興平樂意看到的。兩人拜了天地，就被人送進了洞房。此時的天，其實還早。

洞房裡，床上用的是大紅的帳子，不過，這裝飾的花卉，卻都是白色的茶花。屋裡縈繞著花的香氣，叫人的心一下子就寧靜了下來。

「都下去吧。」段鯤鵬冷著臉吩咐道。

二喬和脂紅看了一眼六娘，六娘微微點頭，兩人才慢慢的退下。

段鯤鵬吩咐小連子。「你看著這些丫頭，別叫她們瞎跑。」

小連子應了一聲，知道這是叫自己照看好這些丫頭，別因為人雜，有什麼閃失。

等人都退出去了，段鯤鵬才舒了一口氣。「這個屋子，還是安全的。」

也就是說，不怕人聽到什麼。

六娘點點頭，沒有言語。

段鯤鵬就奇怪地看六娘。「妳怎麼不說話？」

六娘吹了一口氣，垂在眼前的輕紗蓋頭就鼓了起來。

這意思十分明顯，就是說——你還沒有掀蓋頭呢！

頓鯤鵬不知道怎麼想的，也對著那鼓起來的地方吹了一口氣，然後那蓋頭又被吹貼在六娘臉上了。

六娘無言。「呃……」能不玩這麼幼稚的遊戲嗎？

段鯤鵬一吹完，自己就後悔了。太不穩重了！

他乾咳一聲，輕輕地掀開了六娘的蓋頭。剛才還是霧裡看花，現在卻是直面相對了。

「好看！」段鯤鵬真心實意地誇讚了一聲，就不好意思地趕緊撇過頭。

六娘抿嘴一笑，聽了聽外面的動靜。「怎麼沒了喧譁之聲？」

段鯤鵬搖搖頭。「楊相國已經下山了，大臣還有什麼理由留在山上呢？」連個婚宴都沒有，這可有點欺人太甚了。六娘抿著嘴沒有說話。

「我知道委屈妳了，將來咱們補上。」段鯤鵬承諾道。

但那也是以後的事了，六娘在心裡想。她搖搖頭，道：「沒什麼，就是想等外面消停了，好吃點東西，有些餓了。」

段鯤鵬剛想開口叫人，六娘忙伸手攔住了他。

「不差這一會兒功夫。」

於是，兩人又相對沈默了起來。

「要是妳想跟妳的姊姊們聯絡，我可以打發人順便送消息。」段鯤鵬突然說了這麼一句話。

六娘一愣，垂下眼瞼，猶豫了一會兒才道：「是不是有什麼難處，需要我動用雲家的關係？」

段鯤鵬欲言又止。「那倒也不是，不過是多個朋友多條路。」

是怕自己長時間不聯繫，感情變淡，等將來想用的時候，卻再也用不上了。她沒覺得段鯤鵬想要用自己這邊的關係有什麼問題，婚姻本來就是結兩姓之好的。「你放心，只要在不損害她們利益的前提下，她們能辦到的，就不會推諉。」六娘看著窗外。「不管隔了多少年，情分都淡不了。」

段鯤鵬失笑了一瞬。「讓妳見笑了，我只有異母兄弟活在世上，可也有好些年都不見了，兄弟姊妹間的情分，我不太懂。」

「那……誰陪著你長大的？」六娘問道。

「五歲那年，我父皇去了。我母后……殉葬了。」段鯤鵬說的輕描淡寫，但是六娘卻看見他的拳頭緊緊地攥在了一起。

「殉葬？」六娘愕然地問道：「不是自願的？」

「母后捨不得我，怎麼會是自願的？」段鯤鵬慘然一笑。「他們都說是自縊身亡。」

「他們都說？」六娘不解地問道：「你沒見到她最後一面？」

「見到了……」段鯤鵬的聲音很低，帶著一種悲憤與蒼涼。「我看見他讓人勒死了母后……」

勒死?!「誰？」六娘問道。誰有這個膽子，勒死了未來的皇太后？

段鯤鵬沒有說話，眼裡卻已經有了水光。

「是……楊興平？」六娘猜測道。

段鯤鵬微微地點點頭，垂下了眼瞼，一行眼淚順著臉頰流了下來。

「為什麼？」六娘不解，她只覺得毛骨悚然，渾身發寒。

「我告訴過妳，我的母后是百夷人。」段鯤鵬苦笑。「百夷人，從來沒有什麼男尊女卑，女子也能做族長，女子也能上戰場，女子也能理事。我母后是極為精明的人，留著她，楊興平想要攝政……且輪不到他呢。」
六娘一驚，原來如此。
段鯤鵬扭頭看六娘。「怎麼？害怕了？」
六娘點點頭。「害怕了。怎能不害怕？誰都不想死。」她一時不知道他說這些是什麼意思？但從他的話裡，她意識到了一個問題。「你說，你的母后是百夷人。那麼，這些年，你外祖家的人呢？」
段鯤鵬詫異又讚賞地看了一眼六娘。「妳真的很聰明！怪不得那些商號的人傳來的消息，都說雲家的女兒個個都很聰明、個個都了不起，但妳還是太出乎我的意料了！」
六娘看著段鯤鵬，半天才道：「雲家的女兒不想聰明，一點兒也不想要這虛名聲。我們更願意在家裡，無憂無慮地玩鬧嬉戲，希望將來能嫁一個有擔當、真心疼愛我們的夫君，生兒育女，平淡地過完一輩子。夫婿不必權傾天下，能庇護家人則可，也不必富甲一方，衣物無憂足夠。可是這世道，哪裡給我們選擇的機會？我們不拚命的掙扎，就是一個死。這名聲的背後，是怎樣的辛酸和艱難，歷經了幾番生死，誰又在乎過？」說著，她扭頭，深深地吸一口氣，覺得氣息都不穩了。
段鯤鵬伸出手，拉著六娘。「妳別生氣，不過是我一時感慨罷了。」他不想叫六娘想起不高興的事，轉移話題道：「妳不是問我的外租家嗎？」
六娘點點頭，收斂情緒，看向段鯤鵬，這才是自己想知道的要緊事。

「突渾，在最初是多個部族共存的，這一點，妳應該知道吧？」段鯤鵬問道。

六娘想了想，道：「聽聞段家先祖也是漢人，祖籍河間。因為逃荒，流落此地，被一位異族姑娘所救。後來，在這裡紮根，收服諸部，建立了突渾。」

「沒錯，就是這麼一回事。」段鯤鵬詫異地看向六娘。「這些事，在突渾都很少有人提起了，沒想到妳知道。」

「雲家雖然沒出什麼讀書人，但是藏書閣的書還是不少的，什麼都有，以前看過一些，只是不知真假，又怕是後人杜撰的，所以只當是故事翻翻罷了。」六娘起身，主動倒了一杯茶給段鯤鵬遞過去。

段鯤鵬接過茶盞。「楊興平想要徹底地打壓這些部族，他們已經退回他們的屬地了。高山密林，就是繁衍生息之地。」

這話聽著，像是說這些部落全都退避了，可六娘卻從段鯤鵬的眼裡看到了一絲興奮、一絲渴盼。她的心裡突地一跳，原來這些部族，才是段鯤鵬真正的底牌！

能建立起突渾的部落，誰會沒有一點根基？而且，部族傳承最是古樸，千百年都不曾改變。他們用好了，是最穩妥的保障。

雲六娘沒有說話，手按在茶壺上，看向段鯤鵬。「我能做什麼？」

「要想成事，必須助這些部族一臂之力。」段鯤鵬低聲道。

雲六娘點點頭。「他們需要什麼？」她明白，段鯤鵬也需要展露一點手腕，才能叫這些部族甘心為他所用。而自己，就是他手裡不可或缺的一環。

「聽說大秦兩江總督是妳的親叔叔，水師又都在妳四姊夫的手裡……」段鯤鵬看著六娘，低聲道：「需要一些兵器，更需要他們用船給咱們運過來。」

六娘心裡一頓，這可真是獅子大開口了。她沒有說話，而是在屋裡轉圈。「你還真是不跟我見外。」

段鯤鵬看著六娘。「我們可以用東西換，不會叫他們吃虧的，只當是花銀子買了。」

「銀子？」六娘心裡一鬆。「你哪裡有什麼銀子？」

段鯤鵬搖搖頭。「這個妳也先別管，妳只要知道我從來不缺銀子就是了。」

六娘垂眸，也沒有深問。她現在衡量的是，這兵器的事，能不能跟四叔開口？

按說，自己是大秦冊封的公主，以這個名義求助了大秦，未嘗沒有機會。就是跟四叔去了信，四叔多半也會先上摺子問皇上的意思。可這經的手太多了，但凡露出一點消息，楊興平就會知道。

她搖搖頭，喃喃地道：「君不密則失臣，臣不密則失身。凡是不能做到絕對保密的事就不能冒險，這條路走不通。」

段鯤鵬眼睛一亮，自己賭對了。一時間看向六娘的眼神又是感動、又是灼熱。這些年太孤單了，有人分擔的感覺真好。

六娘又在屋裡轉圈，明的要不行，暗地裡也不行。這事一旦被人發現，對雲家而言，就是裡通外人了，四叔不會用雲家來冒險。

直到屋裡暗下來，六娘才轉身看向段鯤鵬。「你要是信任我，就將這事交給我處理。」

「連傳消息的人都不用？」段鯤鵬瞇眼問道。

六娘點點頭。「不用。」五姊給的墜子能派上大用場了！

事實上，六娘的這封信，遠比想像的要慢得多。等五娘收到從金家那邊傳來的信時，她試種的水稻，已經沈甸甸地彎下了腰。

中秋已經過完了，再有半個月，水稻就能收割了，早晚都得穿著夾襖才能出門了。五娘手裡拿著用白綾書寫的書信，心裡沈甸甸的。

宋承明忙完兵器工坊的事，早早地帶著人就來了莊子。

如今，五娘這五畝稻子，是遼東最要緊的東西。王府的幕僚先生、家將、侍衛，還有這遼東的不少官員，能將稻田圍兩圈。

「產量如今還不得而知，但是瞧著稻穗，竟然也不比江南差。」幾個先生低頭看著穀穗道。

五娘點頭，雜交水稻出來之前，南邊種稻子也是只種一茬，生長週期差不了多少。

「能否推廣？」又有人問道。

五娘想了想。「推廣倒是沒有問題，但也要考慮因地制宜，不要急於一步到位。倒是可以在玉米和番薯上多下些功夫推廣，這些東西對環境不怎麼挑剔，產量相對較高。只番薯一項，若能推廣開來，至少遼東再也不用擔心餓死人了。」

遼東大部分還是以糜子高粱作物為主的，甚至是冬小麥、春小麥，種植的都不算多。

五娘覺得這要是想推廣開，並不是難事，只要看到好處，自有百姓想要效仿。這些地裡的活計，莊稼把式比這些讀書的夫子們知道的要多的多。

莊稼田地的另一邊，作為蓄水的池塘，雲五娘也叫人栽種了蓮藕、養了魚，甚至放了蝦苗、蟹苗，也特地叫宋承明買了會伺候這些東西的下人回來，如今，蓮蓬長得正好，蝦也能吃了。螃蟹中秋的時候吃過一回，現在也還有。

五娘叫人準備吃的。來了這麼些人，得開好幾桌才行了。

「你淨知道給我找事！」五娘抱怨宋承明，可也知道他是好意，他是想叫越來越多的人知道自己對於遼東的意義。

權勢和威望不可能按著身分的高低排列，這都是需要與之相匹配的才德的。

宋承明陪著五娘往莊子上的正堂去。他邊走邊看五娘的臉，道：「這幾個月下來，可是黑了不少。」

五娘瞪眼。「嫌棄了？」

宋承明左右看看，見沒人注意這邊，才湊到五娘的耳邊，輕聲道：「想妳了！」

五娘伸手在他腰上輕輕地擰了一下。「油嘴滑舌！」

「真的！」宋承明看著五娘。「這段時間忙完之後，冬天就陪著我好不好？」

「陪著你？」五娘才不信他的鬼話。「你去軍營我也陪著你？」

宋承明理所當然地點頭。「妳有進軍營的資格。」

「還真是將我當成將帥在用了！」五娘冷笑一聲，不置可否。

宋承明看著五娘。「怎麼了？今兒這是？心裡有什麼不自在的？」

五娘一愣，看著宋承明，心裡有些滋味難言。自己對他到底是已經親密到可以隨意發脾氣了嗎？

宋承明見五娘的神色不對，才趕緊拉了她進了內室，也不管別人怎麼看，直接將門給關了，拉著五娘的手坐在榻上。「怎麼了？是不是出什麼事了？是岳母，還是舅兄？只要有幫助，遼東的一切都任妳調遣。別悶在心裡，妳有我，我是妳男人，萬事有我擔著。到底怎麼了？」

五娘看著他焦急的神色，突然酸酸的一笑。「對不起，我剛才衝你亂發脾氣了。我心裡不高興，有點不痛快，當著外人，對你的態度不對……」

宋承明一把抱住五娘。「妳怎麼這麼傻啊？妳心裡不痛快，不衝著我發脾氣，還能衝著誰發脾氣？」說著，就又扶起五娘，看五娘的表情，然後恍然大悟。「在妳心裡……我是妳最親密的人了，是不是？」

五娘看著宋承明，嘴角動了動，到底什麼也沒說，只是撲過去抱住他，心裡突然慌慌的。

宋承明卻哈哈地笑了起來。「真是傻丫頭！妳怎麼能這麼傻呢？」

五娘深吸了一口氣。「是挺傻的。」然後自己也失笑。

「至親至疏夫妻！」宋承明笑道：「咱們是夫妻，只要沒有外心，那就是天下最至親的人。怎麼像是現在才明白一樣呢？」還是年紀小啊！別看著沈穩，在男女之事上，還很懵懂。

五娘沒有說話，就只這麼依偎著。

好半天後，宋承明才問五娘。「怎麼不高興了？出什麼事了？還是這幾天身上有不爽利？」

五娘臉一紅，這人連生理期有些情緒不穩都知道了？

「不是。」五娘臉上的神色嚴肅了起來，將六娘的信拿給宋承明看。「六妹從來都只想過安穩日子，現在卻不得不籌謀大事。我想起以前的事，想起在雲家的時候，心裡有些傷感罷了。」

宋承明看了簡短的信件後，也能明白五娘的心情。她將信交還給五娘，低聲道：「其實不用動用金家，咱們自己也行。信上說銀子不是問題，這一點，我還是比較動心的。」

這種事當然不會無償幫助。國與國的交往，不應該摻雜個人的情感在裡面。所以，對方提出買賣，只要答應這買賣，本身就是一筆不菲人情了。

五娘抬眼看宋承明。「工坊那邊出成品了？我就怕供應咱們尚且還不夠，哪裡能有富裕的賣給別人？」

「咱們沒有，金家就有了？」宋承明不贊同地道：「金家在這方面的資源更少，但凡有這樣的資源都造了其他東西了。」

這倒也是。海島上的資源相對來說更加的貧瘠，遠不及這片廣袤的大陸來的豐饒。宋承明的話，叫五娘無可辯駁。金家不缺金銀，缺的從來都是資源。

「突渾的茶葉、藥材，尤其是藥材，咱們也十分緊缺。這些東西，儲存多少都不嫌棄多。」宋承明的思路明顯比五娘清晰。「若是他們能源源不斷地供應藥材，尤其是治療傷藥的藥材，兵器的事，不是什麼大問題。」

五娘的眉頭動了動。「你想擴大兵器坊？」

宋承明點頭。「平安州招募的兵卒已過萬，時不我待啊！」

五娘就不言語了。

外面相互吆喝著入席的聲音傳了進來，五娘朝外看了一眼，才道：「你說的是對的。如今雖然看著是各方勢力僵持，誰都不會輕舉妄動，但實際上，只要一點小的意外，就能叫衝突直接升級。這可以避免，但是天災卻不由人定。這天下處處都透著一股子不安定的味道。」

宋承明扭頭看了一眼五娘。「沒錯，這正是我擔心的。寰宇四海，哪裡能處處風調雨順？」

「我給六娘回信吧。」五娘沈吟道：「一來一去，少說也要好幾個月的時間，留給咱們的準備時間尚算充裕。」

宋承明二話不說，直接去案几上給五娘研磨。

五娘坐過去，提筆寫下「久不通涵，致以為念」，眼淚就止不住地往下流。

宋承明這才覺得，五娘像個小姑娘的樣子了。人人都說自己少年老成，其實，真正比較起來，五娘比自己還少年老成。

五娘將寫好的信件封好，叫來了春韭。「立刻發出去。可以慢一點，但是安全保密必須為第一要務。」

春韭應了一聲，轉身就走。

外面還有不少人要招待，兩人沒有在屋裡多待，就出門應酬諸人了。

種植水稻的成功，叫宋承明分外的高興，晚上的時候，一頓飯結束，就已經被眾人灌醉了。

今晚，宋承明陪著五娘就住在莊子上，守著這幾畝稻子。

「只盼著之後的半個月老天賞臉，一定要是大晴天。」紅椒邊給五娘遞熱毛巾，邊道。

五娘的手頓了頓。「還是將其他房子的火炕都檢查檢查吧，乾柴火準備好，實在不行，就得烘乾了。」

這也是以防萬一。

好在老天賞臉，這半月還真是晴天。稻子能收割了，宋承明卻不叫別人動，只他自己帶著侍衛，將袍子都撩起來，塞進腰帶裡，拿著鐮刀就下地了。像是胡田這樣的將軍，也只能挑著擔子，將稻子往場院上送。

五畝稻子，收了一千二百斤稻米。每畝產量才兩百多斤，跟後世的雜交水稻不能比，但比起南方，也沒少多少了。

「……還是有些不一樣，南方的米細長，咱們種的米……短粗……」胡田抓了搗好的米給宋承明看。

宋承明平時看到的米，都是做成米飯的米，至於生米是什麼樣的，他從沒拿起來細看過。如今胡田一說，才發現還真的是。

「今兒就都嚐嚐這新米！」五娘心裡有數，東北的大米挺好吃的，黏性極好，又香又糯，尤其是新下來的米，更好吃。

香荽立馬帶著人下去了，蒸了一些乾飯，更多的則是熬成粥，叫今兒在這裡的每人都能嚐上一小碗。

新米煮出來的飯，自有一股子香味。等飯上來，也不用菜，都各自細細地嚼著，品味著米飯的味道。其實飯一端上來，濃郁的香味就已經傳了出來。也不知道是不是錯覺，總有種自家產的米，味道更香些之感。等吃到嘴裡，不管是米飯還是粥，味道都沒有讓人指摘的地方。不光是能吃，而且還特別的好吃！

好幾個遼東當地的老大人，一時之間，抱著碗就跪下，對著宋承明和五娘叩頭。五娘要起身相扶，宋承明卻攔住了她。

不光攔住了，宋承明自己也鄭重地朝五娘行了一禮。她的功勛，當得起這一拜。

宋承明對著五娘這一禮，眾人先是一愣，繼而都對著五娘肅然行禮。

五娘看著雲裡透出來的光，此刻，她才感覺真的被遼東上下接受了，承認自己是無人可以替代的遼王妃。

遼東種出了稻米，這樣大的事，怎麼會瞞著？

宋承明大張旗鼓地往京城送摺子，一同奉上的，還有幾斤米。不光是給了宮裡的天元帝，就是簡親王府、雲家，都送了。

而最早得到消息、品嚐到五娘種出來的大米的卻是金夫人。她此刻端坐在飯桌前，面前只一碗白瑩瑩的米飯。

「主子，咱們姑娘真是了不起。」大嬤嬤看著金夫人一點一點細細的咀嚼，就低聲道，語氣裡有些與有榮焉。「這樣的功勛……」

金夫人眼裡的笑意一閃而過。「收拾東西吧，咱們該離開了。」

離開？大嬤嬤看著自家主子。「咱們去哪兒？」

「這丫頭鬧出這麼大的事，這煙霞山從此只怕難清靜了。」金夫人說著，就將碗筷放下。「去遼東看看吧！想來她本事大，連稻米都能種出來，應該不至於供不起我這親娘一碗飯。」

大嬤嬤心裡一笑，這還是嘴硬！明顯就是想姑娘了，還不承認。

「成！咱們說走就能走！」大嬤嬤說著，就端起桌上的空碗。

這一碗米飯，金夫人全都塞進肚子了，一粒都沒剩下。

雲家遠進了院子，就看見大嬤嬤端著空碗出來，一下子就明白了。

「大嬤嬤，也給我來一碗，我嚐嚐。」他說著，就掀簾子進了裡面。

大嬤嬤笑著應了。「可沒準備菜。」

「不用菜，吃菜哪裡還能顯出米飯的好來？」雲家遠說著，人卻已經在裡面坐在了金夫人的對面。「娘，您嚐過了吧？」

金夫人頷首。「瞧你，怎麼還這樣的冒失？」

雲家遠也不以為意。「娘，我已經叫人將遼東產稻米的事放出去，不出幾天，必然傳遍天下。」

這是為了遼東揚名的事，金夫人認可地點點頭。「只怕不少流民要開始往遼東去了。」

遼東向來地廣人稀，因為誰都知道遼東苦寒。可如今一旦能種出大米，這地方就是一塊寶地，各地沒恆產的流民，馬上會迅速往遼東遷移，這對遼東是有好處的。

「我已經叫人注意流民的動向了，一旦有消息，就送到寶丫兒手裡。」雲家遠說著，就又笑了。「還別說，真叫她種地種出名堂來了！這功勞，可比為宋承明守城池的功勞大多了。對遼東的功勞，對這天下又何嘗不是功勞一件？」

金氏這才跟雲家遠說起，要去遼東的事。「……你留下，京城還有許多事要你照料。」

雲家遠擰眉。「我先送娘去，到了地方我再回來，也不過是幾天時間……」

「連寶丫兒都能上戰場了，你還真把你娘當成手無縛雞之力的人了？」金夫人一揮手。「這事就這麼定了。」半點不給反對的機會。

前一天才說了，第二天，金夫人就打馬離開了煙霞山，往遼東而去。

雲家遠想送一程，都被金夫人給趕回去了。

而此時，皇宮裡的天元帝，手裡正拿著宋承明的摺子。不自覺的，他的手微微的有點顫抖。

遼東竟然種出了稻米！

這當然是好事。可這對遼王是，對自己可真算不上是。

下面那些百姓會怎麼想？都會覺得這就是天命吧？

他將摺子給元娘遞過去。「妳瞧瞧，妳這個五妹啊，可真是了不起。」

元娘有些忐忑，接過來看了一眼，心裡就湧起一陣欣喜。她跪下，對著天元帝大禮參拜。「恭喜皇上、賀喜皇上！在皇上在位期間，能有這樣的事，您的功勛可比先祖。民以食為天，皇上在這大殿裡夙夜憂嘆，不也是為了讓天下的百姓，人人的餐桌上都有一碗粥喝嗎？」

天元帝就看向元娘，他懂了她的意思。遼王只要還是大秦的遼王，那麼這功勛就是大秦的功勛，就是他這個皇帝的功勛。不管心裡怎麼不舒服，該賞還是要賞的，該誇還是要誇的。不光要誇，還得誇得滿天下都知道。

想起要為宋承明大唱讚歌，天元帝的心口就堵得慌。

「起來吧。」他起身，將元娘扶了起來。「朕有一個善於勸諫的賢后啊！」

元娘一笑，轉身問付昌九。「遼王沒送遼王妃親自種出的稻米來嗎？」

付昌九趕緊道：「回娘娘的話，送了！就在外面，老奴去拿。」

元娘對天元帝一笑道：「遼王妃從小就喜歡農事，再是想不到真能種出名堂來。不過，她種的果蔬，確實有獨到之處，只乾淨這一條，就不是誰都能做到的。一會子我親自下廚，咱們也嚐嚐遼王妃親自種出來的糧食。要是吃的好，就叫遼王進上來，這也是給了遼王體面。」

這話，也不過是照顧自己的面子罷了。天元帝無奈的一笑。

雲家。雲高華和雲順恭相對而坐，桌上放著的，是兩碗清粥。

「這才到遼東，就種出了水稻。」雲高華的神色有些懊惱、有些複雜。「你說，以前在家裡的時候，是不是五丫頭也試著種過水稻？要不然，哪裡會一次就成了呢？」

雲順恭心裡一跳。「五丫頭的院子……兒子也沒進去過。要不……找以前伺候的，問上一問，也就知道了。」

雲高華看了雲順恭一眼。「田韻苑伺候的，都已經被五丫頭帶走了，哪裡還有什麼舊人？如今那院子已經封了，只留著一個婆子看守，還有什麼能問出來的？」

雲順恭低頭，就不再言語了。父親想說什麼，他自然是清楚的，不過是想說五娘心裡沒有雲家嗎？在家裡已經嘗試成功了，可卻偏偏秘而不宣，隱瞞不報，這是不想把功勞給雲家吧？他心裡有些苦澀，但還是道：「五丫頭不至於……只怕是遼東的氣候更適合水稻……」

雲高華一個冷眼掃了過去。

雲順恭就不說話了，這話不過是哄騙自己玩的罷了。誰不知道遼東苦寒？那樣的地方都能種出水稻，沒道理京城種不出來。

「你去信，問問這水稻的種植之法。只要雲家在京城種成了，那一樣也是大功一件。」他說著，就看了這個兒子一眼。「叫人將田韻苑的田地收拾一下，我打算在咱們府裡也試著種一種，再從南邊找幾個好的莊稼把式來。」

可田韻苑一直都是五娘的院子啊！雲順恭不想叫五娘有朝一日回家了，連個院子也沒有，於是趕緊道：「要不，另外收拾一個院子？」

「你比我還糊塗！這府裡，除了田韻苑的地是熟地，其他的都是生的，光是養地就得好幾年！有空了，你也去莊子上轉轉吧，別一開口說話，就叫人笑話！」

雲順恭心裡不服，但也不敢頂嘴。生地或熟地有什麼關係？將上面的地皮刮下來，填到另一個院子裡不就是了？還有池塘裡的淤泥，這都是可以肥田的。自己怎麼就不懂了？他老人家大概也是想借著田韻苑的氣運吧？可這氣運都是跟著人動的。田韻苑沒有了五娘，也不過是個寬敞的大院子罷了，哪裡還能有昔日瓜果四季不斷的景致？

雲順恭回到了春華苑。

顏氏靠在榻上，抱著手爐。她的身體這些年都沒養過來，就這麼一直病殃殃的維持著。才到九月，她就離不得床榻，手裡沒有手爐，就覺得冷得難以忍受，寒風直往骨頭裡颳。

炕桌上放著空碗，顯然是剛用了一碗粥。

「如何？」雲順恭指著空碗問顏氏，這是問她，遼東產的稻米究竟如何？

顏氏點點頭。「不遜於南邊的。只不知道產量幾何？」

雲順恭搖頭。「詳細的倒不清楚。父親的意思，想問五丫頭討要稻子的種植之法……」

「切莫為之！」顏氏趕緊道。

雲順恭其實也是開不了這個口的。

顏氏心道，自己的女兒三娘還需要五娘幫襯，何苦這個時候鬧得不愉快？她輕聲道：「東西雖然出於五丫頭之手，但她如今不是雲家的女兒，是遼王的王妃，女人家哪裡有屬於自己的東西？這自然都是遼王的，萬萬沒有教唆女兒索要夫家之物的道理。再說，遼王是大秦的王爺，是皇家之人，哪有做臣子的覬覦皇家之物的道理呢？遼王會不會將這種植之法告知朝廷，這是皇上與遼王之間的事，做臣子的夾在中間，是嫌棄日子過得太過太平了嗎？如今這世道，求穩才是首要的。不管哪一邊贏了，都少不了咱們的太平日子過。何不關了府門，什麼都不操心，太平安樂地過日子呢？」

國公爺現在真是越老越糊塗了。

雖然這話她沒有說出口，但裡面的意思雲順恭卻也聽懂了。

他良久都沒有說話，見顏氏的眼睛盯著窗外飄零的梧桐葉，就知道她這是又想起三娘了。「父親說，叫我多去莊子上看一看，我想，這樣也好。我乾脆就住到城外的莊子上算了吧？」雲順恭跟顏氏低聲道。

這就是打算避出去，不打算在老爺子的眼皮子底下了，而老爺子愛折騰就由著他折騰吧。

「好！」顏氏點點頭。「我叫人給爺收拾東西。」

雲順恭就起身，臨走了才道：「妳也不要擔心，三娘那邊……雖然現在在漠北，但是只要明王寵愛，日子也不會過得差。」

寵愛？怕的就是這份寵愛。以色侍人，色衰而愛弛。

顏氏心裡一嘆，不打算就這個問題跟雲順恭繼續說下去，只點點頭。「沒事，我知道，自己不過是胡思亂想罷了。」

雲順恭索利地帶著東西和人，起程去了城郊的莊子上。途中想起五娘，他勒緊韁繩掉頭，上了另一條岔道，是通往煙霞山的。到了山腳下，跟正要出門的雲家遠走了一個面對面。

父子二人相對而立，雲家遠也只是稍微躬身而已，眼裡全沒有面對生父時該有的尊重。

雲順恭嘴裡的苦澀之味越加的濃郁。他家裡還有三個兒子，一個是個莽夫，全沒有半點心眼；一個懦弱加體弱，連院子也不出；還有一個嫡子，如今還不會說話、走路，身體孱弱得叫人看不到明天和希望。

只有這個兒子，長得英俊挺拔，又小小年紀就管著金家的事務，精明強幹，出類拔萃。可惜，這樣的孩子卻不能留在國公府。

「你娘呢？」雲順恭沒有苛責雲家遠，而是低聲問道。

雲家遠沒有往詳細了說的意思，只淡淡地道：「我娘出門了，不在山上。」

不在山上？雲順恭的臉色瞬間就難看了起來。「真的走了？去哪兒了？」

「出去走走，去哪兒也說不準。遇到好的風景，許是能多待幾日；若是不喜歡了，可能不會停留。」雲家遠說著，就牽了馬韁繩，一副急著要走、不欲多說的樣子。

「是不是去了遼東，去看五丫頭了？」雲順恭急忙問道。

「也許吧。」雲家遠沒有否定，卻不給肯定的回答。「接到寶丫兒種出水稻的消息，說不定會轉道去遼東也不一定。」

雲順恭的嘴張了張，很想質問一句，女人出門怎能不跟男人知會一聲？可看到兒子淡漠的眉眼，他一句話也說不出來了。看著山頂半晌後，他才轉身上馬。「那你忙吧。以後，我再來瞧你娘。」

雲家遠沒有說話，心裡卻嗤之以鼻。來瞧娘？還是算了吧！大家各自過自己的日子，挺好的。

遼東。

五娘坐在亭子裡，看著幾個丫頭划著船去採蓮蓬，她也不管。海石幾個划著小船，在池塘裡來回穿梭，竟然還時不時地玩一齣相互碰撞、妳追我趕的把戲。

紅椒在岸上看得驚呼連連。

香荽也一邊給五娘剝蓮子吃，一邊道：「姑娘，您倒是管一管她們。看看，如今天涼了，掉進水裡可不是玩的！」

五娘看了一眼，就轉過頭笑道：「她們要是在這小池塘裡翻了船，那就真該回爐再造了。」

紅椒連忙點頭。「就是、就是！一個個都是海上的猛將，要在這裡翻了船，那可真就成了陰溝裡翻船了！香菱姊就是愛操心！」

香菱就低聲道：「船划得再好，也不能像她們那樣，一個往一個身上撞啊！」

五娘扭頭，又看了一眼。「撞不上的，她們的技術都相差不大。再說了，給她們一根木頭，她們都敢在海裡漂，這點算什麼？」說著，就又道：「等她們玩夠了，再叫人下去，看看蓮藕長上來沒有？」

香菱趕緊應了一聲。

紅椒扭頭道：「一會子我留在這裡看著。姑娘，咱們什麼時候回府？」

「明天吧。」五娘起身。「也該回去了。這兩天的風吹到人身上有點冷了，我怕這雪下來，也就這兩天了。」

還真被五娘說著了，等回了遼王府，剛安頓好，天上就飄起了雪花。

紅椒從外面氣喘吁吁地跑進來。「王妃！王妃！」

五娘瞪眼。「幹麼？叫魂呢！」

紅椒喘了一口氣。「……王妃，來客人了！」
五娘將花生剝了，放在另一邊的小碗，頭也不抬地問：「誰啊？哪家的夫人？要是要緊，就請到廳裡坐吧，我換了衣服就出去。」
紅椒呵呵地笑。「要緊！十分要緊！是金家的夫人！」
五娘一頓。「金家的夫人？遼東誰家姓金？我怎麼不知道？」
紅椒忙又道：「金家的夫人！金夫人！」
金夫人？
……娘？
五娘愣然地抬頭。「妳是說，我娘來了？」
紅椒用力點點頭。「就在大門外！」
五娘蹭一下就站了起來，然後提著裙襬，就朝大門外跑去。
於是，滿府的人就見王妃穿著一件鵝黃的小襖，一件大紅織錦的裙子，像一隻大蝴蝶一般，從眼前颳過。一路上的人都遠遠的避開，躬身行禮，等著五娘先過去。就有那機靈的，趕緊一層一層地朝裡面稟報了。
常江接到下面的人的稟報時，為難地看了一眼正跟幾個先生商量事情的宋承明。但想到事關王妃，他還是硬著頭皮進去了。

宋承明果然皺了皺眉，嚴厲地看了常江一眼。剛才已經提前跟他說過了，不許人打攪，怎麼還進來了？

「主子，王妃剛才朝府門的方向跑去了。」常江縮了縮脖子。「據說，是金夫人來了！」

「金夫人？」宋承明先是一愣，然後才想起什麼似的，一下子站起來了。

「王爺快去！金夫人可不同於一般女流。」戴先生趕緊道。

宋承明這才快步往外走，袍角都飛了起來。

第四十五章

五娘一路往外跑，到了府門口，就看到站在一匹黑馬邊的娘親。她還是老樣子，黑衣滾著紅邊，肅穆中帶著一抹豔麗。

「娘！」五娘提著裙襬的手忘了放下，就衝著金夫人喊了一聲娘。

「妳瞧瞧妳，像個什麼樣子？」金夫人轉身，上下打量閨女。這是長高了，也長大了。只是現在穿著小衣服就往外跑，還提著裙襬，露出一雙蔥綠的繡花鞋來，叫人看見了可怎麼好？沒有體統！這邊訓斥的話還沒出口呢，就見這丫頭歡喜地撲了過來，一把抱住了她。

「娘！我想妳了！娘！這回不走了吧？娘，妳怎麼才來啊？娘……娘……娘……」一聲聲的「娘」，直把人叫得心都化作一汪水了。

「好了！都已經成親了，是個大人了，怎麼還像個孩子似的？」金夫人伸手將閨女摟住，這孩子已經跟她一樣高了，可卻清瘦得很。穿著棉襖，都能摸到身上的骨頭，臉也黑了不少。可見為了種出水稻，也是費盡精神了。

宋承明從裡面趕出來，就見五娘掛在金夫人身上，哼哼唧唧的，不知道說什麼，他心裡突然就不是滋味了。

這位丈母娘可不是好打發的。

「見過岳母。」遼王趕緊上前見禮，說完又對五娘道：「還下著雪呢，趕緊請岳母進府吧。」

五娘這才從金夫人身上下來，拉著她的袖子。「娘，咱們進去說話！」

宋承明就將身上的披風解下來，往五娘身上一裹。

金夫人看了，就挑挑眉，看來兩人相處得不錯。

遼王府的客院，五娘挑了一個離正院最近的給金夫人。她親自伺候金夫人梳洗，又叫人做了金夫人愛吃的。等梳洗出來，飯菜已經擺在炕桌上了。

「炕上坐吧。」五娘拉著金夫人往炕上而去。

在遼東，天氣實在太冷，即便屋裡暖和，遇到關係親近的客人，也都是先請上炕坐。炕上鋪著羊毛毯子，一邊放著羊皮的小褥子，搭在腿上，別提多暖和了。

「妳倒是習慣了如今的日子。」金夫人看著五娘盤腿往炕上坐，就笑道。

五娘也笑。「我這才哪到哪啊？那遼東土生土長的女人，十幾歲的姑娘，身上都別著旱煙袋呢！還有那酒量好的，都是端著碗喝酒的。我是不行。」說著，就端著碗，陪金夫人一起吃。

清炒的小油菜、拌好的菠菜、嫩嫩的黃瓜，金夫人一時胃口大開。

「去年沒有人給我送鮮菜，一個冬天，吃什麼都不香。」金夫人吃著，嘴上卻道。

五娘就偷笑。「主要是妳想我了！」

「美得妳！」金夫人瞪了五娘一眼。「誰想妳這小沒良心的？嫁了人，就一心只圍著人家謀劃，真不知道我怎麼就生了妳這麼個傻姑娘！」

「娘！」五娘就差搖尾巴了。「他對我挺好的。」

「能不好嗎？」金夫人嚼著嘴裡的米飯。「就憑藉這化腐朽為神奇的能力，誰娶了妳回去都得疼妳！」

宋承明在門外剛好聽到這麼一句，心裡不由得苦笑。人家丈母娘看女婿是越看越歡喜，怎麼到了自家這裡，是越看越不順眼了呢？他沒有貿然進去，而是叫人先去通傳。

香荽福了福身，就起身進屋，低聲跟五娘道：「王爺就在門外。」

五娘就偷眼看自家親娘。「娘，外面怪冷的。」

「哼！」金夫人白眼一翻。「白眼狼！」

五娘知道這又是罵自己呢！怎麼平白的就被蓋了一個「白眼狼」的戳了呢？

「去叫進來吧！」五娘一邊看金夫人的臉色，一邊對香荽道：「順便再添副碗筷過來。砂鍋裡的泥鰍湯好了，也一併端過來吧！」

金夫人狠狠地瞪了五娘一眼。「妳害臊不害臊？」

五娘有點懵。「我又沒幹見不得人的事，害臊什麼？」

金夫人就看五娘，見她一臉懵懂，她倒把要出口的話給嚥回去了。

宋承明進來，行了禮，就順便也坐下，一起吃飯。「遼東的飯菜，岳母吃著，可還合胃口？」他問得很殷勤。

金夫人挾了一筷子菜，放在碗裡的米飯上。「從菜到飯，都是我閨女種的，自是合胃口的。」

宋承明一噎，這語氣怎麼不對啊？金夫人這樣的女人要是沒事找茬，那真是不好應對。

五娘就道：「娘！都不是外人，您有什麼不順心的，好好說成不成？這麼陰陽怪氣的，我都不習慣了。」正說著話，香荽就端著泥鰍湯放在桌子上，五娘便往宋承明面前一推。「快趁熱喝！」

金夫人又冷哼一聲。

宋承明這會兒也尷尬了起來，不停地朝五娘搖頭。

五娘後知後覺地問道：「這泥鰍湯有什麼不妥當嗎？」

在炕下坐著吃飯的大嬤嬤「噗哧」地笑了一聲，轉頭對金夫人道：「主子，姑娘並不懂。」

什麼不懂？五娘疑惑地朝宋承明看去。

宋承明用口型說了兩個字——壯陽！

五娘的臉騰的一下子就紅了。她保證，她並不知道這個啊！

她只是突然想吃泥鰍湯罷了。今兒爐子上恰好燉著這個湯，宋承明在外面站了半天，進來的時候身上還帶著雪呢，喝點湯暖一暖怎麼了？誰知道會鬧出這樣的烏龍來。

這烏龍還鬧到了親娘面前，怎一個尷尬了得？可話說回來了，丟臉丟到親娘跟前，總比丟到外人面前強。她抬手搓了一把臉，瞬間就恢復正常，對宋承明道：「趕緊喝，趁熱！」

宋承明的手都有點抖了。這會子他猛然想起來，兩人沒按照約定，等到五娘及笄才圓房！這事是自己理虧吧？

五娘給了他一個稍安勿躁的眼神，就又笑著看自家親娘。

金夫人嘴上「嘖嘖」兩聲，自己的閨女臉皮厚成這樣，自己這個當娘的還能說什麼？靜靜地吃了飯後，金夫人倒主動說起了流民的事。

「安置流民，若是需要幫忙就說話，不要跟我客氣。我過來，就是怕你們有為難的地方。」金夫人轉頭看宋承明。「當然了，咱們一碼歸一碼，幫忙不是無償的。」

就這已經叫宋承明大喜過望了！

金夫人擺擺手。「金家往年都會用私鹽兌換一部分陳年的糧食，包括麥麩、糠皮。」

五娘還是第一次聽到這事，但不得不說，這個辦法是極好的。銀子有時候就是個沒用的東西，人快餓死了，躺在銀子上卻買不來一粒糧食，這就是白搭。

這應該是金家看天下局勢不好，才收攏上來的，如今卻拿出來給遼東安置流民，五娘心裡怎能不酸澀？說什麼是有償的幫助，不過是叫自己心裡好過點罷了。

流民越多，開墾的荒地就越多，收上來的賦稅也越多，兵員和給糧便會越充足。

這對遼東來說，意味著什麼，五娘和宋承明心裡都有數。

只要這一批流民安置妥當了，那麼之後，就會有源源不斷的流民湧進遼東，要不了幾年，遼東就是另外一副景象了。

「不知道我遼東有什麼是金家需要的？只要您開口……」宋承明趕緊表態。

金夫人點點頭。「你們遼東以後所產的稻米，全都賣給金家，或者委託金家兌換更多的粗糧、陳糧來。」

細糧金貴，百姓是不吃了，都是賣了再買粗糧的。

宋承明恭敬地對著金夫人鞠躬。這不是跟他做生意，而是人家幫他解決了一個大難題！能兌換粗糧，這就解決了遼東糧草不足的問題！這天下，誰也不能像金家這樣，店鋪遍及大江南北。這些力量彙聚在一起，他再無後顧之憂了！

吃完飯，宋承明留了母女倆說體己話，自己則轉身出去，他急著跟幕僚商量事情。

五娘讓人將炕桌收拾了，跟金夫人一起躺在炕上，手拉著手說話。

「娘，這次就不急著回京城了吧？」五娘拉著金氏的手，輕輕的搖著。

金氏靠在軟枕上，看著依偎在一邊的閨女，就笑道：「怎麼？妳現在也是有夫婿的人了，也應該是不需要娘了，還管我急不急著回京城做什麼？」

「誰說的？」五娘蹭的一下坐起來。「娘啊，您這樣說，可太傷我的心了！」

金氏輕哼一聲，拍了五娘一下。「就會說好話糊弄我！」

五娘就不好意思地笑。「他對我真的挺好的，您別總對他陰陽怪氣。」

金氏點了點五娘。「小沒良心的！妳年紀小，不懂事，他難道年紀也小，也不懂事？」

五娘就小心地看向金氏。「娘啊，您是不是知道什麼了？」

金氏只端著茶喝，眼睛都不抬地問道：「知道什麼？我能知道什麼？」

當然是自己跟宋承明已經圓房的事。五娘偷眼看金氏，然後小心地道：「這事，責任不全在他，我那天喝醉了。」

「喝醉了？」金氏就看向五娘。「妳喝醉了，他沒醉！要是沒有賊心，為什麼不去別的屋子安置？」

五娘頓時語塞，吭哧吭哧的說不出別的話來。

「妳怎麼這麼不知道愛惜自己？」金氏想起來就氣。「房事過早，不管是對男人還是女人，都沒有好處！妳還說他對妳好，就是這麼對妳好的？什麼情不自禁？只有不諳世事的小姑娘才會信這些鬼話！」

五娘心想：我也不是什麼小姑娘了。跟個美男子住在一起，還是自己正兒八經的丈夫，不幹點什麼，心裡也還真是有點癢癢的。不過對著已經真的發怒的娘，五娘果斷地縮了脖子。「我們不急著要孩子。」

只要不生孩子，應該問題不大吧？

「妳還都是個孩子，要什麼孩子？」金夫人更怒了。「等到二十以後，再說要孩子的話！這是金家祖上定下來的規矩！」

呵呵，這位老祖還真是什麼都給後人想到了。

五娘趕緊點點頭。「如今不太平，不定什麼時候又要上戰場的，有了孩子就有了弱點，我們真沒急著要孩子。」

有了孩子就有了弱點這一句話，一下子撞進了金氏的心裡，她就是那個被孩子牽絆了十幾年的人。五娘，也確實是她的弱點。而這個孩子，在以自己的方式，快速地成長了起來。如今，不光不是她的弱點，還是她乃至金家的希望。

金夫人滿肚子的脾氣，看著已經知錯、不知道該如何叫自己消氣的孩子，發不出來。見她的手舉起來，五娘又縮了縮，以為要挨打了。

金夫人卻把手放在了她的頭上，一點一點地撫摸她披散下來的頭髮。「頭髮養的沒有之前的好了。」

五娘心裡一鬆，就笑道：「整天忙的，也顧不上這些。」

「不管什麼時候，女人都得先照顧好自己。」金夫人輕聲道。「男人永遠都是好色的。不管現在有多情深義重，等有一天他大權在握，有一天妳容顏漸老，妳還能剩下什麼呢？」

五娘的心一下子就漏跳了一拍，總覺得這話像是另有一番感觸似的。她抬手撓撓頭，問：「您這是怎麼了？」難道是老叔看上了別人？不會吧？

金夫人就不由得失笑。「能怎麼了？不過是有感而發罷了。」這麼些年了，當她再一次好好照鏡子的時候，才發現自己真的老了。

直到等金夫人睡著了，五娘才悄悄地起身，找了香菱。「叫廚房給王爺送夜宵去。今兒王爺那邊的人多，可能要通宵議事，妳叫廚房盯著點，幾位先生，還有將軍，按照他們的喜好，送吃的過去。凡是廚房當值的，每人再賞二兩銀子，叫他們盡心辦事，必然不會虧待了他們。外院大廚房，薑湯不要斷了，巡邏的將士不能喝酒，就喝薑湯吧。再包上熱騰騰的羊肉包子，餓了也能墊一點。」

香菱趕緊應了，起身去辦事。

一轉身，結果看到大嬤嬤笑嘻嘻地站在她身後，五娘撫了撫胸口。「您可真是嚇壞我了！怎麼也不出聲？」

「是老奴的錯。」大嬤嬤看著五娘，臉上都是欣慰。「咱們姑娘真是長大了，嫁人了，越發像個當家主母了。」

「瞧您說的，我就是當家的主母嘛！」說著，就扶著大嬤嬤在外間的炕上坐了，又打發紅椒、春韭出去，才問道：「我娘這是怎麼了？」

大嬤嬤先是一愣，後來才苦笑道：「老奴也說不準主子的意思。」

「是不是跟老叔有關？」五娘又趕緊問道。

大嬤嬤點點頭。「接到了那邊傳來的消息後，主子的情緒似乎就有些不好。」金雙九要來了，誰都知道他對主子的心思，可主子卻好似顧慮重重，她也不好揣度主子的想法。但對著姑娘，卻沒法跟她說長輩情感上的私事。

「您覺得是私事，還是公事？」五娘又將問題拋給大嬤嬤。

大嬤嬤點了點五娘。「妳真是鬼精鬼精的！」繼而一嘆。「主子從來不是一個因私廢公的人。」

「那這就不對了。」五娘皺眉。「要是娘親信不過老叔，也不敢將金家那麼大一個家業交給老叔打理。可這要說信得過吧，這般彆扭又是為了什麼？」

大嬤嬤苦笑一聲，最終還是搖了搖頭。

五娘看大嬤嬤是有許多話都不方便說，也就不深問了。她覺得，應該給雲家遠去一封信，問問具體的情況。

「您也早點睡吧。這屋裡晚上乾燥，叫人給您放兩壺水在屋裡吧。」五娘安置好大嬤嬤，才又進去。

金夫人呼吸綿長，五娘躺在被窩裡，聞著只有娘親身上才有的味道，不一會兒也就睡著了。

一大早起來，外面已經是個銀裝素裹的世界了。

金夫人懶懶地賴在被窩裡，看著五娘裹得跟蠶蛹似的，就笑道：「妳這丫頭，也得虧是嫁給遼王，沒有婆婆要伺候。叫妳跟雙娘換一下試試，她那日子，妳一天也過不了。」

五娘趴在被窩裡，她也好長時間沒聽到雙娘的消息了。大家的日子都是大起大落、刀光劍影，只有雙娘的日子，相對來說算是太平的好日子。所以，對雙娘的關注，反而是最小的。「二姊姊怎麼了？」五娘扭著頭，一側的臉貼在枕頭上，問金夫人。「我瞧著那位老王妃還是挺不錯的，算是個難得的明白人，這樣的婆婆該是不難伺候。」

金夫人笑了一下。「那也得看妳怎麼比了？雙娘之前流產過一次，今年夏天的時候，又莫名其妙的流產了一次，老王妃還不是什麼都沒查出來？」

這不是查不出來，是不想查。

比起已經成年的兒孫，一個繼室的肚子，真的沒有那麼重要。就算是再怎麼喜歡雙娘，這樣的取捨，幾乎是不用作選擇的。

當然了，簡親王府裡敢對雙娘伸手，未嘗不是和雲家越來越失勢有關。

五娘心裡有了一股子戾氣，真是豈有此理！

「簡親王怎麼說的？」五娘坐起來問道。

金夫人撇嘴。「簡親王想將雙娘挪出王府，雙娘拒絕了。」說完又道：「後來，簡親王府的世子妃進宮給皇后請安，回來就病倒了。」

元娘出手了。

五娘搖頭一嘆，這繼室跟元配嫡子，還真說不上來誰對誰錯。但對沒出生的孩子動手，老王妃和簡親王都不能相護，這日子也未必有多自在。「簡親王以前可也不這麼糊塗。」

「這不是糊塗。」金夫人低聲道：「而是這世子妃是御賜的婚事。」

「御賜的？」五娘皺眉。「這事還真是沒聽說啊！」難道皇上連簡親王也不放心了？

金夫人拍了拍五娘的頭，就撩開被子起身。「行了，妳別想了，賜的是顏家的女兒。」

顏家？難怪呢！

顏氏是雙娘的嫡母，雙娘在顏家面前，先天就低一頭。再加上她姨娘和哥哥都在雲家受顏氏管轄，那麼雙娘對上顏家的人就得忍著讓著。估計簡親王還因為雙娘顧念娘家而沒有保住孩子，多少有點怨怪呢。

這都什麼關係？簡直快亂成一鍋粥了。

母女倆一邊說話，一邊收拾。剛收拾好，宋承明就到了，站在外面叫人通報。

金夫人哼了一聲。「他倒是會在妳面前做面子活！」

五娘扶著金夫人坐下。「要教訓您把他叫進來教訓。」說著，就給紅椒一個眼色。「請王爺進來吧。」

金夫人往椅子上一坐，哼道：「堂堂的遼王，豈是我一個婦道人家說訓就能訓的？」

五娘心裡一嘆，她都感覺自家娘親有點更年期的現象了，這次的變化實在有點反常啊！

宋承明熬了一晚上，才將安置流民的事情安排下去，早上金夫人一起來就過來問安。

「先吃飯，吃了飯趕緊去睡會兒。」五娘將粥碗遞過去，道。

金夫人的嘴角動了動，好半天才道：「叫人盯著碼頭，那批糧食近幾天就到了。」

宋承明趕緊應了下來。「多虧岳母援手，遼東府庫能動用的不多了。」平安州今年才歸到遼東麾下，他不希望增加平安州的賦稅。再這麼耗下去，只怕就要動用遼東軍的備用軍糧了，這可是犯了大忌諱的事。他也不隱瞞，就跟五娘道：「戴先生才提出來要動用軍糧，就被胡田噴了一臉的口水，堅決不同意，這小子就是頭倔驢子……」

五娘卻轉臉對香荽吩咐道：「送兩斤韭菜給胡家，就說給兩位老人家包餃子的。另外，叫廚房給戴先生燉一盞雪梨湯送去，屋裡乾燥，給先生潤肺。」

宋承明看了五娘一眼。「大家都有些焦躁，我這脾氣上來，有時候控制不住，昨晚，就一人訓了一頓。妳出面安撫，挺好的。」

五娘無奈地道：「你好歹收斂著些，再這麼下去，是要吃虧的。你給了棒子，我就得立馬給人塞紅棗，你不替別人想想，好歹替我想想。我也很緊張的，就怕一個不小心，沒安撫到位，這最容易讓人生出不平之心。」

宋承明點頭。「好！我一定，一定時刻記著克制自己的脾氣。」

金氏看著兩人的互動，心裡稍微有點欣慰。五娘在這遼王府的地位原來是這樣的，她已經將自己變成了遼王不可或缺的一部分，她的影響力已經觸及到了下面的將領和謀士。

「等開始安撫流民了，才知道遼東如今最欠缺的就是文官。」宋承明不由得嘆了一聲。

「朝廷倒是有不知道多少的人閒置著，但咱們現在就是想用也用不上。」

五娘剛端起飯碗就放下了。「所以，我上次才說，不行咱們就自己開科舉。不一定考什麼四書五經，只要能寫會算，有擅長的一方面，就都能用。這下面還牽扯到推廣稻米的事，沒有人手，什麼事都鋪排不開。」

宋承明安撫五娘道：「幾位先生都是正統的讀書人，妳跟他們說這個，這不是否定人家的學識嗎？要是當官這麼容易，他們何必到現在還都是幕僚？」

五娘將筷子往桌上一放。「有些人善於動腦，有些人善於動嘴，這都是務虛的，咱們現在需要的是務實的人。幾位先生，在謀略上確實有過人之處，可這身上，文人相輕的毛病也不少。他們覺得不適合設立弘文館，我卻十分堅持。以前還想把這弘文館委託給他們，現在，就是他們想，我還不樂意了呢！我怕我找的人才，通通被這幾個迂腐的酸儒給打發了。我告訴你，這弘文館，我還開定了！只要我任人唯能，那些做官沒有門路的各地秀才、舉人還不得紛紛過來？我只當是千金買馬骨了。今年冬天，你忙著安置你的流民吧，我要忙著興建弘文館。流民裡若是有合適的人，我也用。」

宋承明將五娘面前的冷粥端過來喝了，吩咐紅椒道：「給你們王妃再添一碗熱的。」然後才對五娘說：「錢糧都在妳手裡，妳想怎麼辦就怎麼辦。妳覺得能用的人，就寫個評語叫他拿著過來見我，我看了以後，再安置合適的位置就是了。只要有人用，我不管妳是從哪裡扒拉出來的人。」

五娘這才拿起筷子，端起粥碗。「那幾個先生那裡……」

「我去說。」宋承明吃飽了，放下了碗筷。「有事妳就往我身上推。」

這還差不多！

宋承明這才起身跟金夫人行禮。「岳母慢用，小婿先告退了。」

金夫人點點頭。這兩人倒是配合得挺有默契，且說的都是正事，反倒叫她沒機會開口。不過看自家閨女這會子還認真思量的小模樣，她的心也就慢慢的放下了。五娘是靠著一身的本事在遼東立足的，而不是男人的寵愛。

五娘此刻也不管心裡有多少事了，如今最要緊的就是自家娘親。「要不要去街上逛逛？盛城如今也很繁華呢！」

金夫人看看五娘光溜溜的頭頂，就道：「走吧，想要什麼，娘買給妳。」瞧著可憐樣的，一件首飾都不戴。

五娘那是嫌棄累贅！

母女倆坐著馬車，晃晃悠悠的出府了。

金夫人撩開簾子往外看，下著大雪，可是街上卻並沒有落下什麼積雪。差不多幾十丈就安排了一個戴著橘紅色袖章的人在清掃積雪，而路上，也總有戴著橘紅色裝飾的馬車、牛車在將積雪往外運。

「這些清掃積雪的，都是戰場上退下來的老兵，腿上稍微有點殘疾的人。他們清掃路面，也是拿俸祿的。」五娘就解釋了一句。「另外，他們比別人都機警，這大街上，但凡有一點風吹草動，或是有生人來往，他們都能知道。只要有一條訊息，就領一次賞錢。所以，這盛城，除了我們允許的探子，其他的可都沒有立足之地了。」言下之意，這被允許的探子，就是金家的探子。

金夫人點點頭。「這是妳的主意？」在五娘來遼東之前，宋承明可沒有施行這一套。

五娘尷尬地咳嗽了一聲。「就是小試牛刀、小試牛刀而已。」

再往前走，每一個十字路口，都有一個崗亭，亭子裡的人揮動著小旗子，指揮著來往的馬車，井然有序。而且在每個街口，都有一個標識著「惠民所」字樣的棚子。

「那是做什麼的？」金夫人問了一句。

五娘看了一眼，就道：「每個惠民所，都有一個坐堂的大夫，給百姓免費看診。另外……」她指了指還在冒著熱氣的大鍋。「冬天，驅寒的湯藥，凡是路過的人，想喝都可以喝一碗；夏天，就換成了解暑的。其他時候，就由著大夫看氣候配置。中醫上不是講究治未病嗎？防患於未然總是好的。要是有百姓能送來一些自家採的藥材，還能換取不定量的窩頭，也算是扶貧了吧。有些孩子靠著採草藥，就把自己養活了。」

「可是，遼王府要虧不少吧？」金夫人都不敢細算這個帳了。

「人口多了，遼東才能真正的活起來，這點代價值得。」五娘自得的一笑。「這裡苦寒，我要叫來到這裡的人覺得，這裡冷的是氣候，暖的是人心。」

金夫人點點頭，眼裡閃過一絲驕傲。「叫你們這麼經營，只怕來了的，就真的不想走了。」

五娘就哈哈大笑。「要的就是這樣！來了的，不僅能在這裡安家，還能在這裡樂業。」

「打江山難，治江山更難。」金夫人感慨地道：「你們先學會了治理，那麼，這江山不打就自破了。」

五娘覺得，這話就是對她這些日子的努力的最好褒獎。

金夫人看著貼著遼王標識的馬車，一樣得聽小旗子的指揮，該走就走，該停就停，心裡更是點頭。

遼王府的馬車，在沒有戰事的情況下，在盛城的街道上是沒有任何特權的，跟普通百姓的馬車一樣的待遇。剛開始，大家還有顧慮，後來，也就習以為常了。

金夫人和五娘母女倆先是去了銀樓。

「我不愛戴首飾。」五娘在金夫人耳邊輕聲道：「而且，也不合適。」

金夫人就扭頭看五娘。「怎麼不合適？」

五娘又小聲道：「您見過誰家荊衣布裙卻又滿頭珠翠的？」

金夫人這才往五娘身上看去。她以為這孩子穿成這樣，是因為常要伺候莊稼的緣故，今兒才知道，她真的簡樸成這樣。只是為了表示跟百姓同甘共苦嗎？

五娘就拉著一時沈默了的金夫人。「要不，娘給我買個香熏球吧？」她指了指一個銀製的小圓球，一臉嬌俏地轉身對著金夫人笑。

金夫人看了一眼，也就二兩銀子的小東西，虧她看得上。心裡這麼想著，但還是回頭看了一眼跟著的大嬤嬤。

大嬤嬤立即上前，掏銀子將那一大串香熏球都買下來了。

金夫人接過來就塞給五娘，嫌棄地道：「換著玩吧！」

五娘心裡一嘆，有個財大氣粗、大手大腳的娘，還真是傷不起啊！

金夫人跟著五娘走了一路，還注意到一件有趣的事情，那就是街上的店鋪商家，好似都認識五娘。對五娘親近、尊敬，但卻並不懼怕，而且跟五娘做生意，那也是有來有回、討價還價。

直到回到府裡，金夫人還時不時地看一眼五娘，顯然，對於這樣的五娘，她還有些不習慣。

正要準備吃晚飯時，常江急匆匆地跑了進來。「王妃，聖旨來了！」

聖旨？什麼聖旨？因為種出稻米的事，皇上要褒獎嗎？

五娘哼了一聲。她從外面回來，就洗了個澡，頭髮還濕著呢，一點都不想出去。於是她看了一眼常江就道：「王爺接著就是了，非得我去嗎？」

常江愣了一下。「王爺沒說。」

「那你就說我頭髮濕著呢，怕出去了著涼。」五娘盤腿往炕上一坐，手裡拿著一個蘋果，吃的嘎嘣脆。

常江應了一聲，就轉身退下了。

書房裡。

簡先生正無奈地對宋承明道：「這位天子的器量，未免太窄了一些。找到機會，就要來挑撥一番，實在是叫人厭煩得很。」

宋承明也猜測到了，這旨意也不過是又一次地誇五娘，非得將五娘跟雲家往一起綁不可。

這邊正煩，結果常江卻回來說，王妃不接旨意，她要晾頭髮。

宋承明一愣，而簡先生則大笑不已。

「怎麼樣的處置辦法都沒有王妃這神來一筆妙啊！」簡先生起身道：「王爺自己去吧，我瞧著，這身便裝就很好，也不用換什麼衣服了。」

宋承明知道簡先生的意思。不管天元帝說什麼，只要自己不將這事當事，那它就不是個事。自己不重視的事，遼東也沒人有那麼大的精力，去管這跟自己一點兒都不搭軋的事。他起身，隨意地披了一件斗篷就出了門，去正堂見客。

此次，還來了一位禮部的官員，見到遼王一身便服，就狠狠地皺了眉頭。
宋承明坐在上首，眾人就先得跪下行禮。
「都起來吧。」宋承明淡淡地擺擺手，叫起。沒有叫坐，也沒有要上茶的意思，只看著站著的一堆人道：「聖旨呢？」
禮部的那位官員趕緊道：「王爺，按照禮儀，您應該先沐浴焚香，然後換上禮服，請王妃同來，朝南擺上香案……」
宋承明擺擺手。「你倒是會拿雞毛當令箭！你怎麼不說，你的時辰不對呢？這宣讀聖旨，不都得欽天監選吉日吉時嗎？你瞧瞧你們，這日子選了嗎？再說了，給本王和王妃宣旨，你的品級夠嗎？」
一時之間，眾人就都不敢言語了。
宋承明就對常江擺擺手。「去把聖旨拿來，本王轉交給王妃就行了。」
「王爺，該宣讀的！」那官員又道。
宋承明不耐煩地道：「王妃識字！不用你讀。」
哪裡來的愣頭青，看不清楚形勢還是怎麼的？沒見身後手捧聖旨的太監就分外的乖覺嗎？
常江將聖旨拿過去，順手就遞給王爺。

宋承明接過來，隨手打開，一目十行地看了一遍，就捲起來，對常江道：「外面是皇上和皇后賞給王妃的，你去清點一下，然後幫王妃入庫吧！」說完，施施然的走了。

五娘見到聖旨，連看都沒看，順手往炕邊一撇，就對宋承明道：「剛才接到消息，說是那批糧食明天就能靠岸了，要不你親自去接一趟？」

金夫人自己都感到驚奇，這次來的未免太快了？

五娘發現了金夫人的神情，心裡大概有了猜測。所以，她想叫宋承明親自去一趟。

宋承明心裡不解，但還是應了下來。「我今晚安排一下，明天一早就出發。」

看著宋承明又出了門，金夫人才從一邊拿了聖旨過來看了看。「你們這是不是屬於翅膀硬了，不用看別人的臉色了？」

五娘撇撇嘴。「好話說的再多，沒有一點實際的東西，有什麼用呢？」說著，就將賞賜的禮單拿過去給金夫人。「除了大姊姊給了一些少見的貢品錦緞算是好東西以外，還有什麼？什麼官窯的梅瓶、什麼甜白瓷的茶具，都什麼亂七八糟的？我缺喝茶的茶壺嗎？」她哼了一聲。「這也就是他是皇帝，要是普通人，只能給人一種感覺，那就是這人不實在，跟誰交往都不交心！」

金夫人拍了拍五娘的頭。「行了，妳長大了，我也不說妳了，妳現在的主意可比一般人都正。」

五娘就在金夫人身後吐舌頭。

第二天一大早，五娘就給金夫人選衣服。「這件深紫色的好，娘穿著大器端莊。」

金夫人看了看。「在家裡又不出門，我穿得跟花蝴蝶似的做什麼？」

五娘心裡一笑，就道：「我想跟娘穿母女裝嘛！」說著，叫紅椒拿了一件淺紫色、上面繡著紫羅蘭花的。

金夫人無奈的一嘆。「妳怎麼這麼多花樣？」

五娘這才忙給金夫人換衣、梳頭，甚至還親自給金夫人化了一個淡妝。

大嬤嬤看了五娘的樣子，就心裡一笑。她也希望自己的猜測是真的，主子這樣，畢竟太孤單了。

半上午的時候，金夫人在花房正給一株蘭花分株，就聽見宋承明的喊聲——

「沐清！妳看誰來了？」

五娘忙放下花剪子，看了金夫人一眼，就道：「不用看都知道，一定是我老叔來了！」說著，就迎了出去。「老叔，到了遼東可還習慣？」邊說邊往外走，眼角的餘光瞥向金夫人，見她已經愣住了。

五娘還沒掀開簾子，簾子就從外面被撩起，緊接著，一個高大壯碩的人疾步走了進來。

男人伸手在五娘的頭上揉了揉，就盯著手裡捧著蘭花的金氏，看得眼睛也不眨。宋承明才是最傻愣的一個，他看看這個，又看看那個，好半天才反應了過來。

五娘拉著宋承明就出了門，將裡面的空間留給兩個長輩。

被五娘稱為老叔的，可不正是金雙九？

金氏慢慢地將手裡的花放下。「十八哥，你來了。」

「我不來，妳就永遠不打算回去嗎？」金雙九看著金夫人，顫抖著聲音問了一句。

金氏的臉上儘管平靜，但緊握的拳頭還是出賣了她。她有些躲閃，不敢朝金雙九看。

金雙九卻沒有顧忌，這些年，先是靠著那些太過久遠的記憶，而後，才是五娘留下來的畫。此刻，真人就站在面前，他只想就這麼看著她。在他眼裡，她依舊貌美，身後桌上擺著的水仙，都成了她的陪襯。

「妳還要躲到什麼時候？」金雙九的語氣帶著幾分咄咄逼人的怒氣。「孩子們大了，妳還要怎麼迴避、怎麼躲閃？」

金夫人這才抬頭看向金雙九。「十八哥……十多年了，我老了，再過兩年就該抱孫子了，這輩子……」

「這輩子怎麼了？」金雙九冷哼一聲。「一輩子按照八十歲算，咱們這一輩子才過了一小半，還有一大半的光陰呢！這輩子怎麼了？有緣無分？人只有這一輩子，我等不到來世！」

金夫人扭過頭去。「十八哥，你應該娶個合適的女人，生兒育女……」

「我金雙九只知道自己是孤兒，從懂事起就不知道自己的父母是誰，我連姓氏都是隨著妳的，我若生兒育女，傳承的也是金家的血脈！金家有家遠、有寶丫兒，夠了！」

金夫人的喉嚨一下子就堵住了，接下來的話，她不知道要怎麼往下說了。

「到底在彆扭什麼？」金雙九一步一步地走過去。「這麼些年不見，生疏了？我也沒逼著妳現在就要成親吧？再說了，我是招贅，又不是要妳出嫁，妳怕什麼？」

五娘站在門外偷聽，金雙九的話，叫她的心都覺得燙的慌。自家的娘親到底在猶豫什麼呢？

金夫人被他這番說辭說的渾身都不自在，只能轉移話題道：「你路上沒吃飯吧？先梳洗吃飯吧。」

金雙九上前，一把拉住她的胳膊。「妳又開始逃避！」

「你放手。」金夫人想將手抽回來，瞪眼道：「叫人看見了……」

「怕什麼了？」話雖這麼說，金雙九還是放開了金夫人，在她身邊的凳子上大馬金刀地坐下了。見一邊放著一株蘭花，他就恥笑一聲。「怎麼，這麼些年長進了？能把花草養活了？」

金夫人大怒，瞬間瞪著眼睛看金雙九。

金雙九眼裡就有了笑意。「可算是敢正眼看我了！」說著，他就抬手摸了摸臉。「是不是老了？妳以前不是總盯著我的臉看，說長得俊俏嗎？怎麼，現在不俊了？」
「無賴！」金夫人臉上的神色有些尷尬。這些都是很早以前的事了，那時候還不知道情為何物，看到長得俊俏的十八哥，她就喜歡瞧他，心想，這男人怎麼也能長得這麼俊呢？
金雙九就笑。「咱們比，誰更無賴？妳別覺得生了兩個孩子，妳就是大人了，身上就沒有那些惡劣的性子養出來的無賴毛病了？」
「你存心來氣我的是不是？」金夫人就拉下了臉。
金雙九抬頭看金夫人。「誠心是真的，但真不是為了氣妳的。」說著，就伸手，拉住金夫人的手。「妳看，我現在也老了，咱們相互做個伴，好不好？」
金夫人使勁地把手往回抽，見沒抽出來，才道：「我不答應，是有我的顧慮。」
金雙九就看向金夫人。「顧慮？妳說說，說出來，咱們一起參詳。」
「要是能改變，就不叫顧慮了。」金夫人看向金雙九。「你日夜兼程，遼東的氣候你也未必能適應。先去梳洗、吃飯、睡覺吧。晚上，我給你看個東西，看過了，你再作決定。」
金雙九抬眼看她。「妳是認真的？」
金夫人道：「這事能開玩笑嗎？」
金雙九沈默半天，才應了一聲。「好！」起身後，他又道：「不管給我看的是什麼，都不能阻擋我！妳知道我的決心的。」
金夫人沒有說話，只看著他走了出去。

五娘偷聽被逮住了，尷尬地笑了笑，小聲地道：「老叔，我娘還是有顧慮？」

金雙九提著五娘的後領，一下子就將她提溜了起來。「都嫁人了，還沒大沒小的！」

「老叔，您輕點！」宋承明膽戰心驚地將五娘給接過來。

金雙九哼了一聲。「叫人帶路，我睡飽了再跟妳娘慢慢地磨！逮住人了，還能跑到哪裡去？」

五娘立即狗腿地豎起一根大拇指。「您是這個！」

宋承明親自帶著金雙九去了一牆之隔的院子。

雲五娘則轉身要去看金夫人，卻被愁眉苦臉的大嬤嬤告知，金夫人在裡面沐浴。

這個節奏不對啊！五娘悄悄地從門縫裡看進去，正好看見金夫人在撫摸著身上的疤痕。這一瞬間，五娘一下子就懂了。女為悅己者容，如果娘沒有動心，就不會在意身上這些猙獰的疤痕！那肩膀上的疤痕，一直延伸到背上，胸前的五娘倒是沒見過，以前一起洗澡，娘也總是穿著肚兜的。她悄悄地退了出來，心裡難受的厲害。

這身上的傷雖好了，可留下的痕跡卻總能讓人想起那段不愉快的往事，而這對一個男人來說，每看一次，就是提醒他一次——這個女人曾經屬於別人，跟別人生育了一雙兒女！

誰也不能保證男人的情感能持續多久，三年？五年？得不到的，才會有很多的遐想。因為在他的心裡，這個女人是最好的。甚至經過了歲月的沈澱，記憶還美化了幾分。

所以，娘親她猶豫了，退卻了。

五娘轉身走到了堂屋裡，心裡就有了主意，附在大嬤嬤的耳邊輕聲說了一句。
大嬤嬤連忙擺手。「不行！」
五娘趕緊道：「聽我的吧，錯不了。娘要怪起來，您就推到我身上。」
大嬤嬤驚疑不定地看了五娘半天，才道：「罷了，就聽妳的。」
金夫人的心情不好，洗漱出來換了衣服，就躺在榻上，將頭髮放在熏籠上晾著。
大嬤嬤輕手輕腳地走進來，將一根香插進了香爐裡。
「怎麼想起用這勞什子熏屋子了？」金夫人看了一眼，就問。
大嬤嬤笑了一聲。「這遼東太冷，這會子也沒辦法開窗換氣。這香是姑娘拿來的，說是熏屋子最好。」
金夫人「嗯」了一聲，就不言語了。心裡還琢磨著見金雙九的事呢，轉眼眼皮就重了。
大嬤嬤看著金夫人睡著了，又上去叫了兩聲，見真睡沈了，趕緊給蓋了一層被子。轉臉就見五娘端著一個盤子進來，上面還蓋著一層白布。
「紅椒、香荽，妳們守著，不許任何人進來！」五娘說著，就拉了大嬤嬤進去。
大嬤嬤轉身將門從裡面關上，小聲問道：「姑娘，妳到底想幹什麼？」
五娘將托盤上的白布掀開，上面放著十多種顏色的顏料，還有一把子大小不一的毛筆。
「嬤嬤，給我娘把衣服脫了。」

大嬤嬤大驚。「妳這是要……」

「在我娘身上作畫。」五娘開始調色，嘴上卻催促道：「快點！」

「作畫？」大嬤嬤搖頭。「不成，不能胡鬧！」

「沒胡鬧。」五娘認真地調著手裡的顏料。這東西對皮膚沒有什麼傷害，而且是不怕水洗的。自己上輩子是做農林工作的，提取植物色素是她的愛好，也算是跟她的專業有那麼一點點相關吧？「我要化腐朽為神奇！那些疤痕，也該是最美的疤痕。」

大嬤嬤見她堅決，也動了心。上前輕輕給金夫人寬了衣服，先把背部朝外，叫五娘看清楚。那是被刀砍的，傷疤斜著橫跨整個背部，從左邊的腰上直到右肩膀。

五娘的手止不住的顫抖。「當時，這得多疼啊……」

大嬤嬤就嘆了一聲。

五娘強忍著淚意，開始動筆。她畫得很仔細、很認真，那斜著的傷疤，瞬間成了一枝梅花的枝幹，那些沒長平整、凸起的地方，被畫成了梅花枝幹上的節點，而有些凹進去的地方，她則用了大紅色的顏料，點成了梅花的花苞，或是盛開的梅花，更用黃色的顏料畫了花蕊，遮擋某些明顯的疤痕。不足半個時辰，雪白的脊背上，就出現一枝凌寒而開的梅花。

哪裡還有剛才的猙獰和可怕？分明就美得叫人捨不得移開眼睛。

大嬤嬤也不由得露出笑容來，繼而又低聲道：「主子醒了，覺察出來，只怕要洗掉的。」

五娘低聲道：「沒事！這顏料清爽透氣，一點都不油膩，一會子乾了，就覺察不出來了。而且，這東西除非用我給的藥洗，否則洗不掉。要是之後想換花樣了，洗了再畫就是了，我再把配方給嬤嬤。」

大嬤嬤這才豎起了大拇指。等這一面乾了，大嬤嬤才把金夫人翻過身來。

五娘也是第一次看見娘親胸前的傷疤。這也是刀傷，從肚子上一直到右邊的乳房上。可能傷沒完全長好，又因為懷孕，肚子就鼓起來了，所以，肚子上的傷疤尤為猙獰，再加上妊娠紋，確實算不上美。

五娘的眼淚掉下來，又趕緊擦掉。她提起筆，將肚子畫成了池水，上面鋪蓋著荷葉，荷花的莖從荷塘裡伸出來，直到右邊的乳房上開成了荷花，還在乳頭上畫了一隻停駐在上面的蜻蜓。又給池塘裡添上了蝌蚪，遮擋一些疤痕。

「好看嗎？」五娘忐忑地看大嬤嬤。

就見大嬤嬤直抹眼淚。「好看、好看……」

「娘身上哪裡還有疤痕？」五娘又問道。

大嬤嬤搖搖頭。「就這些了。」剩下的全都微不足道。

「您快給娘穿好衣服，別叫娘察覺出來。」五娘低聲叮囑。

她很懷疑，自己娘親今兒說的晚上給老叔看一個東西，就是看她肩膀上的疤痕。

金夫人只覺得這一覺睡得特別香、特別沈，起來後，天都已經黑了。「我睡了大半天？」自己的心什麼時候這麼大了？她剛淨了臉，門簾就被撩起了，金雙九跨了進來。

「不是給我看東西嗎？」他坐下，看見金夫人剛起，頭髮還散著呢，就有些不自在地扭頭問道。

大嬤嬤的眼睛閃了一下，就默默地退出去了，順便還將門給帶上了。

金夫人低下頭，問道：「你真要看？」

金雙九點頭。「妳給我看，我自然要看。什麼東西？」

金夫人就將頭髮挽起來，用簪子簪住。然後，將衣服的扣子一個一個的解開。

金雙九愣愣地看著，不知道她這是要幹什麼？但隨著金夫人站起來，身上的衣服落地，他的眼睛就瞪圓了。

第四十六章

屋裡響起一聲「咕咚」聲，這是嚥口水的聲音吧？

肌膚瑩潤白皙，如上好的羊脂玉，散發著誘人的光澤。一件鵝黃色的肚兜上，繡著一支寒梅，梅花朵朵，雙峰上的兩朵綻放得尤其燦爛。肩膀上，一支奪目的梅花與前面的肚兜遙相呼應，它俏皮地探出頭來，似乎也想窺伺一下佳人肚兜下的風景。

金雙九又嚥了嚥口水，眼睛沒有離開過眼前的女人，但是心裡已經明白了，她是想叫自己看看她身上的疤痕。可是別說自己壓根兒就不在意，就算是在意的，此刻看到這樣的風景，只怕也只覺得這是一種別樣的嫵媚吧？

白與紅相互襯托，白的更白，紅的也更加妖嬈。

金夫人臉上的神色緊繃，閉著眼睛。讓一個女人在男人面前將自己最不堪、最醜陋的地方展露出來，不管是誰，都會覺得難堪的。

如果不是沒辦法，誰又願意在一個男人面前寬衣解帶呢？

「看見了嗎？」金夫人的聲音帶著從來沒有過的清冷，一副拒人於千里之外的樣子。

金雙九控制著自己，不叫自己失態。看見什麼？看見肩頭那一簇調皮而盎然的絢爛嗎？那樣美的花越發襯托得她那一張臉比牡丹還要豔麗。他輕輕地「嗯」了一聲，嘴角帶著淡淡的笑意。「妳轉過去我看看。」
金夫人一頓，背後更加的嚇人。
等人轉過身，那瘦梅越發的有風骨了。金雙九一個沒忍住，手就伸了過去，撫在不算平整的花枝上。
他的手帶著繭子，粗糙的觸感叫金夫人渾身一陣顫慄。
「做什麼？」金夫人瞬間睜開眼，轉過身來，瞪著金雙九。
金雙九收回手，強忍著沒露出任何表情，只道：「妳叫我看了一刀，還有一刀呢？在哪兒？」他當然知道另一刀就傷在前胸。他倒要看看，她敢不敢再叫他看？
金夫人臉上的表情僵硬了。「你……」
「妳不是怕我接受不了，才叫我驗看的嗎？」金雙九垂下眼瞼，怕洩漏自己眼裡的亮光。他現在敢肯定，這個一貫精明的女人，根本就不知道在她身上發生了什麼事！他要是不抓住這個機會，就不是他了！所以，他調整好表情，淡淡地道：「我看了一刀，覺得還好。背後嘛，不要緊。」
金夫人眼裡劃過不知道是失望還是什麼的神色，彷彿在說，男人果然都是重色的。她眼裡有了淚意，將頭微微地揚起，不想叫眼淚流下來。那樣，不僅會讓這個男人瞧不起自己，就是她自己也會瞧不起自己。
裸露後背已經是極限了，前面……

她苦澀地笑笑，也好……看了，更該死心了。

她伸手，緩緩地解開肚兜，然後羞恥地閉上眼睛。「非得這樣嗎？」

金雙九現在什麼都聽不見，什麼也不想聽見。他一個箭步上前，一隻手就附在那隻顫巍巍的蜻蜓上面，另一隻手攬住她的後背，不停的遊移。「妳現在怎麼這麼傻了？」說著，聲音不由得帶著顫音，還帶著幾分調侃的笑意。

金夫人先是懵了一瞬，繼而臉色脹紅，掙扎了起來。「你瘋了？」

這一推沒推開，胸口卻濕濡溫熱。

「這蜻蜓可真是礙眼！」金雙九嘟囔了一聲，就張嘴含住了。

金夫人驚叫一聲，又使勁地推搡。「十八哥……」

這一聲叫，讓金雙九的理智瞬間回來了。之前，她所有的那些男女之歡都不是自願的，現在，他又怎麼會強迫她？牙尖忍不住輕輕地咬了咬，他才抬起頭，炙熱地看著她。「這下有了肌膚之親，再不能跑了吧。」

金夫人還處在難以置信的震驚中，她瞪大了眼睛看著金雙九。男人眼裡滿滿的都是慾望，她怎麼會看不懂？

金雙九將金夫人的身子轉過去，一把將遮在鏡子上的布揭開。「妳看看鏡子裡的女人。」

金夫人還沒有反應過來，就在鏡子裡看見了一個貌美的婦人。她雙眼水潤，臉頰潮紅，這明明就是動情的樣子。但這還不是重點，重點是這個女人的身子，怎麼會這麼魅惑？肩頭的梅花綻放，胸前的荷花傲然，一隻粗壯、骨節分明的手附在上面，指尖揉捏的地方，恰恰是一隻維妙維肖的蜻蜓！

金夫人瞬間尖叫一聲，忙要彎腰去撿散落在地上的衣服，結果才彎下腰，身後就撞上了一個堅硬的東西。她又不是小姑娘了，不知道那是什麼。於是，她一時間就愣住了，不知道該如何是好。

金雙九慢慢地放開她，將地上的衣服撿起來，然後細心的，一件一件幫她穿上，整理好了，才又抱住她。「妳看，妳多美！妳當初傷了，大夫就是咱們家的人，妳身上成了什麼樣子，難道我不知道？刀傷劍傷，什麼傷我沒見過？難道我會不知道傷疤長什麼樣？要為了這個，妳真是……該打！」說著，輕輕地在她的屁股上拍了一下。「介意的不是我，是妳，是妳過不了心裡的這個坎！不過，妳這樣，我也是真高興。妳要不是在意我已經在意到患得患失的地步，以妳的性情，又怎麼會在乎這些疤痕？對於妳來說，不在乎的男人也不過是一個無關緊要的人罷了，妳還會在乎他的感受嗎？」

金夫人臉上的表情一下子就裂開了。是的！要說醜，那麼生完家遠，跟雲順恭在一起的時候，身上也醜，可是自己在意了嗎？沒有！因為他對於她來說，一點都不重要。

金雙九緊緊地抱著身體輕顫的女人，低聲道：「妳自己也知道，妳不會在乎的。可妳偏偏在乎我的感受，我怎麼能不高興？這點子事，我不在乎，妳也不要在乎。要是心裡還過不去，以後，我給妳畫更好看的畫在身上，好不好？」

金夫人從來就不是一個婆婆媽媽的小女人性子，以前看不清楚自己的心，只以為自己對他，只有作為親人的信任，對於他做自己的男人，心裡應該是排斥的。可叫他這麼一說，她又似乎才明白，原來並不是這樣的。

自己的不知所措、無所適從、患得患失、喜怒無常，都是因為對一個男人動了情。正像他說的，自己什麼時候這麼傻了？

還說自己是快要做祖母的人了，說起男女之事，對兒女在這方面的教導，那也是頭頭是道，都是道理，可輪到自己，作為局中人，她反倒看不清楚了。

這把年紀了，才知道什麼是動心，叫人真覺得酸澀又可笑。她吸了吸鼻子，驅散眼裡湧起的淚意。鼻尖彷彿還帶著海水的味道，這是他身上特有的，也是常年在海上飄著的金家人特有的。她突然覺得很安心，這個肩膀堅實有力，胸懷寬廣，溫暖而踏實。

金雙九感覺得到，懷裡的人身子越來越放鬆，他心裡一喜，鼻子又一酸。這一天，遲到了太多年。

兩人就這麼靠著，屋子外面，大嬤嬤坐在一邊直抹眼淚，然後想起什麼似的，叫了個小丫頭去廚房，叫人準備晚飯。又打發了一個丫頭，道：「去跟你們王妃說，叫她不用擔心，安排兩個人的飯而已，不用她跑過來一趟了。」

五娘在自己的屋裡坐立難安，對於長輩進一步的事情，她還真沒敢厚著臉皮偷聽。這會子聽到丫頭的稟報，她心裡就一喜。

大嬤嬤還能記得叫人來說一聲，就證明她現在的心情應該很明媚。那也就是說，兩人進展得很順利。兩個人都一起用飯了，這就是說談的差不多了。

她心裡唸了一聲「阿彌陀佛」。娘親還年輕，應該有個人好好地陪著她、疼愛她。自己遠在遼東，哥哥又是天南地北的跑，娘親一個人孤零零的，身邊就那麼幾個嬤嬤，這怎麼行呢？

五娘舒了一口氣，才發現眼淚不知不覺的流了下來。

宋承明就用奇怪的眼神看五娘。親娘改嫁，當閨女的高興成這樣？這金家的女人，還真是不一樣。「我要有了什麼……妳敢改嫁試試！」宋承明咬牙切齒地道。

五娘愣了愣，而後使勁地捶了宋承明一下。「呸呸呸！胡說什麼呢！有這麼咒自己的嗎？你要敢有萬一，你看我敢不敢改嫁？不想我改嫁，你就給我千年萬年地活著！」

宋承明被五娘氣笑了。「千年萬年的，那是王八！罵誰呢？」

五娘拿白眼看他。「我爹跟我娘的關係，跟咱倆能一樣嗎？如今再看看我娘跟老叔，只能這麼說，這世上很多事情都能強迫，但只有這男女間的事強迫不來。心裡有就是有，心裡沒有，捆綁在一起也成不了夫妻。」

「誰說的？」宋承明一把將五娘抱起來。「我覺得，咱們倆一定是前世就被月老用紅線捆在一起了……」

五娘順勢摟著他的脖子，親在他的嘴上。「這小甜嘴……」

宋承明愣了下。「……」這是調戲吧？

最近宋承明的日子有些不好過，這位被稱為老叔的人，早晚都會在演武場等著他。兩人切磋比劃，正好活動筋骨，這本來也沒什麼壞處。但這人明顯算是五娘的長輩，在金家的地位又十分的不一般，那自己自然是只能忍氣吞聲的吃虧，不能占便宜的。

今天也一樣，拳拳到肉，不能用內勁扛。他十分好奇，自己到底是哪裡叫金家這麼看不上了？

「老叔，今兒晚上不回後院了，咱們爺倆喝兩杯？」宋承明將自己的位置擺得頗低。

金雙九倒是沒說什麼不合適的話，只點點頭。「那就麻煩王爺了。」

常江都快哭了。您倒是知道眼前這人是遼王啊！那幹麼下這麼重的手？嘴上客氣都是假的，那拳頭卻是真的。

宋承明泡了澡，換了衣服出來，常江才小聲道：「主子，聽下面那些成了親的小子說，這剛成親被大舅子、小舅子、岳父刁難，是常事。挨一頓打，好像也是常有的——」話還沒說完，宋承明就一巴掌拍過來了。

「就你能耐！」他這會子也知道這是為什麼了；不就是為了過早圓房的事嗎？他平時很克制的，更不敢說要孩子的話，就這樣也被揍了。

酒菜擺在前院的花廳裡，隔著窗子，能看見外面飄著的雪花。

宋承明主動給金雙九倒了酒。「……這是沐清自己釀的，您嚐嚐。」

金雙九抿了一口，頓時就皺眉。「換了吧！哪裡有一點酒味？」這連葡萄酒都算不上，根本就是葡萄汁嘛！「娘們喝的，可別拿出來了！」

宋承明就笑道：「成。換酒！」說著，就看了常江一眼。等酒上來了，他才又笑道：「我也是有些日子沒喝了，沐清管得嚴。」

金雙九點點頭，臉上似乎有了一分滿意。「年輕人，是得克制些。」嘴上是這麼說，但一樣將烈酒推給宋承明，輕輕地碰了一下。

宋承明接過來就喝了，這才又給兩人斟上酒。「老叔可是有什麼指教？」

「指教倒是不敢當。」金雙九看著宋承明的眼睛。「王爺難道打算在遼東就這麼窩下去？」

宋承明手一頓，這個問題關乎到遼東接下來的方略，他垂下眼瞼。「喔，老叔有什麼建議？」沒有回答，卻將這個問題再度拋回去。

金雙九端著酒杯在手裡轉，好半晌才道：「如今的形勢，看似不動最好，可要真動開了，王爺又能占幾分優勢呢？」

宋承明的手又一頓，繼而搖搖頭。「您說的沒錯，只能說不會落敗，卻不敢說能吞併這天下。」

金雙九將碟子碗筷重新排列。「既然在遼東你寸步不能動，那你為什麼不想著，從別的地方動一動呢？」

宋承明看著在金雙九的手裡不斷轉換的碟子碗筷，蹭的一下就站了起來。「老叔的這個想法太過大膽，我得想想，得好好想想……」

金雙九滿意地點點頭，將杯中的酒喝了，這才起身，從花廳離開。

只留下宋承明看著滿桌子沒動的菜愣神。

常江悄悄地出門，叫了個小子。「回內院，請王妃來一趟。」王爺這樣，明顯就不對勁嘛！

五娘剛從金夫人那裡出來，就收到傳話，她也正要去前院看看的。本來他該陪著老叔吃飯的，但如今才過了多長時間，老叔就回來了，明顯就沒怎麼吃嘛！是兩人談得不愉快，還是別的？她還真有點憂心。

「走吧！」五娘打發香荽和紅椒回院子。「叫海石她們到外院等著伺候就行。」

常江在門口等著，見了五娘趕緊道：「王妃，您快去瞧瞧！王爺他——」

「喊什麼？」五娘一個冷眼過去。「都給我把嘴閉上，全都在外面守著。」

常江趕緊低頭。「是！」說著，就招呼院子的人都守在周邊。

五娘進了花廳，就見宋承明看著桌面上擺放得雜亂的碗碟出神，表情嚴肅，但眼神卻帶著興奮，而身側握起來的拳頭，更顯得他像是在下某種決心。

她輕輕地坐在他的對面，也不說話，也不打攪他的思緒，就這麼陪著他。

「沐清，妳來了？」宋承明目光灼灼地看過去，繼而臉上露出一個大大的笑容來。

五娘點點頭，又看了看桌面，才回了一個微笑。「這是怎麼了？瞧你把常江給嚇的。」

宋承明搖搖頭。「老叔他……真是可惜了，要是他出仕，必是一位難得的帥才……」

五娘失笑。「這話是傻話，老叔手裡握著的，比將帥可要多的多。」

宋承明哈哈一笑。「是傻話！不是真的有經驗、有魄力的將帥，想不出這個主意。真是一語驚醒夢中人，我這眼前，一下子便天開地闊了起來。」

「這麼邪乎？」五娘也不深問，只看著桌子上沒怎麼動的菜，上面的油都凝固成塊了，就笑道：「你就是眼前再開闊，也得先把肚子填充實了再說。」說著，就要端了桌上的菜去熱。

「別動！」宋承明一把抓住五娘的手。「妳知道這是什麼？」

什麼？殘羹剩飯啊！五娘詭異地看著宋承明。「你還從這裡看出三山五嶽、天下大勢了不成？」本來只是一句調侃的話，誰知道宋承明卻哈哈大笑，一把將她給抱起來。

「知我者沐清也！這可不就是天下大勢？」

五娘叫他像抱孩子似的抱著，坐在他的胳膊上，只能趕緊抱住他的脖子。「你真是……好歹把我放下啊！」

宋承明這會子渾身像有使不完的勁一般。「沒事！我不累，就這麼抱著。」然後就抱著五娘換了方向看桌面，拿起筷子比劃著。「妳看，東北方向是咱們，正北是烏蒙，西北是宋承乾和成厚淳，除了西南的戚家，剩下的就是朝廷了。咱們偏居一隅，想要跟各方抗衡，談何容易？各方掣肘，咱們若是不能比別人強，遲早會被擠死的。可若是我們從這裡……走海路，不去動朝廷，不去動宋承乾和成厚淳，而去直取戚家呢？會怎麼樣？」說著，就興奮地看向五娘。「妳說，這天馬行空的主意，是不是絕妙了？」

五娘從宋承明的懷裡下來，臉上的笑意和漫不經心也收了起來。這看似是異想天開，可卻未必不能實現，東北和西南相隔實在太遠，誰之前也沒往這個方向想。但是走海路呢？沿著海岸線，戚家真的不遠！「但前提是，必須得有金家配合。只要從海上登陸，取了戚家，那麼，咱們在西南和東北就能遙相呼應，將朝廷給夾死在中間一帶。咱們一直想著從北邊往南攻打，而要是按照這個方略的話，完全可以從南往北打，況且，大江天塹是控制在四叔和四姊夫手裡的，這就是天然的同盟。再加上，咱們可從塘沽口登岸，騎兵只許一天，就能直抵京城，天下大半可歸矣……」

宋承明見五娘完全明白自己的意思，就忍不住在五娘臉上親了一口。「聰明！娶了妳真是幾輩子修來的福氣！」

五娘白眼一翻。「但你也別高興的太早，這些都有一個前提，就是得以金家為依託。當初我嫁給你前可是說好了的，金家不會參與進來。所以，眼下……」她指了指桌上的局。「你得想想，是咱們自己造船呢，還是直接雇傭金家的船隻？」

宋承明臉上的笑意一收。「沒錯，妳說的沒錯。」他扭頭看五娘。「今兒老叔主動提起這一茬，看來金家也有想要的東西。金家不缺錢，所以，花錢也沒用。再說了，咱們也沒有那麼多錢支付得起租賃金家的戰船。妳估摸著，老叔究竟是看上什麼了？」

五娘往椅子上一坐。「你猜金家缺的是什麼？」

「我聽妳說過，金家的島嶼，稻米是一年三熟，所以，糧食未必就缺。而且，金家的生意遍佈各地，尤其是糧食生意，那麼，他們最不可能缺的就是糧食。」宋承明掰著指頭跟五娘算道：「其實，也無非這幾個方面，糧食不用考慮了。鹽，這個金家更不缺。茶，南邊不缺茶。」說著，他就看向五娘。「那就只剩下鐵了。金家缺少的是礦，是資源！」

五娘垂下眼瞼。「沒錯，金家缺少的是資源。」

「我就說嘛！」宋承明呵呵一笑。「其實，哪怕金家不配合咱們，但只要他們是為了造船、造炮，我也會支持的。」

「公平交易，誰也不欠誰的。」五娘看向宋承明。「怎樣，這個買賣能做嗎？」

宋承明起身，在屋裡轉了兩圈，才看著五娘的眼睛。「做！能做！」

五娘就起身。「那咱們這就去跟娘和老叔談。」

「慢著！」宋承明一把拽住五娘的胳膊。「我還有話說——」

五娘伸手捂住宋承明的嘴。「什麼也別說。先聽我的……我知道你要說的是什麼。」

宋承明馬上閉上嘴，由著五娘拽著他去了金夫人暫住的院子。

顯然，金雙九已經將事情告訴金夫人了。

金夫人叫兩人坐下。「我估計你們也會答應，這是合則兩利的事。」說著，她頗有深意地看向宋承明。「另外，金家的戰船也可以賣給你們。只要你們需要，隨時可以跟金家購買。」

宋承明愕然地看向金夫人，他剛才要跟五娘說的就是這個！

金家的戰船意味著什麼，金家自己明白，宋承明也明白。

可也正是因為明白壟斷這樣的神兵利器所帶來的好處，所以，金夫人主動提出這樣的事，才會叫他有一瞬間的恍惚。

五娘深深地吸了一口氣，看向金夫人的眼神帶著敬佩。「娘，您的意思我明白。」

這樣的東西只握在金家手裡，誰能安心呢？現在金家的當家人是自己的母親，以後會是自己的哥哥，只憑著情分，也能做到相互的信任。可再往後呢？再往後，金家的人是否會一直甘心飄在海上？未來的事說不準的。

同樣的道理，現在自己和宋承明能容得下金家的勢力，可是再過一代兩代後，這份信任又能靠什麼來維繫呢？如今，兩家雖是聯姻關係，可最要緊的還是彼此的心性。要真是遇上有野心而沒有胸襟的人，兩方會沒有衝突嗎？金家一家持有這樣的利器，就埋下了不平衡的種子。

而避免衝突最好的辦法就是平衡。一方用手裡的資源控制另一方，另一方則用手裡的神兵利器反過來震懾對方。

金夫人主動提出願意賣戰船，就是給宋承明反過來防範金家的辦法。當兩個人手裡都拿著槍的時候，他們誰都不敢輕易去開第一槍的。所以，只有合作，才是互惠互利的事。

五娘不讓宋承明主動提，就是因為她猜到了金家的意思。不管是娘親，還是老叔，都不是短視的人。

金夫人呵呵一笑。「具體怎麼交易，咱們以後再談。反正礦在你們手裡控制著，就當是交換了。不過我也把醜話說到前面，金家不會將最先進的戰船賣出去，不管什麼時候都是如此，這一點我想你們能理解。」

這就是手裡要留著底牌自保的意思。

「應當如此。」宋承明正色道。就算金夫人不說，他也知道，金家肯定會留下叫人忌憚的底牌。這根本就是無可厚非的事。

不管怎麼說，這樣的話題都說不上愉快。本來是溫情脈脈的親情，可現在呢？有時候，立場所帶來的問題，就是這麼鮮明地橫在兩方中間，叫人無法逾越。

而最難受的就是五娘了，她站在兩方之間，充當的是兩方都不可或缺的橋樑。橋樑是什麼？那就是身子懸空，負重彎腰的人。

可這偏偏是自己所選擇的。

宋承明看著五娘慢慢變白的臉色，鄭重地對金夫人道：「以後，我們的孩子，也希望能記在金家的族譜上，但也僅僅是記在族譜上。」

這就是不要繼承權，只承認他們身上也有金家的血脈。

五娘愕然地看向宋承明，宋家可是皇家的血脈，這……

金夫人眼裡閃過一絲喜色，卻又板著臉道：「金家的族譜不是那麼好進的。金家向來不看重男女，女兒的血脈自然承認。但是金家的孩子，十歲以後都要特訓的……」

「我們的孩子，不管男女，十歲以後，還請岳母費心教導。」宋承明毫不猶豫地接話道。

五娘的嘴唇動了動，到底什麼也沒說。宋承明因為自己的原因，做出了最大的妥協，而娘親又何嘗不是？

老叔就笑道：「妳娘捨不得妳為難……」他又看了宋承明一眼，意思十分明顯，這是想說，宋承明也不捨得五娘為難。

五娘的臉色慢慢的緩和了過來，深深地吸了一口氣。

金夫人和宋承明心裡這才好過了一些。

沈默了半天後，金夫人才轉眼瞪著五娘。「妳當初嫁人的時候，我就問妳了，是妳堅決要嫁的，這會子難受也是活該！」

五娘頓時就不樂意了。「娘啊！您怎麼這樣啊？」

「那妳告訴我，我應該怎樣？」金夫人輕哼一聲。「沒出息，這點事就難受成這樣了，以後妳的日子乾脆別過了！夾在情感與利益之間的事，妳以後少不得做，如今擺不正心態，以後怎麼辦？」

「知道了、知道了！」五娘嘟了嘟嘴，被這麼一打岔，那點傷感全都不見了。

老叔看向宋承明。「帶兵的人選決定後，告訴我一聲，我叫人跟他聯繫。」

宋承明愣了一下，卻為這個人選為難了起來。遼東也靠海，也有幾艘船，但真正善於水戰的幾乎沒有。就連他自己，也只能說坐在船上不暈，僅此而已。

「除了我，誰都不合適。」五娘淡淡地接了一句。

五娘的話，叫三人都愣住了，因為誰都沒想到五娘會主動請纓。

「不行！」宋承明回答得斬釘截鐵。

五娘看向宋承明。「怎麼不行？」她沒好氣地道：「在遼東軍，你能找出比我更熟悉水戰的人嗎？」

……不能！宋承明心裡憋氣。

「在遼東軍，你能找到一個可以代表你的人嗎？」五娘又問道。

……不能！宋承明心裡知道，夫妻一體，如果有誰能代替自己，那麼除了自己的王妃，再不會有第二個人。

「攻占西南，那麼大的地盤，你放心別人去嗎？」五娘不由得又追問了一句。

宋承明一句反駁的話也沒法說了。沒錯，這個功勞太大，而東北和西南相隔太遠，想要做到絕對的掌控，根本無法。

五娘白了他一眼。「這不就得了？」

「我去西南。」宋承明看著五娘。「妳待在遼東。」

「戚家是紙糊的嗎？是三兩個月能解決的事嗎？」五娘氣道。「這遼東，你要是三天不露面，你看看下面會不會亂起來？要是這樣，消息還瞞得住嗎？但我不一樣啊，我本來就是女眷，隨便找個理由就搪塞了。說我小產要休養也好，說我求神拜佛在齋戒求子也好，誰還能硬闖進來要見我不成？」

宋承明瞪著五娘。「妳還知道這一去不是短時間的事？那我更不能放心妳去了！」要是要妳冒險，我要這江山做什麼？要是要跟妳相隔兩地，我寧可不要這個契機，慢慢的等待！

他眼裡的意思太明白，五娘瞬間就看懂了，臉上露出一絲赧然。

五娘拉著他，叫他坐下。「你先冷靜冷靜！這調撥人員及物資都是需要時間的，你有時間慢慢的去想。」

宋承明直接扭頭。「不成！我說不成就不成！我不答應，妳就老老實實地待著，再不行，府門也別出了！以後我在哪兒，妳就得在哪兒，敢走開試試！」

當著金夫人和老叔的面，竟然強勢起來了。

五娘愕然地看著宋承明，他還真的從來沒有跟自己這麼說過話。

金夫人則站起身。「你們自己的事情自己決定，我們不參與，有了決定再告訴我們就成了。我們不會在遼東久留。」說著，就拉著金雙九去了內室。

五娘看著兩人的背影，癟了癟嘴，覺得胳膊上一股大力傳來，身子被拉得一個踉蹌，然後就被宋承明半拉半拽地拖了出去。

下人們見了都遠遠的避開，因為王爺的臉色十分不好看。

五娘也不敢吵嚷，就怕叫人看了笑話。

進了正院的門，宋承明二話不說，將五娘往肩膀上一扛，就往裡面去了。

「都出去！」宋承明見海石等人要上前，馬上喝斥道：「沒有本王的允許，不許任何人靠近！」

五娘給幾個丫頭使了個眼色，示意她們聽令，不要擔心她。

進了內室的門，宋承明一把將五娘丟在炕上。「妳說！妳到底想幹什麼？」

五娘起身，雖然宋承明動作粗魯，但手下十分有分寸，剛好把她丟在疊好的被子上，軟綿綿的，哪裡能真疼？她順勢就往被子上一躺，歪著頭看宋承明。「你之前還說呢，我想幹什麼都由著我，沒有人能拘著我，怎麼，不認帳了？難道這不都是你自己說的？瞧瞧，好大的脾氣，這都跟我動手了！我看你以前說的全都不作數，你糊弄人！」

宋承明氣極反笑。「妳少跟我轉移話題！咱們只說這次的事情。妳可知道，這打仗是有風險的？」

「難道我留在遼東，你去西南就沒風險了？」五娘瞬間從炕上坐了起來，正色看向宋承明。「叫我說，只會更兇險，不管是我，還是你。」

宋承明的眼睛就瞇了起來，剛要說話，五娘就伸手向下壓了壓。

「你先聽我說。咱們先說你的安排，你想叫我坐鎮遼東，而你前往西南，這本無可厚非，將老婆留在大本營裡，才是最安全的。可是，這個安全是真的安全了嗎？烏蒙雖然內爭不斷，但正因為亂，才更加的肆無忌憚，誰都想過來搶一把就走。還有平安州那邊，宋承乾和成厚淳就不會動心思？只要乘機咬下咱們一口，既能壯大他們，又能削弱咱們。這一來一去，一反一正之間，咱們這一年不就等於白忙了嗎？這樣的環境下，你覺得我能安全嗎？根本避無可避，逃無可逃。而你的行蹤又不能公開示人，但若是你不露面，遼東上下，人心渙散，到時候叫我如何自處？」五娘好整以暇地看著宋承明。「你告訴我，你叫我怎麼解釋遼王不在的事情？平時沒事的時候，可以有各種理由推托，但到了出亂子的時候，你要是還不露面，我拿什麼壓制？別說我有一套金甲，就是有十套，也壓制不住這個亂局。我本來就是皇帝賜婚來的，大家會不會想，你是不是被我害了？即便誰都知道這種可能性微乎其微，但誰敢保證這裡面就沒有心懷叵測、居心不良的人？要真是有人乘機發難，內外交困，你叫我如何應對？殺又殺不得，罰也罰不得，你來告訴我該怎麼做？」

宋承明看了五娘一眼。「這個好辦，妳不去，我也不去。咱們慢慢來，總有其他辦法的。大不了就是等待，急什麼？我有一輩子可以耗著。」

「那你那些雄心壯志呢？你那些治國的理念呢？都不要了？」五娘站在炕上，俯視著宋承明。

「要啊！為什麼不要？」宋承明看著五娘。「我先在遼東試著，然後，慢慢地教給咱們兒子。我可以用一輩子的時間，為妳和孩子打一個天下來。沐清，我孤單怕了，遇見妳是我的幸運，我什麼都可以沒有，卻不能沒有妳，真的。要是敗了，我就跟妳住海島去。我想，要是真的到了那一步，我也不會有半點不甘心，我也能甘之如飴。」

突如其來的表白，叫五娘的呼吸亂了那麼一瞬間。看著宋承明，她跪坐在炕上，抱住他的腰。

「你還真是關心則亂了。」五娘的聲音不再像剛才一樣激烈和亢奮，而是帶著一股子輕柔軟糯的笑意。「難道我娘和哥哥會看著我有危險嗎？是我娘對我的感情差了，還是我哥哥對我不重視了，抑或者是老叔對我半點不上心了嗎？金家的主子，就剩下這幾個了，在西南，能叫我出事嗎？」

宋承明的身子一僵，是的，金家不會叫五娘有差池。

五娘敢這麼肯定，是因為她對金家實力的瞭解。

「你戍守遼東，我悄悄去西南，誰也不會把這股海上來的流寇跟遼東聯繫起來。我就以沐清的名號在外行走，神不知鬼不覺，要不了多久，就能拿下西南。只要拿下西南，我相信我能說服四叔。那時候，西南的兵力加上四叔手裡的兵力，還有漕幫在後面站著，這是多大的一股子勢力？而朝廷的兵力佈置你很清楚，京師將非常空虛。大兵壓境之下，這大半的江山就算攥住了……」五娘說著，就仰著頭，眼神亮閃閃地看著宋承明。「我這不光是為了權力，更是為了早日平息這戰亂。你知道，這是損失最少的辦法。要是慢慢來，戚家和四叔那邊必然要起衝突的，一旦衝突起來，得死多少人？我們要這江山，可也得最大的保存這江山。讓我去吧，越早結束，越早團聚不好嗎？就如同現在，咱們雖然守在一處，可在一起的時間有多長呢？你在軍營，我在府裡。你在府裡也都是在書房，一年到頭，你數數，都是我在家等著你。要不是我找了不少事情做，我真的覺得我變得不是我了。這樣的守候，若是要持續一輩子，我真的都不敢想。我也想叫孩子生下來，就看到一個清平的盛世，你說好不好？」

宋承明的嘴角動了動，看著她璀璨又明亮的眼睛，拒絕的話怎麼也說不出口。

理智上，她是對的。哪怕不用她打仗，只要坐鎮西南督戰，防止下面的人將心思養大了，都是有必要的。但是，情感上，他卻怎麼也捨不得放手。

他的話在嘴裡滾了兩圈，一出口成了一聲輕輕的嘆息。最打動他的不是她有理有據的分析，而是她那句「我變得不是我了」。他想讓她永遠是她，鮮活、肆意，想做什麼就能做什麼。

「不要逞強。」宋承明的手撫摸在五娘的頭髮上。「如今再好的設想都只是設想，要想成為現實，不易。要是明知不可為，就罷手。有時候，不能太心急。」

他這樣細細地在耳邊低聲叮嚀，叫她的心也跟著搖曳了起來。

「你同意了？」五娘一下子就坐直了身子，問道。

宋承明狠狠地抱了抱五娘，心道，大不了他從遼東直驅而下，直取京城！不就是付出的代價大了一點嗎？

晚上，兩人折騰了半晚上。

第二天一早，將決定告訴了金夫人。

「那就準備準備，盡快出發。」金夫人端著手裡的粥，接過金雙九遞過來的筷子，道。

「這麼快?!」五娘一下子就叫出了聲，她以為要過了春節才走呢！一想到馬上要跟宋承明分開，心裡還真就沒由來的慌亂了一瞬。

看著五娘一瞬間變得徬徨，眼裡露出踟躕和不捨來，宋承明的心一下子就安定了起來，原來不捨的不是只有自己。要不是此去危險，他覺得也許適當的分開，才會叫五娘意識到她自己的情感。

他伸手悄悄地捏了捏五娘的手。「就是再快，也得半個月，不是明兒馬上就走的。」

這話還真成功地安慰到了五娘。

可不管是半個月還是一個月，日子總有走到盡頭的時候。

直到臨出發的前一天，宋承明才叫了三個人來。

「龍三、龍五，還有李森。」宋承明一一指給五娘。「龍三、龍五是跟著妳的，李森是水師將軍。」說著，又看了三人一眼。「以後，你們聽從王妃的調遣，不得有絲毫的違抗。可聽明白了？」

龍三和龍五毫不猶豫地應了一聲。

李森看了五娘一眼，小聲道：「船上不比平地……」

宋承明哼了一聲。「在水上，你能贏了王妃再說這話。」

李森一愣，這是什麼意思？誰不知道王妃是國公府的貴女？

「你只說能不能聽令？」宋承明一改之前的語氣。他對待下屬從來都是寬和的，在他面前，大家都可以各抒己見。但現在他不想聽他們的建議，只想看他們的執行力。

李森的神色馬上更加嚴肅了起來。「是！堅決執行！一切按照王妃的意思來辦，不猶豫、不打折扣。若有一分猶豫，就請王爺摘了屬下的腦袋！」

宋承明這才滿意地點頭。「回去收拾東西吧，明天出發。具體去幹什麼，王妃在路上會告訴你們的。」

看著三人離開，宋承明才扭頭看五娘。「這次能調撥給妳的只有八千人，之後，我會抓緊訓練一批新兵，只是時間上緊了一點。」

五娘搖頭。「先頭一批八千人足夠了。這些都是水師，有這些人打一個登陸戰，足夠了。」關鍵是武器要好，人多人少，起不了決定性的作用。「訓練出來的新兵，只要能在船上不暈，堅持得住長期航行就可以了。一旦登陸了，作戰還是在陸地上。不過，最應該注意的反倒是氣候的冷熱變化。」遼東和西南，簡直就是兩個世界。「所以，或許我會在當地徵兵，或是將俘虜原地消化。」

宋承明看著五娘的神色就越發的鄭重起來了。「還是那句話，小心！小心！再小心！不管成敗，保全自己都是第一要緊的事。」

五娘往宋承明懷裡一鑽。「是，我知道了。不會有事的，我發誓。」她說著，就趴在宋承明耳朵邊上道：「我要走了，你要是敢找別人……」

宋承明一愣，沈重的心情瞬間就明媚了起來，他摟著五娘的腰。「再沒見過妳這樣磨人的妖精！叫妳在家裡待著，妳非說這樣的日子把妳變得不是妳了；要出門了，卻一副離不了我的樣子。妳這不是勾得我捨不得妳嗎？」

五娘這才得意地笑，轉而又低聲呢喃道：「我還沒走呢，就開始想你想的受不了了。」

宋承明的手一頓，一把將五娘拔起來往裡間去。

「真想？」宋承明問道。

五娘點點頭。「真想！」真的就有一種不管外面的世道天昏地暗，只想留下來經營自己的桃花源的感覺。

宋承明的手摸進衣襟裡，輕輕地揉了揉。「長大了？」

五娘勾著他的脖子。「下次回來，就更大了。」說著，就湊過去，親在他的嘴唇上，然後眨巴著濕潤潤的眼睛看著他。

金夫人和金雙九到了宋承明的院子門口，就破天荒的被人給攔住了。

常江窘著一張臉。「……王爺跟王妃有事情要商量，吩咐下來……任何人都不准打攪……等……小的一定轉告……」

金夫人冷哼一聲，朝裡面狠狠地剜了一眼。「那就叫他們好好的談吧！」說著，甩袖而去。

金雙九跟了過去，小聲道：「年輕人嘛，很正常。小夫妻要分離了，依依不捨也是人之常情。成親一年了，要是還都相敬如賓的，咱們才該犯愁呢！」

金夫人撇了撇嘴。「沒羞沒臊的！」

也不知道這是罵女兒、女婿，還是罵纏著她的男人？

遼東的天這時節還很冷。

金氏騎在馬上，看著燈籠下依依惜別的一對璧人。

「我送妳去碼頭。」宋承明攥著五娘的手，放在手心裡，來回的摩挲。

五娘搖搖頭，朝金氏那邊看了一眼，才低聲道：「別鬧！咱們不是都說好了嗎？不動聲色是什麼意思？真叫人知道我去了西南，才真是危險了。」

宋承明看著一身男裝，半點都不見違和的五娘，終是慢慢地放開手。

「保重！」千言萬語，能說出口的也就只這兩個字了。

五娘鼻子一酸，眼睛眨了眨，才猛地轉身，三兩步就到了臺階下的馬跟前，翻身一躍就上了馬。跟著，揚起馬鞭，馬就跟離弦的箭一般，衝了出去。在她身後，是海石等七個人，整齊劃一地躍上馬，追了過去。

天不亮，城裡沒有什麼人，策馬而走，沒有絲毫的障礙。

宋承明從五娘的背影上，將眼睛拔了回來，朝金氏和金雙九深深地躬身行了一禮，所有的話都在這一禮當中了。這兩人沒有阻止五娘去西南，嘴上不管說得有多不近人情，但事實上，他們都是站在五娘身前的最後一層保障。而得到最大好處的，都是自己這個遼王。

金雙九朝宋承明點點頭。「行了，不用送了。把心放在肚子裡，出不了差錯。」

金氏輕哼一聲，什麼話也沒說，打馬就走。

走在最後的，是龍三、龍五和李森。

「記住我的話，什麼都沒有王妃重要。」宋承明看著三人。「任何事情，都得以王妃的安全為前提。」

李森心裡嘀咕了一句，這還叫人怎麼打仗啊？但看著王爺的臉色，他還是明智地選擇閉嘴。跟著龍三和龍五再三保證之後，才上馬，追了過去。

常江見人都走了，主子還站在原地，一動都不動，這才走過去，小聲道：「主子，回吧？」這半夜三更的，外面怪冷的。

宋承明只覺得心一瞬間被帶走了一樣，甚至不光是心帶走了，他都感覺到自己整個人也被帶走了。「牽馬過來！」

常江面色一苦，敢情王妃剛才勸解了半天的話都白說了？他低聲勸道：「王妃的話，您要是不聽，萬一王妃生氣了……」

宋承明扭臉瞪了常江一眼。「想什麼呢？本王要去巡查鹽場！」

常江心想：可鹽場跟碼頭在同個方向，相隔只有兩、三里而已啊……

第四十七章

五娘一路飛馳，抵達碼頭的時候，海浪聲鋪天蓋地而來，本來就冷得恨不能凍掉鼻子的天氣，迎著海風站著，這滋味真是不能更美了。她將臉藏在貂皮做的大毛領子裡，可還是覺得鼻子被凍得發酸，眼淚就跟著下來了。

「怎麼，捨不得？」天微微亮了，五娘水潤潤的眼睛看在金氏的眼裡，就是沒出息的表現。

「哪有捨不得？」五娘將領子往上扯了扯。「這是太冷了！鼻子裡的鼻毛都被凍住了！」

死丫頭！金氏白了五娘一眼，這死孩子說話一點都不講究，什麼鼻毛鼻毛的，難聽死了！

「快上船吧！」金雙九過來，指了指船隻。這是他過來的時候帶來的，是金家的船。只從外觀上看，就甩了遼東水師八條街去。

雲五娘知道，這船上的船艙，一定佈置得跟閨閣一樣舒服。在這數九寒天裡，也一樣溫暖如春。

但，自己不能去！

自己身後還跟著八千水師將士呢！

五娘搖搖頭。「老叔，您帶著我娘上船吧，我跟在你們後面。」

金雙九看了看遼東水師的戰船，眉頭緊皺，才要出口說話，金氏就擺了擺手。

「咱們家的規矩你忘了？她還是你訓練的。官兵一視同仁，這八千人能受的罪，她也受得！這是她自己選的！」

五娘給了金氏一個「妳一定是後娘」的眼神，才吸吸鼻子對金雙九道：「您忘了您當初是怎麼操練我了？您當初的教導，我可是時刻都不敢忘呢！」

「小丫頭！」金雙九哼了一聲。「還挺記仇！」說著，也不勉強。威信這東西，就是得在這一點一滴中樹立起來。他心裡認同，甚至覺得驕傲，但嘴上卻一點也不饒人，這會子直接拉了金氏就上了金家的船。

五娘這才扭頭看向李森。「將士們都在船上等著了，上船吧！」

李森從一開始就盯著金家的船，眼饞的厲害，真是眼睛都拔不開來了。這會子被五娘一叫，才驚醒過來，趕緊尷尬地笑笑。「王妃請上永輝號，船艙都收拾好了。」

儘管知道這位王妃不俗，但他還是被這位王妃連同她身後那幾個丫頭上船的姿勢給閃了一次眼睛。那懸梯掛在船邊，晃晃盪盪的，一般沒上過船的男人都不敢輕易嘗試，可這些女人一個個的，兩手迅速交換著往上爬，八個人都上去，就是一眨眼的功夫。

「難怪王爺說要聽王妃的。」李森嘀咕了一句。「果然是有兩分真本事！」

龍三和龍五沒搭理李森，剛才緊盯著五娘，就怕出了意外。等五娘和幾個丫頭都上去了，兩人才迅速地跟了上去。

李森斷後。

隨後，金家的船上，又送來不少的東西，亂糟糟的，等收拾好了、準備起錨的時候，天已經亮了。

五娘沒急著去船艙，而是站在永輝號的船頭，朝岸上看著，也不知道究竟在期待什麼。

李森上前，看看五娘，又看看碼頭，不知道這位主子這是幹什麼？他低聲道：「王妃，能開船了嗎？」

「我叫沐清，不管誰問起，你都得這麼說。」五娘沒看李森，嘴上卻不停地叮嚀著。

「以後叫我五爺便是。」

五爺？只要沒見過真人的，都會以為五爺是位長著絡腮鬍、滿臉橫肉的大漢吧？可這叫的再爺們，王妃這長相，也爺們不起來吧？

他嘴角抽了抽，到底點點頭，輕聲問道：「五爺，什麼時候開船？請您吩咐。」

「都檢查妥當了？」五娘看著碼頭，眼睛都不眨地又問了一聲。

李森也不時地朝碼頭上看，想知道到底是什麼吸引了這位的注意力？但嘴上卻做出了最即時的反應。「是！都檢查妥當了。」自家這船，跟金家的船不能比，一艘船隻只能承載五百人。這八千人分了十六艘船，再加上這艘指揮用的戰船永輝號，一共十七艘船。早已經檢查妥當，整裝待發了。

五娘長吸一口，冷氣直往鼻子裡鑽，她眨眨眼睛，眼裡的霧氣一點點的就散了。「那就起錨吧！開船！」她的聲音裡帶上了金戈鐵馬的堅決。

李森正色道：「是！」

船頭的旗子在海風中搖擺，船慢慢地動了起來。

海石上前，給五娘塞了一個暖爐，低聲勸道：「主子，裡面暖和，咱進去吧？」

五娘看著越來越遠的碼頭，點點頭。「那就走吧。」她剛轉過身，耳中就傳來若有若無的馬蹄聲。「妳聽……」五娘拉住海石。「那是什麼聲音？」

除了海浪拍打在岩石和船體上的聲音，就是呼嘯的風聲，哪裡還能聽見別的聲音？

海石搖搖頭。「主子，沒什麼聲音。」

怎麼會沒有呢？五娘返身回來，往船舷的方向又走了幾步，馬蹄聲似乎更清晰了。她的眼裡湧起笑意，鼻子卻更加酸楚起來。原來不只是自己離開的時候會患得患失，他也一樣。

馬蹄聲近了，一人一馬，停在碼頭上，朝五娘的方向看了過來。

五娘伸出胳膊，在頭頂比了一個大大的心形。

宋承明就不由得笑了，他伸出右手，放在胸口的位置。

這一瞬間，只覺得什麼話都不用說，心都是滿的。

慢慢地，碼頭越來越遠，碼頭上的人很快就成了一個黑點。直到看不見了，五娘才含著笑意，回了船艙。

另一艘金家的船上，金氏見金雙九進來了，就趕緊問道：「……回船艙了？」金雙九點點頭。「放心吧，兩個孩子感情好，這是好事。」

「沒出息！」不管金氏心裡怎麼想的，嘴上還是抱怨了這麼一句。

而五娘此刻的心境則全然不同。看著比金家的船艙差了不止一個等級的地方，她也覺得甚是順眼。艙裡的火盆足足放了五個，倒也還算是暖和。幾個丫頭燒水的燒水、熱飯的熱飯，晃來晃去的，五娘都覺得眼暈。

簡單地吃了飯後，五娘就打發海石。「去請李森將軍。」

李森正跟船上的護衛們一起吃飯，大白饅頭加海魚吃得香甜。見王妃叫了，起身抹了嘴就過來了。

「之前叫準備的衣服都準備妥當了？」雲五娘倒了一杯茶給李森，問道。

「妥當了。」李森原本就不知道那些衣服是做什麼用的，這會子見問了，就不由得問道：「是做什麼的？還請王妃……不是……是五爺，還請五爺直言。」

「衣服嘛，收拾來自是穿的。」五娘吩咐道：「叫上下人等都換裝，將鎧甲軍裝全都給我收起來，換上搜羅來的百姓的舊衣服。」

李森不打折扣的馬上應了一聲「是」，可這緣由，他還是沒懂。

「自來，兵匪都不分家。」五娘淡淡地說了這麼一句。

這是什麼意思？從今天起，自己麾下這八千人馬，都成了海匪了？李森看著五娘的眼神就透著不可思議。

「怎麼，不行？」五娘看向李森，挑眉問道。

「行！這主意……」李森壓下心裡的想法，咬牙道：「這主意真是出人意料的……好！」

五娘白了李森一眼，這人說話一點兒也不實誠。她朝外面看了一眼，就低聲道：「你不要有什麼心理負擔……」覺得這換了衣服就是要做喪盡天良的事一般。「不僅你不能有負擔，還得好好地跟下面的將士都說清楚，將話說透了！兵法上說，兵不厭詐，咱們換裝也只是在掩人耳目。穿什麼不重要，重要的是你的心是什麼樣的？只要在心裡覺得是遼東軍的兵，這就沒有問題了。」

李森心裡呵呵一聲，但嘴上卻連忙應是。「屬下馬上去辦！」

五娘的手又壓了壓。「你別急，我的話還沒說完。」她又朝外面看了一眼才道：「咱們的水師，剛組建的時間不長，到底本事如何，咱們先放在一邊不說。我現在想問的是，大多數將士，吃海鮮海魚，都沒什麼問題吧？」別出了門，連吃飯都是問題！此次帶的物資有限，食物的主要來源就是大海。

李森就笑道：「雖說是吃得人想吐，膩得不行，但也確實是習慣了。凡是吃不慣的，都已經淘汰了。」

這就好。五娘鬆了一口氣。「這只是第一個問題。第二個問題……西南的氣候，跟東北可是天差地別，咱們越是往前走，天氣就會越濕熱。所以，適應氣候，小心水土不服，就是接下來的重中之重了。打仗這事，急不來。咱們這八千人馬，到了地方，估計得有一半躺下。沒有戰鬥力，頂個什麼用？別叫跟著出來的兄弟，還沒上戰場，就先把命搭上了。這麼窩囊的死法，將來怎麼跟人家家裡的父母妻兒交代？」

李森臉上的神情就越發的鄭重起來了。「是！五爺。這事我一定重視，現階段沒有比這更重要的事了！」

五娘見他真的往心裡去了，才又說起別的。「能棲身的海島，咱們不用漫無邊際地找，我會跟金家借一個。但咱們也不能太依賴別人，所以，你從現在就得開始準備。」

李森又應了一聲，見五娘沒什麼要吩咐的，這才轉身出去了。

等他走了，五娘才跟幾個丫頭絮叨。「這次出來的急，東西準備的也不完備，菜乾也沒帶多少……」

海石就笑了。「您才說西南濕熱呢，這種天，當地還是有新鮮菜蔬的，採購一些也就是了。」

五娘搖搖頭，這水土不服可不就是吃不得異地產的東西，連喝水都鬧肚子嗎？

沒到地方，她的心就跟著七上八下的懸著。躺在船上，久違的搖晃感覺叫她有些失神。躺在船艙的床上，倒也還算睡得安穩。

飄在海上航行是枯燥的。走了兩天，感覺沒那麼冷的時候，五娘也出來坐在甲板上釣魚。凡是放下釣鉤，也多少總有收穫，但連著吃了幾頓的新鮮海鮮，就覺得膩了，寧願煮一碗清湯麵，什麼都不要，放點鹽，點兩滴香油就好。

幾個丫頭的心態也很好，偶爾還在甲板上撒上點吃的，招的海鳥一隻隻地撲過來。五娘卻時不時地將目光放在金家的船上，偶爾朝金氏揮揮手，打個招呼。

船越是往南走，越是暖和了起來。身上的衣服一件一件的往下脫，等能穿著夾襖，船艙裡也不用一個勁兒地點著炭盆的時候，就到了一處早就跟金雙九說好的海島。

遠遠地看去，這海島並不大。

等下了船，金雙九就跟五娘道：「這裡是不大，但容納你們這些人是足夠了。關鍵是，這個島上有三分之一的地都覆蓋在淡水湖之下，你們人數眾多，這飲水是個大問題。要位置相對合適，大小合適，還得供給淡水，就只有這一處了。」

五娘放眼四下看了看。「這麼好的地方，你們怎麼沒在這裡建基地？」

金雙九搖搖頭。「這裡是不錯，但就是離陸地太近，常有遠航打魚的漁民會過來補給用水。像你們現在這樣偽裝成百姓的，在這裡生活一點問題都沒有。我們將這裡當成一個據點，告訴其他人這裡是有主的，這也無所謂，但若是建造基地，有太多不想叫別人知道的東西便會貿然地曝光在這裡，對咱們有什麼好處？」

這倒也是。

金氏在島上轉了轉，就擺擺手。「我們能幫妳的就這些了，也該走了。剩下的事情，我們不摻和。」

「那說好的戰船呢？」五娘趕緊看向金雙九。「咱們只當成買賣做，這也是當初說好的。」

金氏袖子一甩，罵了一聲「死丫頭」！我還能真將妳一個人扔在島上不管啊？

金雙九點了點五娘的頭。「妳看妳，把妳娘氣的！行了，回頭就叫人給妳送來！」

五娘輕笑一聲。誰叫妳跟後娘似的，動不動就是不管了！

嘴上說著自己什麼都行，可等金氏跟金雙九重新上船，要離開的時候，五娘這才覺得心裡一下子變得空落落的，不踏實起來。

「別這副樣子！」金氏摸了摸五娘的頭。「妳就是裝得再可憐，我也不會留下的。妳既然敢將老祖的金甲穿到身上，就別給老祖的臉上抹黑。」

這果然不是親娘！五娘又翻了一個白眼。「您真不擔心我？」

金氏哼了一聲，拉著金雙九就走。「別搭理這死丫頭！」下決定的時候信誓旦旦的，這會子卻在這裡裝可憐！

看著越走越遠的船，五娘站在沙灘上，理了理被海風吹散了的頭髮，才慢悠悠地往回走。

海島上只有幾排屋子，想要容納下八千人是不可能的。

「五爺，給您收拾了一間出來。」李森抹了一把額頭上的汗，指了指最大的那一間。

五娘搖搖頭。「我跟你們一樣，住帳篷吧。就在海灘上，將帳篷搭起來吧。」

「這怎麼行呢？」李森撓撓頭。「海邊根本就休息不好！」

「海上的天氣變化莫測，咱們攜帶的物資，難道能始終放在船上？船是戰船，既是戰船，就要有被擊中沈沒的準備，所以，物資都必須轉移。而海島上的雨、海風、海浪，說來就來，放在帳篷裡根本就不行。還是屋裡好，地上撒上石灰防潮，再叫伙食營的注意點就行了。」五娘看著幾排屋子。「就這都不一定夠用呢！湊和著吧，反正物資這東西是越用越少。」

李森這才應了一聲，不過到底選了一個稍微背風、地勢高的地方留給了五娘。他聽了五娘的話，不帶人搭帳篷，而是先將物資給搬進屋去。等物資都轉移了，這老天還真就下起了雨。

這麼多人，根本就無法上岸，只得繼續留在船上，躲在船艙了。

誰能想到，這雨一下，就是兩天。人本來就多，再加上擠在密集的空間裡，又都不見太陽，緊跟著，就有不少人出現了腹瀉、頭暈、嘔吐的現象。

這是水土不服了。

李森的嘴裡都起泡了。

五娘皺眉。「怎麼樣？藥都煎上了吧？有沒有效果？」

李森點點頭。「應該是起效了。雖然沒見好，但也沒更壞。」

那就是藥效並不好，這樣下去可不行。

等到雨停下來，陸陸續續就有三分之一的人出現了不同程度的水土不服。

但這卻不是人力能更改的事。

五娘到每個帳篷去看那些躺著的將士，叫自己的幾個丫頭幫著熬藥照看。

李森跟著她身後，抹了一把臉道：「五爺當初說的時候，我還覺得有些誇張，不至於如此，誰能想到還真是……」

「沒事，至少得有半個月的恢復期。」五娘見連李森都氣勢低迷，她就更不敢將擔憂放在臉上，只輕鬆地道：「正好從金家預定的戰船還沒到，即便到了，這也要有適應性的訓練。光這事所耗費的時間，半個月哪裡夠？金家會派人來教你們，你現在與其愁眉不展，倒不如趕緊從沒染病的這些人裡面選一些機靈的，別到時候叫人家小看了去！」說著，她的神色就鄭重起來。「再說了，你是整個隊伍的統帥，是他們的主心骨和靈魂，你的一言一行，對他們都是有至關重要的影響的，所以，你千萬記住，就是天大的事，你也得給我壓在舌尖下面。聽清楚了嗎？」

李森頭上的冷汗就下來了，自己這行為，差點就搆得上是擾亂軍心了！他此刻才覺得王妃果然是王妃，確實有她獨到的地方。「是！屬下錯了，也知道錯哪兒了，這輩子都不會再犯！」

五娘這才點點頭，指著遠處飄在海上的黑點。「你瞧，金家送船來了。時間可比預想的快得多呢！」

金家打發來送船的人，說起來還是熟人。

「屬下金恒見過姑娘！」領頭的是個十八、九歲的小夥子，這小夥子跟五娘有過一面之緣。那次是在海島集訓遇到倭人的時候，金雙九打發他帶隊試探五娘她們。

「是你？」一打照面，五娘就認出來了。

「是！」金恒笑著看五娘。「沒想到姑娘還記得小的。」

「哪裡會忘了？」五娘有些感嘆地搖搖頭。「那次是真的兇險，不光我印象深刻，跟著我的這幾個丫頭也是一樣的印象深刻。」說著，就招手叫海石、石花等人過來。「來瞧瞧這是誰？」

幾人在一起，嘻嘻哈哈的敍舊。五娘又親自上船，見了船上所有從金家來的人，鄭重的行禮道謝，之後，才在島上擺了酒，叫李森和金恒相互熟悉了一下。

接下來，李森得安排人跟著金恒好好地學一學新船的駕駛和一些海域知識。

等一切都按部就班以後，五娘換上了青布袍子，帶著春韭和海石，連同龍三、龍五坐上偽裝好的小漁船，準備登陸看看。這天天氣不錯，沒有遇上什麼大的風浪，一路上也還算是平穩。可即便是平穩，龍三和龍五的臉色也不好看。這兩人在陸地上是龍，在海上只能算得上是蟲了。

五娘就跟兩人商量。「這次上岸後，你們就別跟著我回島上了。」省得再受罪。若真在海上有危險了，到底誰保護誰呢？

龍三當即就急了。「這怎麼行呢？主子可是吩咐過的，叫我們堅決不能離開五……爺！」

五娘就笑了。「在海上你們根本就起不了作用。這麼說你們心裡也別不舒服，短期內要叫你們在船上如履平地，那是難為人。再說了，我對你們另有安排。」

龍五一把拉住還要說話的龍三。「聽五爺說完。」王妃說的是實話，看見一望無際的大海，小船在水裡就跟一片樹葉子一樣，他為了不眼暈，一路上都不敢低頭看水，恨不能躺在船艙裡，閉上眼睛一覺睡到地方。再反觀那兩個丫頭，坐在船頭船梢，哪裡有一點懼怕的意思？連個丫頭都比不上，還充什麼好漢？王妃怎麼安排怎麼做吧！這地方確實發揮不了他們的長處。

五娘這才笑了。「在島上那麼點大的地方，對你們來說，就是浪費。我的意思，你們就在沿海的村子裡，給咱們招募新兵。當然了，不能打著遼東軍的旗號，只說是商隊要找船員，一年給二十兩銀子，包吃包住。只要願意來的，就先預支五兩銀子。之後，你們將人給組織起來，先練著。」

「可這訓練，人數一多，難免就太惹眼。」龍三皺眉。「再要是打草驚蛇了，可怎麼辦？」

五娘朝龍三點點頭，他這樣的擔心也不是沒有道理，於是道：「你們不用避開人，大大方方地開一家鏢局，再放出消息，就說你們招募船員、鏢師，主要是走福州到突渾這一條線的。」

突渾？龍三和龍五對視一眼，一時沒弄明白。

「五爺，這事可禁不住打聽，到底去不去突渾，瞞不了人的。」龍五建議道：「說出海都比說去突渾可信。」

「誰說去突渾是假的？」五娘看了二人一眼。「跟突渾確實是有些生意上的來往，少不了要走兩趟的。」六娘來信說的事，也該辦了。所以，打這個旗號是把穩的。「只說是去突渾買茶葉。你們也知道的，突渾的龍團茶，品質是最好的，別人會信的。」

兩人見五娘說的這麼肯定，雖猜不出全部，卻也知道王妃有個妹妹和親突渾，有什麼是他們不知道的，也未可知。既然王妃的主意已定，那麼他們聽從號令就是。這次，答應的十分爽快。

一行人花了半天的時間，也就到了碼頭。這個碼頭十分簡易，周圍也停著十幾條新舊不一的漁船。從碼頭觸上岸，白色的沙灘上，支起的架子上都晾著漁網，三三兩兩的漁民打扮的人聚在一起，補網的補網、織網的織網，男女都有。他們手裡多是竹梭子，織網用的線也是麻線。麻線禁不住海水浸泡，用不了幾次就得換網了，所以補網、織網都算得上是漁家最重要的活計之一。

五娘遠遠地看著，才發現織網的男人其實是比女人多的，這叫她覺得有些奇怪。

海石笑道：「誰說編織只是女人家的活計？您是在海上待的時間還不長，對這些東西都不瞭解。別看織網，那也是個費力氣的活計，跟紅椒、香菱她們打絡子是不一樣的，手上沒勁根本做不來。」

原來如此！

船從海上漂過來的時候，岸上的人早看見了。大家毫不慌亂，是因為打眼一看，只是一條小船，船上三五個人的樣子，又不是海盜，怕什麼？這岸邊也常有在海邊漂著失去方向的人，如今靠岸來，還能將人給轟走不成？見了這樣的人不幫，海龍王只怕都是要降罪的。

因此幾個人一上岸，就見到兩個中年人陪著一個上了年紀的老人走了過來。

當地人說話的口音很重，五娘勉強能聽懂，但是想要交流，那根本是做不到的。

龍三和龍五也一樣，所以，兩人見五娘無言語，他們也自覺地退後，將位置讓給海石和春韭。

春韭屬於離家早的人，鄉音早已經改了。

海石說話的腔調雖然跟這些人還是有細微的差別，但是不妨礙交流。

五里不同風，十里不同俗。

老者一聽海石說話，就知道也不算是外地人，離的該是不遠，防備心自然就更小了。

「你們要去哪兒？」老者問海石。「今兒風平浪靜的，怎麼還跑偏了？」

這真不是跑偏了。重陣上岸太打眼，所以才選了這麼一個地方。

「大爺，你們這是哪兒啊？」海石左右看看。「離這裡最近的鎮子在哪個方向？怎麼走？還有多遠？」

那老者往東指了指。「我們這是西陽村，往東就是漁陽鎮。」他說著，就看了看天。「今天你們走不了了，五十里的路趕不到就得碰上大雨。後生們，要是不嫌棄，就在我們村裡歇著吧？」

海石朝五娘看過去，老人的話都是一輩子的經驗，他們說有雨，八成是錯不了的。

五娘朝天邊看了看，她是什麼也看不出來的，但還是對海石點點頭。

海石立即塞了一個一兩重的銀錁子過去。「大爺，麻煩您給我們找兩間乾淨的房舍。」

「不成不成！這是要壞規矩的！」老者連連擺手。「海上來的客，能到咱們這裡，都是海龍王送來考驗咱們的。收了銀子，心就不誠了！」說著，就叫了身後的漢子。「快去準備，叫你渾家備些飯食，留客人住下。」

這裡的民風還真是純樸。在海邊眾人的目送下，幾人被帶到了一個小院子裡。屋子都不大，石頭砌牆，海草做頂。

接觸的多了，才知道這院子是專門給海上飄來的人準備的。春韭帶雲五娘進屋休息，解釋道：「錢財人家也不會收，等過後買些米麵，送到院子的廚房便罷了。都是周濟落難的人，他們不會拒絕的。」

半下午的時候，耳中就傳來呼嘯之聲，海浪混著海風和瓢潑的大雨一起來了。

五娘聽著這動靜，不免有些慶幸，心思也活動了起來。此時飯菜擺上桌，五娘坐在老者的身邊，問了一句。「老叔，我們有一個商隊，您願不願意為我們當一段時間的嚮導？」見那老者搖頭，她連忙道：「您放心，不用您跑船。我們想知道的就是每天的天氣情況，您看行嗎？」一片海域有一片海域的特點，對於遼東軍水師來說，這片海域實在是太陌生了。在海上飄著，雖然要有與天鬥的勇氣，但盲目行事不是勇敢，而是愚蠢。她覺得一個氣候專家，是不可或缺的。「我們聘請您一年，一年的薪酬……」她豎起一根指頭。「一千兩銀子。您看行嗎？」

那老者手裡的筷子一下子就掉地上了。「多少？」

海石忙道：「一千兩！」說著，從荷包裡取出一個金錠子。「這是十兩金子，能換一百兩銀子。您只要答應，這就是訂金。」

老者看見那金子，揉了揉眼睛。十兩的銀子他都沒見過，哪裡見過十兩的金子？這還只是訂金！就算人家耍賴，剩下的銀子都不給了，在他看來，他都是占大便宜了！

海石再接再厲。「咱們這可不是贈與，不存在壞規矩不壞規矩。就跟鎮上的鋪子請掌櫃的一樣，您就是咱們請回去的大掌櫃。」

「這……咱什麼也不懂……拿這麼些銀子，心裡愧得慌啊……」

老者起身，對五娘說了這麼一通，海石在一邊轉述給了五娘聽。

五娘呵呵地笑著。「您這看天氣的手段，多少銀子都值得，我還覺得我賺了呢！」她說著，先給老者斟了酒過去。「還沒請教您高姓大名？」心裡卻在琢磨著，有了這個地頭蛇，募兵的事，也就好辦了。

老者的名字叫關三。

五娘喊他「關大爺」。「……給我們做大掌櫃，從今往後，生老病死咱們一概負責到底。我的這兩個隨從龍三和龍五，您以後就跟著他們。另外，咱們的商船可能要在這村的碼頭暫時停靠，但您放心，該支付多少銀子都不是問題。」

她說著，就看向龍三和龍五。兩人抬手給老者敬酒，相互引薦了以後，五娘就回了裡間。剩下的事情，這兩人要是再辦不妥當，就真該打發回去伙房裡幫忙了。

春韭伺候五娘躺下，這才問道：「咱們明天是去哪兒？回島上？還是……」

「明兒先去漁陽鎮，然後買幾匹快馬，咱們去福州。」五娘皺眉聽著外面肆虐的大風。「就是不知道這風能不能停？」

一覺起來，就聽見海鳥的各種鳴叫之聲。「天晴了？」

海石拿了熱帕子遞給五娘。「後半夜就停了。可只怕路上並不好走。」

不管好走不好走，都得走。

龍三還算可靠，雇了一架牛車來，也不吃早飯，只帶了關大爺和他的兩個兒子在外面等著。等五娘帶著兩個丫頭出來，這才啟程一起往漁陽鎮而去。

一路上，五娘都在記這裡的地形地貌。道路泥濘，但是像他們這一行人一樣趕路的也還不少，有些看著，竟是一家老小齊出動的樣子，手裡提著籃子，相互攙扶著往前走。

「這是去趕集嗎？」五娘問關三。

關三搖搖頭。「五爺有所不知。漁陽鎮跟前有個海王廟，昨兒又是風、又是雨的，大家這都是去給海王上香的，叫祂老人家保佑咱們靠海吃飯的人平平安安、順風順水。」

海王？這是個什麼神？

五娘沒聽過，不免好奇地問關三。

關三哈哈就笑。「在海邊住著的，哪裡能不知道海王他老人家？」

海石在五娘的耳邊低聲道：「只怕說的是老祖。」

東海王？五娘看向海石，像是要確認一般。

海石點點頭。「十有八九吧。」

果然，就聽關三帶著虔誠的語氣道：「海王祂老人家說的就是東海王……」

龍三和龍五一下子就看了過來。

五娘笑了笑。「那咱們也該拜一拜的。」

關三聽了就更高興了。「是該拜一拜！在海上討飯吃的，哪裡能不拜祂老人家？」

五娘點頭，應和了一聲，神色卻越發堅定起來了。這位老祖給金家留下的無形資產的分量，重得叫人覺得幾乎要承受不起。

漁陽鎮外，有座不大的山，三五百公尺高的樣子。上山的路濕漉漉的，但因為經常有人上下山，路倒是還算能行。山腳下有竹子做的肩輿，有那年老體弱實在上不去的，少不得雇上肩輿由人給抬著上去。

龍三本來想給五娘雇一頂，但龍五一把拉住了。王妃肯定會一步一步走上去的。作為後人，得了蔭庇餘澤，有什麼理由不虔誠？雖然路上遇到不少人，但自己這一行人走的算是快的。路上不耽擱，到了半山腰，基本上就不見前面有什麼人了。等順順利利地登上了山，五娘也已經走得汗濕衣衫了。

到了山頂，看著眼前的海王廟，五娘有一瞬間的恍惚。那海王廟的牆壁上雕刻的畫，都是各式戰艦的大致模樣，她只覺得既熟悉又陌生，站在門口，竟是久久都不能抬步走進去。

「五爺。」海石在耳邊提醒了一聲。「該進去了。」

五娘這才恍惚道：「喔……進去吧。」

從不大的門臉進去，是個照壁。照壁上雪白一片，並沒有寫什麼字，或是畫什麼畫，這就叫人覺得有些奇怪，就算是小戶人家的照壁，也都不是這個樣子的。五娘心裡這麼想著，但是卻沒法兒問。帶著疑惑，繞過照壁，眼前就是一個不大的院子。七、八公尺之外，是個三間的正堂，那裡就應該是供奉香火的地方了。越過屋頂再往後看，能看到第二進院子裡有青煙冒出來，想來後面是住人的。這一眼可以望到頭的廟宇，確實是前後只有兩進，但因為供奉的人很用心，看起來卻也頗為雅致。

關三打頭叫了一聲，從後堂才跑出一個十七、八歲的小道士來。

小道士說話帶著濃重的當地口音，五娘根本就聽不懂。海石在五娘耳邊轉述，她這才明白大致的意思。左不過是兩人寒暄，小道士沒想到這麼早會有人來，而關三則介紹今兒是來了貴客。

小道士對著五娘做了「請」的姿勢，五娘這才抬腳進了大殿。一進去，映入眼簾的就是真人大小的雕像。這人看起來三十來歲的樣子，身披金甲，透著一股子威嚴。

五娘直接就跪下，磕三個頭，然後起身，上前走一步，再跪下磕三個頭，然後再起身。從門口到雕像跟前的蒲團，一共六、七公尺的距離，五娘走了九步，磕了二十七個頭，才到跟前。

小道士愕然地看向關三，虔誠的人有不少，但是像這麼虔誠的還從來沒有見過！

關三也有些不自在，他朝龍三、龍五等人看去，就見他們規整地跪在剛進門的位置，神情肅穆。
五娘這才轉臉問：「這雕像在這裡多少年了？」
小道士朝五娘行了一禮，一開口說話卻把五娘驚了一下，因為他說的一口地道的京腔，跟剛才同關三說話的口音截然不同！
小道士道：「這廟裡的一磚一瓦，自從建成以後，就從來沒有動過。」
五娘心裡有了答案，她不由自主地看向海石和春韭。春韭自小在府裡長大，她說的一口京腔還說得過去，可是海石呢？為什麼在海島上那麼長時間了，卻從來沒有出現過交流障礙？如今再一思量，心裡不由得暗暗驚心。金家從上到下，不管是哪裡人，都能說一口流利的京腔！這自是從小就養成的習慣。
而地方口音如此濃重的地方，這海王廟裡，一個小道士卻能說的一口京腔，這個人的來歷，已經差不多明瞭了。這麼一個偏僻的地方，也有人守在這裡，那麼，這裡真的只是一座廟宇嗎？
五娘沒打算總是依靠金家，因此知道了該知道的資訊後，就起身告辭了，並沒有見這廟裡其他道士的打算。
她卻不知道，在她走後，這小道士急忙朝後院而去，將剛才看到的、聽到的，都稟報給了道長。
這位道長還真有幾分仙人之姿，雖沒有白鬍子飄飄，但整個人也是風姿卓然。他坐在樹下，將棋盤裡的棋子一一收起來。「你說那少年多大年紀？」

「十五、六？十六、七？」小道士有些拿不准。「反正看起來不大。」

道長手一頓，沈默了片刻才起身，沿著樓梯朝上走去。這房子不是樓閣，隱藏在房子與樹之間，有個隱蔽的瞭望臺，站在瞭望臺上，可以將整座山從上到下看得清楚明白。他此刻站在瞭望臺上，看向山路的方向，很容易就鎖定了小道士說的那少年。這走路的姿勢再怎麼朗闊，也能看出是個姑娘。他隨即了然道：「原來是小主子來了！」他笑了笑，快速地寫了短信，不大功夫，廟裡就飛出一隻海鳥，撲騰著翅膀，朝大海的方向飛去。

五娘當然感覺到了窺伺，雖然是很短暫的時間。再加上龍三、龍五都是練家子，很容易就能察覺。她示意二人不要輕舉妄動，果然，這視線一會兒就消失了。

從山上下來後，走了一刻鐘，這才到了漁陽鎮。

不大的鎮上，賣早飯的也就那麼兩、三家。找了一家乾淨的，也不管人家賣的是什麼就坐了進去。海石看了人家翻滾的鍋，用本地話說了一句什麼，人家應了，五娘知道這大概就是點餐吧。

結果，端上來的是一碗圓滾滾的、湯圓一樣的東西，她真當這是湯圓。「吃這個？」也行吧。

海石就笑道：「您嚐嚐，這是魚丸。」

魚丸？

五娘用勺子舀了一個，吹了吹才咬了一口。哪裡是魚丸？這跟她知道的魚丸壓根兒就不是一個東西，外面裹著糯米粉，裡面包著調好味的鮮魚肉。這其實就是一種湯圓嘛，非說是魚丸！她吃這個也還湊和。

但龍三和龍五顯然對這個不是太感興趣。「總覺得吃不飽。」

五娘擦擦嘴。「那你們以後自己開火，雇人做飯。咱們在這裡就分開吧，我跟海石、春韭她們去福州。」

主僕一路到福州倒也順利，可不想，一到福州住進客棧後，夜裡就有客人找上門來了。這個客人說起來五娘還真見過，他是戚家的人，以前每年給雲家送年禮的時候，在老太太那裡見過。這是個十來歲的小子，叫官哥兒，十分的會說話，老太太最愛叫他說話了。住進客棧，連澡都沒擦洗呢，就有人求見，遞來了金家的腰牌，結果進來的卻是他！

「你是金家的人？」五娘是當真沒有想到的。

「不僅小子是金家人，我們一家都是。」他說著，就朝外看了一眼。「我爹正在外面，有事情要跟小主子說。」

戚家的二管家？五娘連忙起身，對海石說：「快請！」

二管家進來後，對著五娘就是大禮。「今兒接到海王廟的消息，知道小主子來了。那麼，這些消息想來小主子能用到。」說著，從懷裡就掏出一個冊子。「這是關於戚家、關於西南、關於羅剎的一些消息。」

五娘伸手拿過來，親手將二管家扶起來。「辛苦了！這些年……辛苦了！」

二管家只欣慰地看著五娘。「小主子，以後咱們主僕再續舊情。我今兒實在是不能在這裡多待。」

「好！」叫人將二管家送出去。五娘只覺得手裡的這份情報沈甸甸的，有這些，可以節省她很多的時間。甚至，她此次來福州，都有些多餘了。

海石就問：「主子，還要待在福州嗎？」

「不用了，回去吧。」

不知不覺，身上已經寄託了太多人的期待。金家說是不摻和，但關於情報，從來不惜餘力。自己是站在金家的肩膀上行事的，她不能輸，也沒資格輸。

才離開不過三天，李森見了五娘就跪下磕頭。「王爺的信昨兒就到了，卻找不到您，您要是有個三長兩短，您叫臣回去怎麼跟王爺交代啊！」

「沒事了！這不是好好的回來了嗎？」雲五娘扶了他起來，馬上轉移話題。「跟金恒學得怎麼樣了？新船得咱們自己人使用，容不得一絲一毫的馬虎。」

李森忙起身詳細地彙報了一遍，這邊說著，那邊就把懷裡的信掏出來給五娘遞過去。

「王爺送來的。」

五娘順手接過來，也沒急著看，又問說：「水土不服的情況好點了嗎？」

「好多了！」李森趕緊道。

「那就好。」點點頭就下去了。

誰都沒多餘地問，跟著主子的兩個護衛去哪兒了？怎麼只春韭和海石跟著回來了？

回來洗漱後吃了飯躺下，才看了宋承明捎來的信。沒什麼特別的事，一水的廢話，想說的不過是兩個字——想妳。

起身給宋承明回信，叫他莫要憂心，又把這邊海島的情況大致說了一遍，就收了話頭。不是不想多說，是被這沈甸甸的支持弄得好像有點壓力了，真怕把這負面情緒傳遞給他。

看著停泊著的一艘艘大船，五娘有些出神，心裡將計劃一遍一遍地盤算著，但不管怎麼盤算，還得從每日這八千人馬的操練開始。盯著將士上船操作，海裡遠游，一點也不鬆懈。

李森跟著都有點陪不住，心裡最後的那一點不舒服，全徹底的扔開了。

如今不是因為王爺下令得聽王妃的，而是心甘情願的，寧願聽王妃的。

這一日得閒了，雲五娘叫了春韭。「金家有商船要往突渾去，我想妳跑一趟。」

「六姑娘？」春韭一愣之後，眼裡閃過幾絲傷懷來。「是啊，也不知道六姑娘怎麼樣了？」這麼長時間，六姑娘等不到這邊的消息，肯定是要著急的。

「有些事，只信件來往太慢了，也說不清楚，所以，必須有一個人，能代替我和王爺去談。妳呢，私人身分上，是我貼身的人，打小就跟在我身邊，跟六娘又是熟悉的，見到妳，她心裡安穩；而公事上，妳是我身邊的女官，要將我和王爺的意思轉達給突渾那位小皇帝。明白嗎？」五娘帶著幾分悵然，一邊給信封口，一邊道。

「是！」春韭忙應了一聲。「我知道怎麼做的，主子。」

「嗯，妳辦事，我也放心。」五娘說著，就長吁一口氣。「所以，回去抓緊時間收拾東西，隨後跟著去吧。」

「那要給六姑娘帶什麼嗎？」春韭就問。

「不用，以後會常來常往的。」五娘說著就起身。「妳先去收拾，晚上再過來，我細細地叮囑妳……」

第四十八章

於是，在這個大年下，二喬興奮地跑到六娘的面前，緩緩地蹲下道：「姑娘！」

六娘頭也不抬地說：「不是說了，要叫娘娘嗎？」她手裡做著針線，是要給姨娘的。想著下一次要是使臣再去大秦，就讓把做好的衣裳給送去，這個印染布做裙子是極好的。

二喬咧開嘴笑，笑著笑著，眼圈就紅了。「姑娘……家裡來人了……」

六娘的手一頓。「什麼？」

二喬的眼淚一下子就下來了，姑娘這大半年，等的好辛苦呢！「春韭來了！五姑娘不是沒顧得上，而是不放心別人，打發春韭親自來了！」

啊？六娘手裡的針線活全落在地上了，眼淚吧嗒吧嗒地往下掉。「在……在哪兒呢？」一時之間竟是有些無措。

「就在山下！」二喬朝外指了指。「正兒八經地遞了帖子，要求見娘娘的。」

「快！」六娘急切地往外走。「快去迎迎！」

「姑娘不用迎了，奴婢來了！」春韭掀開簾子進來，鼻子也不由得一酸。自己都上來了，可六姑娘才得到消息，以為自己還在山腳下，可見她的處境有多艱難。

見了面，春韭就屈膝一跪，六娘撲過來扶她，春韭抓著六娘的手說：「六姑娘，您瘦了好多……」

段鯤鵬到的時候，就看到他的皇后眼淚撲簌簌的落，哽咽得失聲，伸手抱著跪在地上的丫頭，才像是找到了依靠一般。

說實話，這種感覺，叫人心裡酸酸的、澀澀的。

作為丈夫，作為一國的君主，他該給她的，她都沒有得到，卻叫她跟著他一日日的徬徨。自從她到鳳凰山後，他還從沒見她如此失態過。成親也這麼長時間了，她總是一副理智的模樣，不承想，她其實如此的惶恐，可從未在他的面前表露過。

小連子要過去通報，他抬手制止了，就那麼看著他的皇后哭得像個孩子似的。

二喬瞧見了那主僕，輕輕地咳嗽了一聲。

六娘瞬間便止住了眼淚，抬起胳膊將臉上的淚痕都擦拭乾淨了，這才趕緊拉著春韭問：「好丫頭，妳快起來跟我好好說說話！五姊可還好？我這邊消息閉塞，前幾天才聽說五姊在遼東竟然種出了稻米，可是真的？」

「真的！」春韭忙起身。「這次來，給六姑娘帶了不少。我們主子吩咐了，以後商隊但凡來，都要給姑娘捎帶的！自己種的菜，也晾成菜乾，一併給您帶來了，還有各色的醬料，只這些就拉了一整船呢！姑娘說了，咱要不想吃夫家的飯，一樣也餓不著，叫您不必委屈了自己！」

二喬就又咳嗽了一聲，趕緊向朝著這邊走來的段鯤鵬行禮。

六娘臉上的笑意一下子就收了，福了福身便不再言語。

春韭之前就聽了一路上突渾國皇帝和皇后的事，她知道這裡面是假的，要不然，六姑娘不會朝自家主子求助卻是為了那樣的事，這肯定是小夫妻倆做戲給人家看的。

見了人家的國主，春韭正兒八經的大禮參拜。

段鯤鵬暗暗點頭，只一個丫頭，就足以看出雲家和金家的底蘊。

大秦的消息慢一些，但他也知道，遼王如今在大秦算是一方不可忽視的力量，誰都不敢輕視。他客氣地道：「娘娘遠離故土，難免思念故鄉。」他說著就看小連子。「賜宴。」

全程，小夫妻倆都沒有眼神交流。

段鯤鵬剛轉身，六娘就拉了春韭。「跟我進來，說說私房話。」說著，還不忘吩咐二喬。「妳守在外面，別叫不該來的人進來。」

這副樣子，卻是春韭從來沒見過的。跟著到了內室，內裡比想像的要闊朗得多。

六娘拉了她，直接在書案邊的竹榻上坐了。「五姊到底如何？可有家裡的消息？」

春韭一一的說了，除了三姑娘，其他幾位姑娘還不曾見到，只是消息總能知道。

從元娘當皇后，到雙娘在簡親王府的艱難，再到三娘跟宋承乾摒棄前嫌，一直到四娘勸說于忠河為朝廷效力，最後到五娘為遼東所做的努力。說完，她就這麼看著六娘。「我們姑娘在我來之前，特意打聽了幾位姑娘的情況。咱們大姑娘在宮裡，從皇子到宗室，從宗室到朝臣，少有人說娘娘這個皇后做的不好的，如今，都在說娘娘寬厚。二姑娘雖然吃了些虧，但好歹算是站住腳了。我們姑娘曾說，二姑娘看似過得最狼狽，可二姑娘於家裡卻是貢獻最大的。如今府裡就是那樣的情況，若是沒有二姑娘在後面撐著，真不知道日子會過成什麼樣兒……」

六娘點點頭。「我知道五姊的意思。」大秦戰火四起的時候，一個寬厚的皇后在於安撫人心；在家亂的時候，一個隱忍的雙娘能幫襯著娘家保住門楣；三娘嚥下一肚子委屈為的是大秦公主的身分，但又何嘗不是為了明王？包括五姊，在遼東的所作所為，沒有一件是以色侍人的。

一個皇后要有威嚴，要有別人的愛戴，不能寄希望於別人給妳多少，而在妳做的值不值得別人愛戴和敬畏？

這個話題有些沈重，兩人都沈默了片刻。

六娘這才笑道：「說起來，我還沒見過幾位姊夫呢！除了簡親王見過一面之外，其他幾位姊夫都不曾見過。五姊夫長的可配得上我五姊？」

春韭這才笑了起來。「姑娘見過的！在簡親王府有過一面之緣。」

六娘一下子想起那個站在太子和簡親王身後的青年。「是他？」端是好模樣。「配得上！配得上呢！」

春韭見她心情好，又說起了明王，說起了聽說來的于忠河。「如今見了突渾的皇帝陛下，才知道，咱們家的姑爺，不光是個個顯貴，還個頂個的都是好模樣呢！」說著，就問起了六娘。「……今兒婢子大膽，替我們姑娘問一句，姑爺待您可還好？」

六娘便笑。「好如何？不好如何？」

「若是好，那為了跟您的情分，只要能幫的，咱們絕對沒有二話；可若是對您不好……」春韭說話帶著幾分傲然。「不說五姑娘了，就是婢子帶著海石幾個，也能把您接回去！」

六娘哈哈便笑。「妳這丫頭，瞧著可比在家的時候活泛多了！」

正說著，床背面被輕輕敲了敲，春韭訝異地挑眉，看六娘。

六娘輕聲道：「進來吧！正等著您呢！」

床後緊跟著又是一陣細微的響動，然後繞出一個人來，不是段鯤鵬又是誰？

春韭趕緊起身，臉上也沒多少異色，微微欠身見禮。

段鯤鵬手裡的扇子往上一抬。「起來吧。既然是代表遼王妃來的，便不用這般客套。」

六娘又拉了春韭坐下，春韭這才坐在腳踏上，聲音也放輕了。「我們主子說，陛下和娘娘所請，她與王爺商議過了，王爺的意思是，可以一談。」

段鯤鵬就多看了春韭一眼，心道：好精明的丫頭！

剛才跟六娘還拉著手，情真意切的模樣，轉臉就成了陛下和娘娘了。

六娘皺眉。「可以一談……再沒有別的？」

春韭搖頭。「沒有。」

六娘就道：「可別為難了五姊，她是我的姊姊，但也是遼王妃。若是因為我這邊叫她捉襟見肘了，反倒是不美。如今遼東跟朝廷的關係，一日緊似一日，只怕兵器再難從朝廷取得。便是大姊從中斡旋，簡親王為其奔走，也未必就有用。便是金家，孤懸海外，依靠的依舊是大秦，在這上面，也是幫不了她多少的。我這番伸手其實也知道有些為難人，原想著，叫五姊搭條線也行……妳如今這般一說，我心裡倒是不安起來了。」

春韭輕輕一笑。「娘娘多慮了，我們主子心裡是有數的。」

段鯤鵬就說了一聲。「聽聞大秦朝廷這大半年沒給過遼東配給了……」

春韭也沒有否認。「是，不曾給過。」

可遼東卻還有兵器賣給自家，這說明什麼？說明遼東有自己的兵工坊！

六娘唸了一聲「阿彌陀佛」，也不由得露出幾分喜色來，跟段鯤鵬對視了一眼之後，才問道：「在商言商，親兄弟還明算帳呢，更何況咱們，雖有骨肉情分在，但這畢竟是國事。」說著，就看段鯤鵬。「陛下，您說呢？」做買賣嘛，總得出價兒。

對於一個做帝王的來說，錢財的意義不大，手裡的權力拿回來了，要多少錢財拿不回來？因此段鯤鵬很爽利地說：「挨著大秦的邊界，有一銀礦。」

用銀礦來換嗎？這倒是春韭沒想到的，便是雲五娘也沒有想到，對方開出的會是這麼一個條件。沈吟了半晌，春韭才道：「那您希望我們提供給您什麼？具體的數量呢？」

段鯤鵬便從袖子裡取出一本小冊子遞過去。

春韭雙手接過來，細細地看了一遍，然後合上。「都可！另外，運送和押送的事我們都應承。只是，我們主子還想要茶葉和藥材，回去的船不能空。」

這在部落裡是最不值錢的東西，段鯤鵬連想都沒想就答應了。「依妳。」

很索利的，這件事就辦成了。

段鯤鵬對六娘說：「今晚我就不回來了，妳留娘家人說說體己話。」

六娘點頭，看著他又從暗門離開，回過頭來才對春韭笑。「叫妳見笑了。說是陛下娘娘，可這實際上呢……不說也罷。」

「苦盡便能甘來，危機也是機緣。這是我們姑娘叫我轉告給姑娘的話。」她說著，就把之前那個銀礦的契書放在六娘的手心裡。「您收著。」

「這是做什麼？」六娘不明白。「妳這是……」

「我們姑娘說了，除了談成的藥材和茶葉，別的不管突渾的皇帝陛下給什麼東西，都不叫帶回去，只給姑娘留著。」春韭將六娘的手指合攏，讓她把那契書握在手裡。

六娘握著契書的手有點抖。「五姊如此……我收了。」

情分太重，不收怕辜負了姊姊的好意。

一個人孤身在他國立足，光是沒人可用這一點就足以叫人著慌。可手裡有錢就不一樣了，有錢……這能做的事情就太多了！

春韭見她收下了，這才釋然，緊跟著問了一句。「聽說，怡姑在楊相國的府上？」

怡姑嗎？六娘露出幾分別樣的笑來。「……誰又能想到，咱們有向她彎腰的一天……」

楊興平也打發怡姑。「到底是故人，見見也是妳的心意。」

可怡姑還真怕見五娘身邊的人。猶豫了好半晌，見楊興平閉上眼睛假寐，她便知道，這個男人作出的決定，更改不了。

她應了一聲「是」，特地換了一身衣服，這才去了鳳凰山別院。

六娘正帶著春韭在山裡轉悠。「……這裡的山跟京城的山不一樣，我記得以前去慈恩寺的時候，那時候看到的景色跟如今是完全不同的。那裡是春天的桃花、夏天的柳，秋天的紅葉、冬天的梅。可這裡……四季如春，有時候我自己過的，都不知道今夕是何夕了。」

忘卻了春夏秋冬，忘卻了歲月更迭，一日一日的，重複著山居的日子。

春韭見她傷感，便說了很多遼東的事。「遼東是極冷的，比京城要冷得多。我們姑娘每次說起您，都要說一句，縱使千般不好，也有這一條好來。」

主僕幾人正說的高興，那邊就轉出兩個人來。

一走來，春韭就看見了。她的眼力極好，馬上認出是怡姑。

六娘坐在石凳上打招呼。「怡姑來了。」

春韭微微欠身。

怡姑趕緊抓住春韭的手。「五姑娘可好？還能見到妳這丫頭，當真是沒有想到！」

「我們姑娘記掛著六姑娘呢。」春韭將手抽出來，反拉了怡姑的手。「我才說六姑娘瘦了，還道是不習慣突渾，沒想到看到怡姑……氣色是當真好。」

怡姑自己都尷尬。「六姑娘不像我，我是給口飯就知足的，六姑娘她是……心裡大不暢快……」

六娘的眼裡就閃過一絲惱色。

春韭如何不明白這話的意思？怡姑許是同情過六姑娘，可真到了事上，她心裡還是偏向著楊相國的。在自己面前將六姑娘的尷尬擺出來，是什麼意思？恨不能叫自己把外面傳的、突渾皇帝不待見皇后的話傳回去，這又是什麼目的呢？還不是為了怕突渾皇帝多出幾個外援來。

春韭心裡明鏡似的，臉上卻分外氣憤。「……我們家的姑娘什麼時候受過這個委屈？我來前，我們姑娘就說了，從突渾出海，坐船直達遼東都使得的。不想回大秦，海島上的日子更愜意！若想回大秦，願意去遼東便去遼東，我們王爺說了，公主永遠都是大秦的公主，誰也不敢怠慢；便是想回京城，那也不是難事！大姑娘如今在京城是個什麼名聲？況且，宗室的宗令還是咱們家二姑爺呢！您瞧瞧宗室的公主過得多舒服，一個人住著偌大的府邸，日子再沒有的舒服愜意！」

怡姑心裡駭然，不過臉上還是一副哭笑不得的樣子。「妳還是個沒嫁人的丫頭，能懂什麼？這女人終究是離不開男人的……」

「那可不見得！」春韭直接給駁了。「我們家夫人，離了男人，日子才好過了呢！」是說金夫人離開雲順恭後，過得更自由自在了。

作為雲順恭的通房丫頭，作為顏氏曾經的貼心人，提起金夫人怡姑就先尷尬了，不自然了一瞬後才道：「人跟人到底是不一樣的，六娘也永遠成不了你們夫人。所以，該退讓的時候，有時候就要學會退讓。」

最近，楊相國又想跟突渾的勛貴們拉關係，願意把投靠他的勛貴家的女兒們送到宮裡做妃嬪。在這一點上，段鯤鵬便是反對，可這理由呢？理由除了戚幼芳，還有什麼？

可若是六娘這個皇后開口，就不一樣了。

可六娘如何會開這樣的口？

春韭輕笑一聲。「可憐雲家的小公子，如今連路也不會走，話也不會說呢！」是說顏氏的兒子！而這個兒子又是誰害的？

怡姑臉上的表情一下子就凝固了，看著春韭的眼神有些暗沈。「姑娘這話是說給我聽的嗎？」

春韭便道：「世子夫人對您不好，您怎麼對她，與我們無關。但我們姑娘常說的一句話便是，做人不能忘本。別忘了自己的根基在哪兒？妳承不承認自己是雲家人，這無所謂。但是，妳是大秦人，這卻是拋不開的根底。若是有些人覺得可以嫁雞隨雞、嫁狗隨狗，真就把過去拋得一乾二淨，那麼，我們姑娘會叫她知道，什麼叫做本分。」

怡姑冷笑一聲。「遼王妃好大的威儀，竟在突渾耍起了威風！」

春韭不廢話，直接拿出一封信來，遞過去。「轉交給相國大人吧，他看了後……妳再決定妳要的態度。」

怡姑蹭一下拿了信，轉身就離開，對六娘這個皇后，一眼都沒多看。

二喬低聲道：「其實我們剛來的時候，怡姑不是這個樣子的。之前，還想著幫我們……」

可是，身分變了，一切就都變了。楊相國在突渾說一不二，在他的夫人故去之後，這個二夫人哪怕是大秦人，但也沒人敢小看，走到哪裡都是眾星捧月。

一個出身卑賤、幾經轉手的女人，能把日子過成如今的樣子，有什麼理由心不向著楊相國呢？

楊興平拆開手裡的信，聽著怡姑說話——

「……遼王妃的性子跟皇后的性子截然不同，而這姊妹倆，關係一直親近。在雲家的時候，對如今的皇后就多有照拂，這份照拂到了如今，看來也沒有淡了。可遼王妃這麼一摻和，本來弱勢的皇后難免執拗，皇后是極聽五姑娘話的人，這麼一來——」話沒說完，楊興平就擺了擺手。

「妳先下去吧。」

怡姑愣了愣，掃了一眼楊相國手裡的信，就慢慢地退出去，還順便把門也帶上。

楊興平不能不重視手裡的信，可以說，這封信嚇出他一身冷汗。

突渾多山，由百夷部落掌權。百夷部落多是山民，以打獵為生，便是種植，也不是作為主業的。後來，漢人來了，建立了如今的突渾，倒是注重耕種，勉強也算是能維持一個平衡。這些年來，他的心思一直在朝局上，彈壓這個、制約那個，卻不知道，從什麼時候起，田地多變成了茶園、藥園。百姓用茶和草藥換取糧食，竟是比直接種糧食還要划算！而且，突渾的地形條件，確實是適合這兩種作物。

這若是通商，茶和藥有出路還罷了。可若是通商斷了，那便是一切都斷了。

沒有糧食，是要出大問題的。

而這個糧食，在誰手裡攥著呢？

金家！竟然是金家！

受制於人呀！受制於人呀！

慢慢地合上信後，他起身在屋裡轉圈，良久之後才叫了怡姑來。「準備一些禮品，給皇后和那位遼王妃的親使送過去。態度不妨放低一些，妳是二夫人，終究不是誥命夫人，在舊主子面前低頭，該不是為難的事。」

一瞬間，怡姑的面色慘白，低著頭，淚凝於睫，應了一聲「是」。

在她臨出門的時候，楊相國開口道——

「想想我當初帶妳回來是因為什麼，別忘了才好。」

當初帶她回來，是因為她識趣。怡姑收斂了神色，應了聲「是」，到底是帶著笑去求見皇后了。

這一次，怡姑大禮參拜，卻被六娘伸手攔了。

「這是做什麼？一個家裡出來的，妳這樣，是要傷了我的心呀！」

怡姑的嘴角動了動，帶著幾分感慨。「六姑娘是真的大了。」知道什麼時候該做什麼樣的事情，應對也如此得宜。

春韭只默默地在一邊看，怡姑說了不少代為問好的話，她都一一接了。前後約半個時辰，才算是把人送走了。

等人走了，六娘就驚奇地看春韭。「五姊信上到底寫了什麼？」

春韭搖頭。「您難為婢子了，真不知道。」

六娘也不催著問。「其實，也不外乎兩點。一，五姊能給他更多的利益；二，五姊捏住了他的七寸。這兩者裡，利益五姊不會給他，便只能是捏住了他的七寸。」說著，她的面容一肅。「回去之後，妳告訴五姊，她為我做的，已經夠多了，我明白接下來該怎麼辦。」

既然五姊拿住了楊相國的七寸，那麼接下來一段時間，楊相國的注意力不會在這裡，這是為自己爭取了相當寬裕的時間。

春韭來一趟，事情談妥了，就該告辭了。

六娘沒有遠送，只站在山巔的亭子上，遠遠地目送春韭一行下山。

段鯤鵬看她。「妳若是想娘家人了……以後常來常往的寫信，我幫妳遞出去。」

六娘突地展顏一笑。「以後哪裡有功夫想家人？你忙你的大事，既已跟我五姊聯絡上了，剩下的事，你跟遼王去聯絡就好，我們姊妹不摻和了！不過，你要是有時間，教我百夷話可好？」

段鯤鵬一愣。「妳要學百夷話？」

六娘聳聳鼻子。「學的晚了呢！白白耽擱了這一年的時間。」若不是五姊叫春韭過來隱晦地點了點，她還不知道她這個皇后該朝哪邊使勁呢！固然，靠著五姊和遼王給皇上找到同盟是功勞，但這是交易，突渾也有付出。況且，這是不能拿到檯面上說的事。而自己身為皇后，想要站住腳，任重而道遠。

學百夷話，通語言，這便是第一步。

這麼想著，她看著段鯤鵬，心裡就又道：他教我學，我得叫他習慣我，繼而離不開我！

還有一輩子的時間要過活，日子終歸是人過出來的，心得敞開了，他才走得進來。

春韭再回來，已經是第二年了。大年剛過，福州還在一片年節的歡騰之中。

這算是戚長天自立之後的頭一年，所謂的「禮部」正商量著年號該怎麼定呢，卻不知道，在海上，有一支訓練得已經初有規模的水師，正在蠢蠢欲動。

春韭回來的時候，都有些驚訝，這才幾個月的時間，這水師就脫胎換骨了？

「主子！」她遠遠地看見五娘，就奔了過去。「主子，幸不辱命，我回來了。」

「回來就好。」五娘阻止了她行禮，拉了她往帳篷裡去。「走，跟我說說突渾的事。」

春韭應了，又叫綠菠。「六姑娘捎了很多特產，都在船上，挑著給主子搬下來一些！」

五娘就笑問：「都給我帶什麼了？」

「印染的布料，裝了好幾大船。不光是給姑娘的，還有給其他幾位姑娘的，說是煩請咱們給其他幾位姑娘送過去。」春韭說著。

五娘親自遞了茶過去。「六娘她……可還都好？妳不要只報喜不報憂，她自來是個有苦不愛說的人……」

春韭便笑道：「六姑娘著實是不容易……」她把去突渾打聽來的事情細細地說了一遍。「……雖說外面傳得不好聽，但瞧著，對六姑娘也用心得很。此次回來，帶回來的禮物，大半都是六姑爺幫著操辦的。裡面有一船是專門給三房的東西，有三老爺的，有昌少爺的，還有給芳姨娘的。給三老爺和昌少爺的名貴些，給芳姨娘的，卻更實用。」

這是說，叫雲順泰和雲家昌拿著名貴的裝點門面，好歹叫人知道家裡有女兒也是做皇后的；而給六娘生母的更實用，這便是體貼了六娘的難處。

不是為六娘設身處地的想，是做不到這些的。

五娘點點頭，雖聽得生氣，但好歹算是把這股子火氣給壓下去了。

說了六娘的處境後，這才說到此去的正事。「……給了一座銀礦，我還是按照您的吩咐，沒有帶回來，留給了六姑娘。」

「做的好！」五娘連連點頭。「妳要知道，拋開私下的感情不談，若是六娘能在突渾站住腳，這於咱們將來會是多大的好處。」

春韭搖頭道：「我倒是想不到那麼遠，但我知道，主子記掛六姑娘的心是真的。」說著，就把段鯤鵬當日給她的單子遞過去。「您看看，這需求量好似也沒想的那麼大。」

五娘接過來，粗略地看了一遍，就叫了海石。「原封不動的給王爺遞回去，讓他抓緊些。」

海石應了，轉身就出去。

春韭這才又道：「此次，也見到了怡姑。」怡姑的作態，在這裡不用跟主子一一學。「那封信是她幫著轉交的，後來又帶著禮物求見了六姑娘。主子，那楊相國可不是會受制於人的人。」

其實春韭知道那封信的內容，但六娘問的時候，她還是隱了下來。主子和六姑娘，那是姊妹的情分。但往以後說，六姑娘會是個合格的突渾皇后，她若是生下皇子，那是突渾的主人，跟主子的關係都遠了一層，更何況之於金家呢？

所以，六姑娘問，她沒說。

主子向來也知道，她不會說的。金家的事，少提為好。

只要突渾不過分，金家不會妨礙突渾，確定這一點就行了。

如今，楊相國覺得被挾制，那接下來，他會幹什麼呢？

五娘笑了笑。「糧食他變不出來，所以，他一方面會對咱們示弱，另一方面，會派人求助戚長天。」

春韭摩拳擦掌。「那咱們終於要動了嗎？」

動！當然要動！先練練手再說！

「妳下去休整一日，明天咱們再說。」五娘站起來，面向掛起來的地圖，心裡慢慢的有了計較。

第二日，李森來了。但教遼東水師的金恒，卻來辭行了。

李森捨不得金恒，看著五娘，不停地給她打眼色，眼睛跟抽了筋一樣。

可五娘不能留人，畢竟這事跟金家真沒關係。金家能提供幫助到這個分上，足夠了。

她不看李森的鬥雞眼，跟金恒又交代了幾句後，給島上有名有姓的幾位都帶了東西。

「這幾疋是給我娘帶的，這幾疋你千萬給幼姑捎帶了，還有幾位嬸子、幾位嬤嬤的……都寫了條的，別弄錯了……」

就這麼著，親自把人送上了船。

船開出去了，李森就埋怨道：「您幹麼不把人留下來？有他們在，我這心裡是踏實的。」

不光你踏實，我也踏實啊！「但路還得自己走。」五娘說著，就重新昂揚起來，至少不能叫下面的人從自己身上看到「不確定」這種情緒。「走！咱們也商量商量，成不成的，咱得試試刀！」

對著地圖，李森就搖頭。「戚家的水師規模不小，如今也在近海遊巡，很少有分散動作的。咱們如今的規模，小試不成的話，怕是得把自己給搭進去……」

五娘就看他。「你為什麼一定要找活目標呢？」

什麼意思？

五娘的手就點了點福州近海的一處地方。「知道這裡是哪裡嗎？」

知道！這裡是戚家的一處補給點。

五娘又點了一個地方。「知道這裡是哪裡嗎？」

知道！這裡是戚家為水師單獨建的一處碼頭，修整的船隻全都停泊在這一帶。

李森有點明白五娘的意思了。「您是說……要打這兩個地方？」

「一旦缺失了給養站，他便是想追咱們，也不敢。打了掉頭就走，他們的船速度跟不上咱們。若是連碼頭都失去了，那你說，他們的水師會朝哪裡移動？」
自然是順著江面往內陸移動。本來戚家就更擅長在江裡行船。
「可是……」李森嘿嘿地笑了兩聲。「主意好是好……但是不是有些不厚道呢？」
如此一來，把戚家的水師趕到了江裡，這不是逼著朝廷剛成立不久的水師跟戚家對上嗎？要是沒記錯的話，好像如今的兩江總督是雲家的四老爺，自家王妃的親叔叔，而那位水師提督，是自家王妃的四姊夫。
這事鬧的！王妃，您這是不打算回娘家，也不準備見娘家人了吧？
五娘卻笑道：「這一仗得打的漂亮，我才有臉去見我四叔和四姊夫呀！」
啊？設計把自家人填到坑裡去了，還敢去見？卻見自家王妃的手在地圖上一劃拉。
「若是能說服四叔和四姊夫，那……」
李森的眼睛一亮。那這便是天寬地廣了！兩邊夾擊，能生生的把戚家擠死！
五娘回頭看李森。「怎麼樣？敢不敢？」
李森咬牙。「敢！」他索利地跪下。「唯王妃馬首是瞻！」
很好！說幹就幹！
五娘派人接來了關三，叫他看看最近的天氣情況。
關三觀察了三日後，給了一個日子，五天以後。

那就五天以後！

五天以後，五娘站在船頭，船頭上掛著大大的「沐」字商號大旗，遼東水師全員著民服，船上偽裝了大量的貨物。

海石一身男裝打扮，陪著站在五娘的身邊。

五娘低聲吩咐著，每一個細節都交代得很清楚。「……這裡的守將吃商家不是頭一次了，按照慣例，他得拿夠一成好處。妳不要著急，跟他有來有往的交涉，務必不能引起他的懷疑。等到談妥了，咱們的人會抬著貨物下去，而他或是他的親信，也會上船來察看咱們到底是有多少貨？這是不肯吃虧的貪婪人的通病。到那時，咱們扣住人……然後，春韭帶著人上去……速戰速決，懂嗎？」

懂！

李森頓時急得跟什麼似的。「怎麼能叫姑娘們去呢？都是您的身邊人……」

五娘嫌他囉嗦。「我這麼安排自有我的道理。在這裡動手，你的人未必有她們好用。你站在你該站的位置上去，別的事一概不用你管。」

然後，果然如王妃所料，這一場無聲的戰鬥結束得特別快。從誘導到設套，擒賊擒王，出其不意的殺戮，前後才一個時辰，這個給養站就被接管了。

而投降的兵將，直接被捆了扔到早就預備好的船上，據說是送到某個島嶼去了，訓練好了才會拉回來再用。可到底是到了哪個島，李森都一無所知。
端了給養站，也算是挖了戚家看向海上的眼睛。水師從這裡出發，順風而行，速度何其迅疾。等海邊的碼頭看到這邊的船隻，再想整軍時，已然是來不及了。
巨大的炮聲轟鳴而至，震得福州跟著都抖了三抖。
戚長天正聽大殿下「禮部」的人商量國號，突然就聽到悶聲的響，遠遠的，不真切。但是屋樑上震下來的土，卻是實實在在的。
「怎麼回事？」他皺眉問外面。「可有急報？是哪裡遇到海盜了？」總不能是走火了吧？
外面哪裡知道？
快馬加鞭的傳遞消息，也得半個時辰之後了。
這邊急急地打發人去打聽消息，可這震天的悶響並沒有停止。一個個的都面面相覷，這跟誰打起來的都不知道！
等報信的人終於來了，那炮聲也停止了。
戚長天皺眉。「『沐』字旗號？」他看下面的人。「你們誰聽過？」從哪竄出來的這是？
倒是邊上的二管家道：「之前李家商號說是看到一隊商船，怕是他們吧？」

很可能！

金家想來是不摻和這些事情的，而且，金家人說話，那都是算話的，說不摻和就不會摻和。因此，這突然冒出來個姓「沐」的，就叫人很莫名其妙。

「查！」戚長天就道：「給我把這個姓沐的根底查清楚，看看他到底是想幹什麼？」

便是查，可如今怎麼辦？

給養站不是那麼好找的，海上的島嶼不少，但跟陸地的距離、島上的整體環境，各項都符合的，卻真不怎麼好找。失去了這個，再想找到合適的，本就不容易。更何況這還得建起來，這哪裡是一日半日的事？沒有個三兩年，都別想建起來。

還有碼頭，戰船沒有修整的碼頭，怎麼辦？難道每次都要駛回江上的碼頭？豈不滑稽！

就有官員道：「如此，豈不是沒有立足之地？咱們有西南做依託，他們卻只是漂泊於海上的流寇，無根無基，難道咱們怕了他們不成？給養站被奪了，再搶回來便是！碼頭……完全可以徵用民間碼頭分散停泊……」

水師總領恨不能一口啐過去。那些話初一聽起來沒問題，可真按照他的建議，水師才真是完蛋了！打仗是拿什麼打的？打的就是錢！自家的戰船跟漕幫那幫子的船比，那自然是有優勢的。可跟這支不知從哪裡來的、能這麼迅速的一戰而下的船隊，不說其他，就只戰船，自家就比不上！奪回給養站？談何容易！更有說將民間碼頭徵用，那更是扯犢子！哪裡的碼頭能停泊下那麼多的戰船？且戰船一旦分散，還怎麼指揮？不成規模的散兵遊勇，那是一擊即退的！他把這些道理都說了。「……為今之計，一方面得弄清楚這夥子強人的來路，看看他們到底想要什麼？如果能和談，那是最好不過了。付出一點代價，後背沒有後顧之憂，忍一時之不能忍也未嘗不可。若是對方的來路有問題，或是說有危害沿海百姓的惡行，完全可以想辦法聯絡金家。百姓拜海王廟，求的不就是庇護？所以，金家在這事上，或可一用！」

戚長天點頭。「這是老成謀國之言。說下去！」

「另一方面，加強陸上防禦，不能叫這夥子人登陸。同時，得把戰略眼光放在內陸上，只怕跟大秦的水師，得有一戰了。如果戰場不能入海，那就只能一往直前。擊退漕幫那夥子烏合之眾，咱們的能力還是有的。」

戚長天沈吟了片刻。「雖然如此，但在海上，該打還是要打的，便是做出假象來，也得叫人覺得，咱們現在所有的注意力都在海上……如此，調轉矛頭對準漕幫的時候，才能出其不意！」

「陛下英明！」

大殿裡響起了一片頌聖之聲，下面跪了滿滿一片。

二管家和官哥兒站在兩側，低著頭。主意是好主意，可是卻失了「密」！

這樣的事，該關起門來密議的，卻被這麼擺到了明面上，尤為不智。

戚家朝堂上的一番話，不過半日就到了五娘的手裡。五娘此刻早已經返航，回到了島上。密信傳過來，五娘看了就順手傳給李森。「你也看看。」
李森皺眉。「這戚長天能獨占西南，確實是有些過人之處的。」
那是自然！
五娘沈吟了半晌。「按照戚長天的想法，你也可以陪著他們玩一玩躲貓貓。他追你就跑，他回你就追，在保證咱們沒有折損的情況下，你只當是練兵了，陪他們玩玩。我呢，這幾日，要出門一趟。」
又要出門？李森不放心。「如今福州戒嚴，想出去可不容易。」
「這個你不要擔心。」要是戒嚴有用，早把金家困死在海上了。「我這一去，少則半個月，多則二十天一準回來。到時候，便是大動的時候。你呢，得一邊練兵，也得一邊養兵，不得有絲毫懈怠。等我回來，我要看到的是一支技藝不曾生疏，卻又以逸待勞的水師，明白嗎？」
「明白！」他是明白，可看不明白的人更多。
如今這局勢，處於一種特別微妙的平衡之中，誰稍微一動，都會牽動大家敏感的神經。西南發生了這麼大的事，這於如今的局勢，會有怎樣的影響呢？
京城的皇宮裡，天元帝看著簡親王遞上來的消息，皺緊了眉頭。「姓沐？你說這是不是哪一方的人手？」

簡親王也跟著皺眉。「您懷疑誰？」

天元帝沒說，倒是先搖搖頭。「不可能！西南那麼大的地方，不能沒有挾制。所以，除非親臨，要不然，不能由著任何一個將領去占那麼大的功勞。」

簡親王大概明白意思了，也跟著點頭。「是這個話。」他又說了一個消息。「成家那邊，父子幾人都在；遼王那邊……遼王一直沒離開遼東。」

至於說是不是太子……他沒說。因為若是太子，皇上倒是不著急了。

天元帝就問簡親王。「你的想法呢？」

簡親王是親眼見過戚長天通倭寇的，就道：「我就怕那姓『沐』的跟倭寇有什麼瓜葛，那可就真壞事了！」

天元帝點了點頭。「如今，只能給雲順謹下旨，叫他多方留意，大江天塹不容有失！」

雲順謹接到這個旨意的時候，都已經是七天之後了。他最近也是為這個姓「沐」的一籌莫展。

倒是于忠河道：「此人來歷不明，倒不如探探虛實。若只是海外流民，或是被欺壓的商家聯合請來的匪盜，這未嘗沒有跟咱們合作的可能，只要咱們給的價錢合適。若是能兩方夾擊……這便是不世之功！」

雲順謹意外地看了于忠河一眼，他倒是膽大。但同樣的，對皇權也缺少了敬畏。上面不下旨意，這些事卻不好擅自決定，這跟當初引漕幫為水師還是不同的。這些道理，他打算慢慢地教給女婿。「如今天不早了，跟我去後衙吧。四娘這丫頭叫廚下做了好吃的，你去嚐嚐。」

翁婿倆去了後衙，卻不知道，此時一輛青布小轎，停在了府衙的側門。邊上幾個小廝打扮的，上前敲門，然後遞上了帖子。

帖子是雲家的標識，只有自家人才用。那麼求見的這人不是雲家人，便是雲家極親近的人。畢竟雲家肯給帖子的人家，那便是允許人家用雲家的面子做事。高門大戶是這樣的，普通人登不了門，但拿一張不同一般的帖子，便能叫開一般人叫不開的門。

門子不問來人是誰，只拿著帖子就往裡面跑。

這邊一家人才上了桌，下面就遞了帖子過來，裡面空白，一字也無，只一張雲家的帖子。

雲順謹就起身。「你們先吃著，我去外面見見。」

四娘瞥了那帖子一眼，瞬間就愣住了。那帖子初一看是沒什麼，但其實，帖子的封面上是有標識的。標識就是暗紋畫，是她想出來的法子。姊妹六人，每個人的帖子暗紋畫都是選其各自院落的景致。而此刻，爹爹手裡拿著的，換個角度看，那分明就是一座葡萄架。

這是田韻苑的葡萄架！

五娘！是五娘來了！

可五娘怎麼會來呢？她儘量不動聲色，看著自家爹爹出門。等爹爹走了，她就叫來紙兒：「拿食盒來，快！我有用！」然後四娘就將桌子上幾樣精緻的菜色都放進食盒裡，又吩咐丫頭。「去叫廚下另做幾個。」

莊氏不知道她這是幹什麼，就問：「妳看妳這孩子，忠河在呢！」哪有從姑爺跟前把菜端走的道理？

四娘卻去拉于忠河。「我們再等等，等會兒到前面陪爹爹吃。」

于忠河看著她，若有所思。

而此時，雲順謹在書房裡，見到了一個黑斗篷人。等雲順謹叫管家下去，且管好下人的嘴之後，才看向此人。「不知閣下……」話還沒問完，就見這人斗篷一掀開，露出一張笑盈盈的臉來，然後盈盈下拜。

「四叔安好！」

看著這張熟悉又有些陌生的臉，雲順謹嚇得一屁股坐在椅子上。「五丫頭……妳不在遼東待著，跑江南來做什麼？」

五娘便笑道：「四叔怎生這樣？姪女餓著肚子來瞧瞧四叔，您倒是被嚇著了。我這出嫁的姪女回來，這算是回娘家吧？怎生叔叔反倒怨我不在遼東待著？」

「妳少貧嘴！」雲順謹緩了緩。「是不是出什麼事了？」

五娘還沒說話，外面又傳來腳步聲，管家在外面道：「姑娘和姑爺來了。」

雲順謹剛想擺手，拒絕此時過來。畢竟，五娘這般前來，必是有要事的。

但五娘卻先道：「本也沒想著瞞四姊，她必是知道我來了，所以追過來了。四叔就叫進來吧，我也想四姊了。」

哼！妳們倒是心大！嚇得我這會子了，心肝還撲通撲通的亂跳呢！

見五娘堅持，他到底說：「叫進來吧，你守著外面，不許別人再靠近了！」

門靜悄悄的推開了，四娘當先走了進去。

抬眼看去，就在書案前，站著一個挺拔英氣的少年。一身青衣，趁夜而來，她三兩步走了過去，兩人誰也沒說話，就這麼彼此默默的打量。

「瘦了，黑了！」四娘拉著五娘的手，能摸到手心裡的薄繭。

「四姊卻胖了。」五娘展顏一笑，伸出胳膊擁抱她。「別來無恙啊，四姊。」

四娘的眼睛瞬間濕潤了。「無恙，都無恙……才好！」說著，就擦了眼淚，轉身拿了食盒。「沒吃飯了，正好，坐下先吃飯，有妳一直想吃的！」

五娘鼻子動了動。「嗯？河豚！蔞蒿滿地蘆芽短，正是河豚欲上時。來的時候巧，正趕上吃河豚的時節，可見是有口福的。這一路都饞，可惜，沒有可靠的廚子，幾個丫頭不叫我在外面吃。」

「如今回家了，可著勁地吃！」四娘說著，就擺飯。

五娘就朝于忠河拱手。「四姊夫好！」

于忠河還納悶著，這是誰啊？但能叫姊夫，必然是四娘的……

「這是遼王妃。」四娘知道于忠河沒瞧出來，就先解釋了一句。

于忠河忙就要行禮，五娘一把攔了。「家裡沒有遼王妃，只有四姊的五妹。」說著看了雲順謹。「還有叔叔嬸嬸的姪女。」

雲順謹輕哼一聲。「巧言令色！」但還是先坐過來吃飯。

五娘吃飯是不客氣的，況且四娘端來的都是她愛吃的菜色。飯桌上，姊妹倆不避人地說私房話。「我帶來了遼東的特產，還有突渾的……」

「六娘？」四娘驚訝了。「妳跟六娘聯繫上了？」

「我還打發春韭跑了一趟，見了六娘呢！她叫捎帶回來不少東西，我都順便給帶來了。有給四叔的象牙，有給嬸娘的彩緞，還有給妳的孔雀翎……」

「妳竟是打發人去見了六娘了？」四娘放下筷子。「她可好？」

「好好好，都非常好！」五娘報喜不報憂地說了許多六娘的事，又說了見三娘的情形。

「如今再見了妳，那就是除了京城的大姊、二姊，我就都見著了。」

四娘就看她。「做了遼王妃，妳還能這麼清閒？遼王允妳四處跑？還是妳淘氣，自己跑出來了？」

于忠河心說，這樣的遼王妃也就是四娘敢用一個「淘氣」來形容。

五娘搖頭。「我好好的遼王妃做著，宋承明對我也還不錯，我怎麼會想不開，自己跑出來呢？我出來是有事的。」

「什麼事？」四娘就問道。「非得這麼神神秘秘的來？」

「還真就得神神秘秘的來。」五娘吃得差不多後，才放下筷子，然後看向一直沒言語的雲順謹。「有件事，我一直也沒跟家裡說，我覺得還是說一下比較好。」

雲順謹坐端正了。「妳說，四叔聽著呢！」

五娘端著茶漱口之後就道：「成親之後，宋承明給我取了字，叫沐清。」

喔！嫁人之後取小字很正常。「那妳在家也還是五丫頭……」說完，就突然意識到不對。「妳說妳叫什麼？」

「沐清。」五娘看著雲順謹笑。「如沐春風的沐。」

那個「沐」嗎？不會吧！

第四十九章

于忠河「咳咳咳」了好幾聲，被剛喝到嘴裡的湯給嗆住了。「妳是……沐……沐……」那個突然在海上崛起，攻擊了戚長天的沐海盜！

這幾天，西南的訊息源源不斷，都是戚長天的水師跟那邊怎麼纏鬥，戰得如火如荼的消息。

之前還在想，這個打著「沐」字旗號的人是誰？沒想到，竟是她！遼王妃！

雲順謹的面色變得嚴肅起來。「是妳?!」

「四叔，是我！」五娘站起來，看向掛在書房裡的地圖，然後走了過去。「您看，我現在陳兵此處……戚長天如今不過是故弄玄虛，他根本不能奈我何。為何明明不敵，卻又佯裝勢均力敵的樣子，為的是什麼，您該明白！」說著，就看向于忠河。「四姊夫想來心中也有數的。戚家的戰船比之漕幫，那可勝出不少。饒是漕幫善於水中作戰，但這樣的耗損，於漕幫又有何益處？」

這一張口，于忠河就知道，這跟他之前想到一塊兒去了。不過，之前想著的是以自己這一方為主，想把這一股海寇招安之後為己所用，但現在顯然不行。這位遼王妃，又是雲家的雲五娘出現在這裡，目的是什麼，不用猜也明瞭了。

四娘就問說：「遼王想……」

「不是我們想，而是時局到了如今，總得有破局之人。」五娘就道：「成家、戚家、太子、我們，再加上朝廷，五方角逐，可真正該殺的，除了引倭寇入境的戚家，還有誰呢？成家有何對不住大秦嗎？不曾！是皇上對不起成家。皇上和成家，兩者不會向對方臣服——」

雲順謹擺擺手。「妳不要跟我講妳的道理，妳先聽我說！我們雲家，世受皇恩——」

五娘搖頭。「真是如此嗎？那我要反問四叔一句，若是此次，四姊夫率漕幫殲滅了戚家水師，立下不世之功，之後呢？」

什麼？

「之後呢？」五娘又問了一句。「四叔能走到如今這個位置，便不是個不會揣摩聖心之人。我敢問四叔一句，您覺得，如今這位陛下，會是個優容有功之臣的人嗎？」

雲順謹閉嘴不言，不知道如何作答。

五娘搖搖頭。「除非四姊夫辭官，從此逍遙於江湖，否則……不好說能不能落得一個善終。」

雲順謹深吸一口氣。「五丫頭，妳這是逼著妳四叔做反賊啊！」

「如何會是反賊？」五娘就問：「難道宋承明不是太祖太宗嫡系脈？難道我們是要顛覆這大秦的江山嗎？不，都不是，大秦依舊是大秦。四叔要是還下不了決心，那不防這麼想著，皇位給誰，那是皇家的事，皇家的事不該臣子摻和。但是國事上，四叔你是食君之祿，便不容懈怠。如今，剿滅戚家的機會已經到了，你要猶豫嗎？跟你聯合的、邀請你聯手絞賊的是大秦的遼王，怎麼就是拉著你去做亂臣賊子了？」

雲順謹輕笑一聲。「五丫頭，當真是好口才。那我這做四叔的倒是要問一問，我若是不答應，妳打算如何？」

「任何人都不能阻擋我前進的腳步，天下需要一個明君。」她毫不掩飾她的野心。「如果四叔不能決斷，那麼……我會看著戚家揮師北上，用戚家的水師去碰碰漕幫。鷸蚌相爭，漁翁得利，他們在我的堅船利炮之下，是沒有還手之力的。」

「這是威脅？」雲順謹就道：「妳覺得妳四叔吃這一套？」

「岳父不吃，我吃！」

誰也沒想到，于忠河突然就插了一句話。

「我吃這一套！」滅的是漕幫，這是自己的根底，自己瘋了才拿手裡的這點籌碼去跟人家賭。「岳父出身名門，怕做這個亂臣賊子，但我不過一介江湖草莽，這些東西束縛不住我。我是岳父的女婿，但我姓于，我能拿我自己的事。」他說得異常篤定，尤其是在看到四娘給了他一個隱晦的鼓勵眼神之後，說得就越發篤定了。「如果贏了，想來遼王不會虧待我；如果輸了……又能如何呢？如今的皇帝真未必能善始善終地對我，最終的結果就真的比輸了好嗎？輸贏也不過如此，我有心理準備。大不了帶著四娘，逍遙於太湖之上，縱情於山水之間……」

你都做亂臣賊子了，你還想娶我閨女?!雲順謹喝斥一聲。「你給我閉嘴！」

五娘卻笑了。「我覺得四姊夫會跟我們王爺投脾氣。」

妳直接說遼王喜歡二愣子不就結了？

五娘見雲順謹不再是之前那般虎著臉，就道：「咱們雲家到了這個地步，若不換著走一步，這一家子將來又會如何？」

雲順謹一臉複雜地看她。「想不到我雲家出了妳這麼一個姑奶奶。」他說著，就又問：「妳有想過萬一……在宮中的妳大姊會如何嗎？」

五娘從袖子裡抽出一張明黃的絲綢來。「您看看這個。」

「這是……」雲順謹幾乎以為看錯了。「這是聖旨？」

「聖旨是空白的，可以自己填，但玉璽卻是真的。」五娘將聖旨交到雲順謹手裡。「四叔，這是大姊和簡親王托人送到遼東，然後輾轉到我手上的。」

雲順謹再也淡然不起來了。「怎麼會……怎麼會……京城裡到底發生了什麼……」

五娘嘆氣。「我也是在來的路上得到消息的。因為京城不知道打著『沐』字旗號的是誰，我早前叫人往京城裡放消息，只說可能是倭寇……你猜，咱們這位陛下怎麼想的？」

雲順謹不說話，嘴唇不停的顫抖，好像非常害怕聽到這個答案。

五娘卻近乎殘忍地道：「他悄悄地打發親信，說要秘見『倭寇』首領，願意割讓琉球諸個島嶼，以換取『倭寇』出兵西南，平定戚氏之亂。」所以，四叔，你還在期待什麼？

怎麼會這樣？不可能的！那不是一個一國之君該幹的事！

雲順謹不能接受。「不可能！決計不可能！」

「他正派人接觸『倭寇』首領……」五娘指了指自己的鼻尖。「也就是我！四叔要隨我去見見嗎？」

「妳還要用這個假身分去見……」雲順謹搖頭，繼而苦笑。「五丫頭，妳就不能換個角度想？若不是妳從海上這麼插了一槓子，也許皇上不會想出這麼一個荒唐的辦法……」

五娘就道：「若不是遇上戚家夜襲，四叔你永遠也不會知道四姊有那麼烈性的一面。往往，猝不及防之下，才能看出一個人的真性情。四姊是如此，那位皇帝又何嘗不是如此？他就是那樣的人。不是因為我的檢驗，他才成了那樣的人，這個因果關係，我覺得必須要跟四叔掰扯清楚。再者，我的想法跟四叔截然不同，我甚至是慶幸，這麼一個機緣巧合之下，叫我看清楚了那個坐在龍椅上的人，究竟是什麼樣的人？原本，王爺的意思，也不過是順勢而為，那張龍椅他未必一定要坐，不是太子，或許是平王……只看局勢怎麼發展。可怎麼也沒想到，眼看破局在即，大秦江山能挽救於危難，可偏偏他卻出了岔子。四叔，這江山我們若是能打下來，難道就坐不得嗎？他……德配其位嗎？」

雲順謹沒有說話，只擺擺手。「不急著走吧？要是不急著走，就先住下吧！妳容我好好想想，這不是妳四叔提著腦袋不要就能跟著妳幹的事，而是……雲家一大家子老老小小……

一個不好，京城裡，妳爹妳祖父妳祖母，都得跟著陪葬的。」

五娘理解地點點頭。「那我先跟四姊去後面了，還沒見過四嬸和五弟呢！」

「盛哥兒和娘都在後衙，走吧！」四娘說了，看了于忠河一眼，示意于忠河留下。

回去的路上，四娘就低聲道：「我爹會答應的。」

五娘一笑，心裡也知道，四叔肯定會答應的。

「你知道，我為何遲遲不答應？」雲順謹帶著幾分提點地問女婿于忠河。

于忠河搖頭。「小婿愚鈍，還請岳父指教。」

雲順謹點了點于忠河。「你這種憨直……還得繼續保持下去。以後還是這樣，想到什麼就說什麼，不要有顧慮。就像這次，你捨不得將漕幫的家底消耗乾淨，所以選擇了遼王這一方。」

「不是遼王這一方，而是有堅船利炮的一方！」于忠河十分實誠的又強調了一遍。

這一句差點噎得雲順謹梗脖子，好半晌才道：「……這種憨直，要繼續保持下去，但也不是一味的沒腦子的憨直，很多時候，你得動動腦子。就像你覺得，堅船利炮，誰勝誰負幾乎是一目了然，所以毫不猶豫地選擇了可能取勝的一方。如今，遼王妃自然高興你這種選擇，可等有一天，位置變了，這麼一個會審時度勢的人，真的會被坐在上面的人喜歡嗎？」

不會！今兒會輕而易舉地反別人，明兒就能再這麼輕而易舉地反了自己。所以，坐在龍椅上的人敢不敢重用你呢？

忠義忠義，這兩個字尤為重要。

翻開史書看看，多少看似愚忠的人都活下來了，為何？新君取的就是這一份忠心。

于忠河若有所悟地點點頭。「所以……您就是擺個姿態，叫遼王妃明白您不是牆頭草？」

「那丫頭精明得跟什麼似的，你當她看不出我的意思？」雲順謹就道：「姪女是親的，顧念著這一份情，可遼王不是……將來就更不會是。若是一般的王爺，他到了我這裡，也還勉強算是姪女婿，我是叔老子，可一旦坐到那個位置上，君臣名分之下，很多事情便不好講了。所以，這個姿態不是擺給五丫頭看的，是擺給她身後的遼王看的。正是因為這丫頭精明，看得出我的意思，所以，在遼王跟前，才會為我、為雲家多周旋。」

原來如此！

可是，他還是算錯了。

五娘並沒有要周旋的意思，在給莊氏請了安，說了一會子閒話，又跟雲家盛說了許多海上的風景之後，就該歇息了。趁著四娘先去洗漱的空檔，她給宋承明寫了封信，信上將見雲順謹的全部過程都寫了，末了還說了像是「季父甚黠，恐落口實，望君曉之，處之慎之」這樣的話，交給春韭直接發出去。

今晚跟四娘一處歇息，姊妹倆有一肚子的話要說，從塞外說到海島，就沒有不言談的。

四娘問說：「成親……好嗎？」

「好啊！」五娘就道：「有個人同喜同憂，跟妳同榮共辱，有何不好？」

四娘輕笑一聲，聽起來是覺得挺好的。「但其實……他跟我心裡預想的一點兒也不一樣。」

「誰的又一樣呢？」五娘就問：「大姊最終也算是心想事成，可她曾經心動過的那個人，早已經變得面目全非了，這跟她當初想的一樣嗎？還有二姊，不過是想找個體面的親事，這體面的親事，她當初絕對不敢奢想簡親王府的，結果呢？體面是體面了，可內裡的苦只有她自己知道，這難道又是她想要的？三姊……坎坷得讓人心疼，誰能想到惜花人會是明王？當初她一腳踏出大秦的國土，肯定是想不到這些的。還有我，我都想好了一輩子不嫁人的，事與願違之下，這不是也並非全然不好？」五娘嘆了一聲，就悵然而道：「世事無常，不過如是。」

四娘用胳膊支起腦袋看她。「妳累嗎？」

「累吧！」五娘睜開眼睛，看著天青色的帳子頂。「等將來，天下太平了，我就建一個更大的田韻苑……」

「撒謊！妳根本就不愛種地！」

五娘被戳破了，也不窘迫，姊妹倆嘻嘻哈哈地鬧了起來。

院子外面，雲順謹跟莊氏站了好一會兒，才返回正院。

「決定好了？」莊氏給男人脫衣服的手有點抖。「要是有個萬一……京城裡……母親還在京城……」

其實，何止是母親？還有她娘家，莊家一大家子呢！

雲順謹拍了拍她的手。「不要擔心，五丫頭早不是當初的五丫頭了。遼東水師從遼東一路到了西南海域，沒驚動任何人，又在海上秘密訓練了這麼長時間，一直到攻打戚家一炮而響之前，誰能想到遼王竟然敢叫他的王妃來做這樣的事？而他這個王妃，咱們家的五丫頭，竟然真給做成了。他娘……雲家又要起勢了！」

莊氏就低聲道：「雲家的國公已經是到頭了……」

「之前那國公之位輪不到咱們身上！」雲順謹就道：「可如今……妳覺得五丫頭會給她爹國公之位嗎？妳覺得咱們的功勞換不來承襲爵位？」

「可是……」莊氏還是心驚膽戰的。

那邊雲順謹卻擺手。「沒有可是，我也沒有更多的選擇了。先是出了成家……我的親外家，叛賊。如今又是我姪女，嫡親的！妳說，我便是不答應五丫頭，我們叔姪之間真的戰一場，我盡心盡力，但是結果確實是不敵……那妳猜，皇上會信嗎？信我全力以赴，信我不曾有二心？不會的！他只會認為我是既不想要反賊的名頭，又不想跟遼王這個姪女婿弄僵，從而面上一套、背後一套……那時，便是元娘護著，便是簡親王想辦法周旋，該獲罪的一個都跑不了。既然如此，我何不徹底地站在五娘這邊？便是輸了，五娘這邊有金家的退路。京城裡那些人，不是還有遠哥兒在嗎？他不會坐視不管的。這便是我的底氣，明白了嗎？」

莊氏點頭。「……你說，咱們雲家是不是祖墳埋的不對地方啊？怎麼出息的都是姑娘家？如今的皇后是咱家的姑娘，這以後的皇后還是咱們的姑娘……」

「元娘那個皇后跟將來的五娘沒法比的。」不說金家，光是立下這汗馬功勞，她將來要是做皇后，這個地位，也不可同日而語了！

哪怕是心裡有計較，可這到底是要殺頭的買賣，因此，夫妻倆夜裡睡的都不是很好。

第二天，雲順謹沒有叫五娘多等，就直接將人請到了書房。「妳昨天說的事，我想了一晚上……妳說的對，有些路，是不得不走的路。」

「那我就視叔父為同路人了。」五娘說著又問道：「四叔還有什麼顧慮？可一併說來。」

雲順謹搖頭。「沒有了。妳有什麼計劃，就說吧，我聽著。」

五娘頓了頓，這個沒有顧慮……卻不好處置啊！他若是提條件，自己照辦便是。這不提條件，卻得自己處處為他想著。想到這裡，不由得就想起昨晚給宋承明寫的信：季父甚黠！

果然，極為狡黠。

既然人家這麼表態了，她也不多話，這些記在心裡，回頭多操心便是。這會子，她把視線落在地圖上。「來之前，我跟王爺就做了好幾個方案……」

這幾天，跟雲順謹和于忠河關在書房裡，一遍又一遍地修訂了計劃，在總督衙門足足待了五天，也該回去了。

四娘多有不捨，五娘卻安慰道：「很快……很快……說不定就能在京城相見了。到時候，四姊也該出閣了。我親自下帖，將三姊和六妹都請回來，咱們姊妹再聚聚。」

「好！」四娘說著，到底是鬆了已經坐在馬車裡的五娘的手。「千萬保重！」

看四娘望著遼王妃的馬車遠去，有些傷感的模樣，于忠河就納悶地道：「其實妳不用擔心的。」那樣的遼王妃，把天下人都能算了去，還有什麼值得人不放心的？

這話四娘就不愛聽了。「那是我妹妹！」

知道是妳妹妹呀！事實上，是妳對妳妹妹的能力存在著誤解，她不是一個需要庇護的小女人啊！「妳沒見她在地圖上熱情激昂的樣子……」

「不聽！」四娘嘟嘴。「不許說我妹妹壞話！」

哪裡是壞話？明明就是好話啊！

於是，他極誠懇地道：「我挺佩服遼王妃的……」從而更佩服能駕馭這樣的女人的遼王。這話是實話，但是這次他聰明地把後半句話給壓下去了。

聽了這話的四娘覺得順耳些了，便問說：「你幾時走？我給你準備些吃的。」

于忠河順口應著，看著四娘嬌俏的背影，心想：雖然敬佩遼王，但要是我，便是再如何，我也捨不得我媳婦受那些顛簸之苦呢！

于忠河又哪裡知道遼王的苦？

他是捨得媳婦的人嗎？可捨不得又有什麼辦法呢？自家媳婦不屬於那種能關在家裡的。關鍵是，她得自己高興。

就像現在，幾乎每天都通一封信，從來信的字裡行間看得出來，她像是長成翅膀的鳥兒，歡喜著呢！

不過，好歹還算是戀巢。

她悄然離開，沒有驚動任何人。對外只說，遼王妃在閉門研究作物，至於那什麼小產之類的流言，他才不會放出去，多不吉利。

因著有水稻的成功，這個理由讓人深信不疑。

這一走，就是小半年。如今，終於到要動真格的時候了。

既然要動了，他就去信給明王。如今，明王身在漠北。此次既然要一路直奔京城，那麼，這後方就得穩固。

烏蒙如今亂象叢生，諸位王子搶奪汗位，各個部族分崩離析。怎麼利用這次的事情，叫明王和烏蒙相互牽制，不在後背偷襲遼東，這是當下他要解決的問題。

兩個晚上沒睡，宋承明叫了人來。「想辦法散出消息，叫宋承乾以為，烏蒙有人想要突襲西北。」

這個很好辦！每年到了這個時候，北方的寒意未去，草原上的雪不曾融化，草沒有長上來，是烏蒙日子最難過的時節。這時除了南下搶掠，還能如何呢？

這個消息不是假的，是真消息。

烏蒙的首選之地乃是西北，那裡的河套地區最為豐饒。而遼東跟烏蒙接壤之處，比之烏蒙並沒有好過多少，這也是當初為何敢把開始行動的時間定為這個時間段的原因。

不僅烏蒙的日子不好過，明王在更靠北的漠北，那地方乾冷，這個季節，也是最最難熬的。如果烏蒙和宋承乾起了磨擦，明王肯定會趁火打劫摻和一下。

三方勢力膠著，相互牽絆，能給自己騰出不少的時間。

解決了這個後顧之憂，那便只等著西南的動靜了。

這一切，都得是在戚家被滅之後才能啟動。成與不成，在此一役。而此役成功與否，則在他的小王妃——雲五娘！

雲五娘此時站在船頭之上，遠遠地看著福州城。

戰亂，帶來的必然是百姓流離失所。而此次，五娘沒有貿然而動。手裡的旗子舉著，她在等，等城裡的各處響起海警之聲。

高高的瞭望塔上，鼓聲震天而響。偌大的福州城，只在一瞬，不管是幹什麼的，都扔下手裡的東西，迅速地返回；不能及時返回家中的，每條街都有避難所。這些年，一直有人維護著，都說是鄉紳自發籌錢維護的，但其實，都是金家默默的在做。

如今，海警一響，街面上乾乾淨淨。

出攤的攤位還就地擺著，卻沒人為了自家的這些東西而不要命地停留在外面。說實話，能做到這樣殊為不易。這若不是一代一代的有人堅持不懈地在做這方面的引導，是沒有如今這樣的成效的。

戚長天在聽到海警的時候瞬間站起身來。「這次又是鬧什麼？」

最近幾乎是天天的，彼此雙方都有一戰。不過對方似乎也有顧慮，沒有要上岸的打算。你來我往的，都快玩膩了，今兒又玩新鮮的，居然鬧起了海警。

「應付著就是。」就有人這麼道。「如今抽出一點兵力應付他們就好，咱們的水師得以逸待勞，沿江北上，直取兩江——」

話還沒說明完，轟隆隆的炮聲就密集地響在耳邊，房頂上的土被震得嘩啦啦地落在地圖上。

還有那不確定的在問：「這是真的還是假的？」

蠢貨！這會是假的嗎？

戚長天穩住道：「傳令下去，不惜一切代價，全力殲敵！」

等人一個個的都撤出去了，戚長天才道：「傳令羅剎，令她馬上趕來！」

邊上的是官哥兒，他就道：「外面炮火沖天，就怕這時候已經送不了消息了。況且，羅剎一直就在幫主子收集消息，此次這麼大的事情，怎不見羅剎來報？」

戚長天沒有說話。

二管家進來卻給了官哥兒一腳。「不知道輕重的東西！胡沁什麼？此時正是用人之際，不管為了什麼，都不可再說這樣離間人心的話！」

「不……」戚長天搖頭。「到了如今，才得要確實可信之人，這事關一家老小的性命……」

二管家就問說：「您是想？」

「沒錯，家裡的老小得走！」戚長天嘆氣。「此賊來勢洶洶，又仗著堅船利炮……而咱們北取兩江之策，又太過倉促，還不及成行，如此，便不能留著一家老小冒險。本想著叫羅剎帶著老小先離開，如今看來……羅剎也甚至靠不住了。」

二管家就道：「您要是真這般想，倒也不是沒法子。福州有幾家商號，自己就有碼頭行船，要是您真下了這樣的決心，那就用商船……」

「可行！」倉促之下，只能賭這一把了。

二管家就道：「可這要送去哪裡呢？您得給句話。」

「過了突渾便是交趾國。」戚長天便道：「我給突渾楊相國寫一封信，你帶著這信，將人安頓在交趾國。早在前幾年，我就已經在交趾國買下了大片土地，留著人經營，去那裡必然是萬無一失的。」

那這事辦得可真夠隱秘的。二管家應了，又問了一聲。「您呢？」

「我？」戚長天一笑，沒有回答，只催二管家。「去吧！你辦事，我放心！」

戚家人上了船，就被帶到金家的島上看管起來，這些卻是戚長天不曾想到的。

他這會子只震驚於這些人的登陸戰打得如此迅速，一個戰報接著一個戰報傳來，淨都不是好消息。

戚長天恨恨地道：「我不信金家沒有參與！」

可恨！真真是可恨！

可再怎麼可恨，也走不了了。

傍晚的時候，五娘就一腳跨進了戚家，走到戚長天的面前。

「你就是沐五爺？」戚長天看著一腳踏進來的筆挺少年，問道。

五娘走進來後，這大殿的門便從外面輕輕地關上了，屋裡只有五娘帶著春韭，還有戚長天帶著官哥兒。

五娘笑著走過去。「不敢當，我叫沐清。當然了，您要是願意叫我做遼王妃或者是雲五娘，也行！」

戚長天猛地變了臉色。「妳是雲五娘……遼王妃……金家的小主子……」怪不得……怪不得呢！「只憑著金家，我輸得並不冤枉！」

五娘笑了笑，沒解釋。

戚長天卻像是一下子想通了。「若早知道妳是沐五爺，我就不折騰了。這麼看，妳四叔怕是跟妳同流合污了？」

「別說的那麼難聽。」五娘搖搖頭，似乎對戚長天的風度有些失望的樣子。

戚長天冷笑。「我說的難聽？自此以後，妳到外面打聽打聽去，金家的招牌在妳踏上西南的這一刻，便徹底的毀了！金家不管朝堂之事的，如今這算什麼？」

「誰說這是金家在管呢？」五娘就笑道：「如今，外面都知道，是你戚家引了倭寇入境，在沿海島嶼上燒殺搶掠，無惡不作。是那位沐五爺不忿戚家這般作為，才率眾揭竿而起，反的是你戚家！金家戍守海域，聽聞有倭寇消息後震怒不已，恰逢遼王妃派遼東水師給母親送年禮返回，途徑西南沿海，不忍看百姓荼毒，於是一邊請求金家相助，一邊稟報兩江總督，總督大人便派水師沿江南下，戚家這是多行不義必自斃而已！戚家倒後，金家和遼王的人都會撤離，只將西南交付於雲順謹這個朝廷的兩江總督手裡。」

戚長天便冷笑。「可這沿江巡弋的戰船，卻都是妳遼東的！文有雲順謹管轄，武有遼東軍和漕幫，只怕妳兵臨京城的時候，皇宮裡坐著的那位，都不知道這背後藏著遼東的影子……」說著，他就拍起手來。「算計的可真精彩！」

您別急，還有更精彩的！五娘笑了笑，看著戚長天，突然叫了一聲。「表叔！」

戚長天被這一聲「表叔」叫的，渾身都是一激靈。「又想用懷柔之策？」

五娘輕嘆。「雲家跟戚家是姻親，說起來，也只二房跟戚家是血脈相連的。我那爹怎麼說也是您的姑表兄弟，不是有句話嗎？姑表親，姑表親，打斷骨頭連著筋。」她走過去，甚至坐在他的對面。「咱們之間，何嘗不是打斷骨頭連著筋的？」

好厚的臉皮！

「妳爹那樣的人，是怎麼生出妳這樣的姑娘的？」戚長天冷哼。「不要在我面前玩這些手段，妳表叔我還沒愚蠢到被一個孩子玩弄於股掌之間！到了如今，不外是成王敗寇，何必再來說這麼多？」

「好死不如賴活著嘛！」五娘說著，就又來了一句。「再者說，您不想活了，難道戚家老小，都不願意活了？」

戚長天猛地變了臉色。「二管家……」

五娘朝他邊上的官哥兒一笑。「這些年，辛苦了！」

官哥兒笑得一臉靦腆，跪下來道：「見過主子！」

戚長天指著二人。「你……你們……」他冷然而笑。「我對你們父子不薄……」

「可我們本就是金家人。」官哥兒說著，就站起來。「打從記事起，我爹就告訴我，我是金家人。這一點，從來沒有變過。」

戚長天愣了愣。「金家？難怪呢、難怪呢……」他頹然坐下。「你爹把家裡大大小小的人都帶走了……交給金家？」

「至少他們能活得好好的。」五娘接過話頭。「還是您認為，此時此刻，他們的命也不重要了？」

「妳用我一家老小的命要威脅我？」戚長天臉上露出幾分憤然來。「不覺得卑鄙？」

「易地而處，您會跟我做同樣的選擇。」五娘朝外看了看。「我知道您在等什麼。等羅剎，等羅剎殺進來，將您救出去。可您怎不想想，炮火轟鳴一整天了，從羅剎那裡過來，都能兩趟來回了，她怎麼不見人？」

戚長天有了幾分恍然。「還是妳！有二管家，這戚家對妳來說，已經沒有秘密了！」

對的！「就是這樣。」她坦然承認。「最近天天炮火轟鳴的，福州城不也安然無恙？羅剎必然是以為今兒跟之前一樣，相互打一打就算了。若是放在沒起嫌隙之前，她必然會帶人日日守著的，而如今……她覺得您不信任她了，因此，在你們商量軍機大事的時候，就避開了。您若是求救於她，她還是會來的。這一點上，我必須得為她說句好話。不過，如今已經晚了！」

正說著，外面傳來急促的腳步聲。

有人給了春韭一個條子，春韭看了一眼，就過來道：「剛收到消息，羅剎已經帶人上船，『解救』戚家人去了。龍三和龍五帶人接管了羅剎的內外堂，該清除的已經清除了。」

戚長天不可置信。「羅剎怎麼知道戚家人上了船？」

「我打發人給送的信。」五娘笑道：「這很意外嗎？」事實上，羅剎裡面也有金家的人。這就解釋了為何當日羅剎在皇宮扮成道姑要行刺的時候，元娘能扮成道姑隱藏其中。如今，也是透過金家人的手放一條消息過去，僅此而已。「所以，您別等了，等不來的！」五娘就道：「對羅剎，我不會手下留情。一旦她的船駛出海面，一炮便能解決，從此，世上再無羅剎！此時，您再無其他援手。這西南上下官員，如今都知道是朝廷來平亂，對從逆之人既往不咎，您覺得，還有多少人肯為您、為戚家陪葬？」

戚長天沈默了，良久之後才道：「既然什麼都被妳算好了，妳又何必來跟我廢話？」

「不是我想廢話。」五娘就道：「實在是不到最後關頭，表叔您不肯鬆口啊！」

「想說我不見棺材不掉淚就明說，不用這麼客氣。」戚長天就道：「到了如今，我在乎的已然不多了，唯有一家老小的性命。既然他們在妳的手裡，說吧，要我做什麼？」

五娘點頭。「我需要表叔寫一封信給雲順恭。」

雲順恭？妳爹？直呼妳爹的名諱，妳可真是親閨女！

戚長天點頭，這事不難。「要我寫什麼？」

「寫你正跟我四叔打得難分難捨，勝負看似難料，但其實不然，你已然跟『逆賊』沐清有了協定，不日將以這一支海賊為前鋒，登陸塘沽口，然後直奔京師。你可告訴雲順恭，在西南，或可為持久戰，但偷襲京城必能一戰而下，你需他在京城為內應——」
五娘沒說完，戚長天就明白了。「西南的戰報，妳想壓著不發？」
「不是不發，只是遲一步發而已。」五娘笑笑。您明白這個意思吧？有點明白了。「沒有正式公文，便是有消息傳回去，朝廷也不敢輕信，會以為是我散出去的假消息。尤其妳抓緊時間將我的信送給妳父親以後，妳父親必是會將信呈給那位皇上。我在信上說戰事膠著，流言卻說妳四叔大勝，朝廷已經平定了西南，如此，朝廷更會以為大勝是我故意散出去的消息，用來麻痺朝廷，以達到偷襲京城的目的。」
五娘點頭。「表叔英明！」
戚長天的表情就奇怪了起來。「京師的情況咱們都很清楚，一水的老爺兵，更有吃空餉的情況。京城外原本駐紮的城防軍，曾經被成厚淳統領過，早已經不被那位皇帝所信任，因此，如果朝廷認為我要偷襲京師，這種情況之下，京城就得調兵和求援。調兵需要時日稍久，但求援的話，從遼東南下，卻是極近的，快馬加鞭的話，兩三日便可到達！他一定會先用遼王抵擋『我』，想著不日戰事了了，調兵也該到了。再用這些人挾制遼王，運氣好的話還能將遼王留下。雖然冒險，但沒有比這更好的解決辦法。而只要遼王一入京，你們便能合兵一處。拿下京城，改天換地，只在瞬息耳！」
五娘含笑以對，沒有告訴戚長天的是，真正的兵符範本就在自己手裡，自己有一套完整的兵符，因此，根本就不怕誰圍困。

見五娘那一臉淡然的表情，戚長天還好心地提醒她。「雲順恭是妳爹。」

我知道。

「妳在坑妳爹。」雲順恭想當忠臣來著，結果卻被親閨女算計，真真是當了一回賊！

五娘也一臉哀怨。「沒法子，在他那個爹眼裡，寧句你贏了坐上那個位置，他都不盼著我贏。」因為他心虛，他害怕！「可我偏偏就是沒法兒殺了他，所以不用用他，豈不是便宜了他？」

可若是妳一個處理不好，妳爹會沒命的！戚長天張嘴想說來著，想想還是算了，有什麼可說的？他坐下，揮筆寫下了一封信後，遞了過去。

五娘看了看，然後收起來，遞給春韭。「馬上叫人送出去。」

等春韭出去了，五娘才又看向戚長天。「表叔，您的家人我會照拂，但是您……不能活。萬事皆可原諒，唯獨勾結倭寇這一條，不可贖！」

果然還是金家的做派！戚長天轉身，將掛了的寶劍抽出來。

官哥兒一下子擋在五娘的面前。

五娘推開他道：「沒事，表叔是個識時務之人。」說著，就朝戚長天行了一禮，然後轉身出去了。

官哥兒就看著戚長天抹了脖子，倒在他面前。他默默地跪下，等著對方嚥氣，然後默默地磕了三個頭，全了這一場主僕之情，才出去叫人收殮屍體。

幾日之後，京城中各種流言紛飛。

都言說西南已經平定，但實際的情形，卻眾說紛紜。有的說漕幫的人厲害，有的說雲順謹肯實心任事，更有的說金家插手了，那姓沐的已經被滅了。

這又有人說，那姓沐的根本不是什麼海盜水匪，就是戚長天引來的倭寇！

紛紛雜雜，竟是沒有一個確切的說法。

天元帝拿著十多天來接到的雲順謹的摺子，上面說了戚家要沿江而上直取兩江，而其中，對這場戰事，他客觀地給了一個結論，那就是勝負五五之數而已。

雲順謹列了幾條理由，比如剛組建的漕幫戰船不及戚家、比如漕幫多為江湖草莽，如今訓練的時日尚短，做不到令行禁止，只怕配合和調度上還有些難度云云。

總的來說，分析得很客觀。

正是因為客觀，所以對流言說雲順謹大捷的消息，天元帝是存著八分疑慮的。

避開元娘的時候，天元帝問付昌九。「你說……會不會是雲順謹起了二心？」

這是說雲順謹滅了戚家，自己占了西南，想取而代之。

元娘端著茶站在外面，剛好聽到這一句。她默默地轉身回去了，又打發人道：「去簡親王府，接王妃進宮來。這兩天不知道怎麼了，胸口悶，想找人說說話。」

雙娘見了宮裡的人便知道，這是有大事了。

她當即叫了丫頭來梳洗更衣，然後打算進宮。

喜兒一邊把簪子給雙娘往頭上簪，一邊低聲問：「要叫人告訴王爺嗎？」

雙娘戴手鐲的手一頓，問了一句。「王爺如今在哪兒？」

「在書房。」喜兒將簪子簪好，又將碎髮給雙娘抿了抿。

「跟誰在書房？」雙娘擺手示意可以了，不用再拾掇了。

樂兒就拿了披風過來給雙娘穿戴。

喜兒才道：「跟世子。」

雙娘的眼瞼慢慢垂下。「那便不用了。」

喜兒還要說話，樂兒伸手就攔了。「聽姑娘的。如今宮裡當家的是大姑娘，咱們便是有什麼失禮的地方，也有皇后娘娘呢！」

雙娘笑了笑，沒言語。「走吧，別叫宮裡的娘娘久等。」

主僕三個出門子，上了馬車簡親王才得了信兒，親隨低聲稟報了。

簡親王就叫世子先回去。「今兒我還有事……」王妃入宮，必是有要事，他怎麼可能坐得住？邊說著話，急急忙忙的就往外走。

雙娘的馬車沒走多遠，簡親王就騎馬追上來了。

夫妻兩個，一個馬車裡，一個馬車外。

雙娘知道簡親王來了，簡親王也知道雙娘曉得他來了，但是誰都沒說話。
到了宮門口，一個下馬，一個下馬車。
雙娘對著簡親王行禮。「有勞王爺了。」
簡親王伸手扶她。「我在外面等妳。」
就這樣簡單的兩句話，一個進宮，一個去了距離宮門最近的一處茶樓。

雙娘進來之前，元娘就知道宮外的消息了。所以等雙娘一進來，她就輕責道：「以前，就數妳的性子最為和順……我知那不是妳的本性，可這夫妻要和美，妳要學會收放自如。」
「大姊！」雙娘靠在元娘身邊。「我就是太和順了，所以，別人才當我好欺負。」
元娘嘆氣，她知道雙娘的種種不平來自哪裡，是一次兩次沒保住胎落下的病。她只說了句：「妳也不是全沒錯處。」
「我知道。」雙娘就笑。「當年，我是那種機緣巧合下才入了簡親王府，說到底，其實是我高攀了。既圖了人家的地位尊榮，那這一切都是我該受的。不管怎麼說，我受了點委屈，至少王爺在咱們家的事上還是肯用心思的，這就行了！」
最顧家的反而是她。
元娘正不知道從何說起，雙娘倒是先說了。
「大姊，我知道輕重。如今正是要緊的時候，以後很多事情上，還得仰仗簡親王。我會跟王爺好好相處……不會給五妹添亂的。倒是大姊妳，想好了嗎？」

元娘拍了拍她，低聲說了一番話。

雙娘愕然，好半晌才收斂了神色，點點頭，表示了然。

姊妹倆說著話，在院子裡逛逛。如今這宮裡蕭條很多，小妃嬪早躲了。這兩年皇上只跟皇后膩在一塊兒，早已經不踏入後宮了，因此，一聽說皇后在御花園，那是能有多遠就躲多遠。

「那顏貴妃……」雙娘問道：「她也不出來了？」

「她……倒是真愛皇上。」元娘眼裡閃過一絲嘲諷。「自從毀容後，除了節慶就不出來了。而自從我封了皇后，便是連皇上也不見了。」

姊妹倆轉了一圈，把該說的話都說了，雙娘這才告辭出宮。出宮的時候，元娘給了不少養身子的藥材，足能拉一車。

天元帝那邊知道了，還跟付昌九道：「她是自己沒孩子，心裡遺憾。她這個妹子的事，她怕是有些物傷其類了。唉，到底是朕害了她……」

付昌九不敢言語，心想：人跟人，還真得講究個緣法。皇上跟這位新皇后，怕真是合了眼緣的人。他只敢點頭應承，卻不敢隨便插話。

雙娘出了宮，卻叫兩個丫頭去後面的馬車坐了，反而請簡親王上車。

簡親王拉了雙娘的手，冰涼！「出門怎麼不多穿點？」

雙娘抽出手。「不是冷的，是嚇的。」

簡親王一愣，果然是叫雙娘進去傳話的。他「嗯」了一聲，表示正在聽，有話就說吧。

雙娘便把元娘的話都說了。「……大姊說，只需要把事情告訴王爺，王爺便知道到了什麼分上了。」

簡親王從袖子裡抽出一封信來，遞給雙娘。「妳也看看。」

雙娘的手都伸出去了，卻又猶豫了一下。「只怕不合適吧？」

「看吧！」這雲家姊妹皆有不凡之處，他也想試試這個年紀比自己的女兒大不了多少的妻子，有些什麼樣的見識？

信是太子宋承乾送來的，經過了一番歷練之後，字裡行間明顯能看出宋承乾的諸多改變。說實話，這樣的宋承乾如果做帝王，未嘗不合格。

「可是，這開弓便沒有回頭箭了！」雙娘毫不避諱地道：「不是我心裡向著我的親妹妹一邊，便是作為簡親王妃，站在王府的立場，我也要說一句——當下最忌憚的便是左右搖擺。此時此刻，要是我是王爺，不光不會跟這些皇子有私下的交往，我還會儘量想辦法，把撒出去的皇子都給請回京城來，比如……平王。您是宗正，多保住一條皇家的根苗，王爺就多了一份功德。」

簡親王看著雙娘，良久之後才說了一句。「……妳說的對。」把平王想辦法誆回京城，這便是防止京城有變之後，平王起勢。杜絕了這種隱患，將來便是大功一件。況且，以平王的實力和性子，真要是起兵也成不了事，徒惹了麻煩不說，還把命給搭了進去。簡親王真誠地看著雙娘，道：「我得謝謝妳。」

「謝我什麼？」雙娘看他，眼中帶著幾分不解。

「我得謝謝妳，沒有跟府裡那幾個不爭氣的計較。」簡親王露出幾分苦笑來。「妳胸中自有丘壑，若是真想跟他們計較，他們沒有一個算計得過妳。妳以善待他們，以寬待他們，哪怕是受到了傷害，妳也不曾想要報復回去……雙娘，我心裡有數的。如今這局勢正亂，我答應了，這次的事了後，我給妳一個交代可好？」

雙娘搖頭。「不用給我什麼交代。其實，在我看來，王爺是個好父親。在您的心裡，幾個孩子是沒娘護著的孩子，您要是再不偏著些，他們的日子怕是不好過。您作為丈夫……叫我失望到有時候近乎於絕望，但是作為父親，您是合格的。您知道我父親的，說起來，從小到大，我除了在嫡母跟前受過委屈，可在父親面前，我是沒受過委屈的。雖然沒有三妹得父親的喜歡，但比起五妹，我覺得，我是得了幾分父親的真心的。正是因為有父親的這點庇護，叫我在雲家過得至少比五妹要好很多的。後來，父親辦了很多糊塗事……我那時候就想，我的父親怎麼會是這麼一個人呢？我多想我的父親是那種不管我做了什麼都會寵著我、疼著我，不計代價包庇我的人……」說著，許多的過往一股腦兒地湧了出來。如今的雲家、如今的父親，是明知道自己受了委屈，也不會上門討要公道的，這怎不叫人傷感哀慟？

「好了……好了……」簡親王被她這一哭弄得有些不知所措，她一直都懂事得跟一個大人一樣，現在才發現，她哭起來竟跟個孩子似的。他笨拙地拍拍她的腦袋，道：「那……那什麼……以後我寵著妳、疼著妳，妳犯錯了也不計代價地包庇妳……行嗎？」

雙娘好不容易止住的眼淚刷一下就又下來了。這話很動人，但是，她不是因為感動，而是因為隱忍了這麼久，終於在轉彎之後，看到了一絲屬於自己的曙光。

夫妻兩個進了王府門，看起來還都是端著的，可身邊伺候的人卻察覺到，王爺和王妃的相處，某些地方還是不一樣了。

這邊簡親王才把王妃送到家，宮裡又傳旨來，要王爺進宮。

進宮做什麼的，簡親王已經從元娘傳來的消息裡有了猜測。

進了宮，卻沒想到，御書房還有一個人——他的岳父雲順恭。

這還真是說曹操曹操就到，之前雙娘還說起了他。

皇上將手裡的信遞給簡親王。「這是戚長天寫給雲愛卿的。」

簡親王之前已經接到遼王的消息，知道西南大捷一事，戚家早成為過去了，那麼這封所謂的戚長天的親筆書信，一定是那位遼王妃的手筆。

簡親王從頭到尾看了一遍後，除了心讚一聲高明之外，還得替自家的岳父默哀一聲。當爹當到他這分上，也是沒誰了。養的閨女個個成了精一樣，他卻是越活越蠢了。

書信看完，他遞還回去，這才道：「陛下您是怎麼想的？」

天元帝就道：「朕怕這是疑兵之計。京城的防衛不得有絲毫馬虎。」

「可城防營的情況您是知道的……」簡親王皺眉。「還得調兵回援。」

雲順恭出身將門，用兵的道理還是懂的，這調兵多久能回來，且說不好。沒人問他，他倒是急切地道：「根本就來不及啊！這調兵當然還是得調，但還得盡快地抽一支強兵出來了。陛下，其實遼東軍是可以考慮的……」

簡親王心想：歡快地跳坑，且自主地在坑裡越陷越深的，你是第一人！

調遼王入京嗎？這個風險是不是有點大？

天元帝下不了決心，臉上露出幾分猶豫之色來，扭臉詢問簡親王的意見。「你怎麼說？」

我也這麼說，你就該疑心了！

簡親王嘆了一聲。「這辦法有些弄險，若是時機選得不準，怕是要出事的。遼王近來很有些桀驁，好似對陛下也有點誤會。這個誤會一日不解除，別說是陛下您了，便是我，也是不能放心的。所以，還請陛下您三思而後行。」

天元帝點頭，簡親王這話算是說到他心裡去了。

那邊雲順恭卻著急了。「如今也就遼王有回援京城的時間和實力，除了他，沒有第二個人可想。陛下，您要是真不放心遼王，怕他有二心……臣倒是還有一良策！」

「喔？」對雲順恭沒有任何期待的天元帝垂下眼瞼，道：「說吧，到了如今，還能一心記掛朝廷的，都是忠臣。朕赦你無罪，不管是什麼話，只要有想法，就說吧。」

雲順恭撲通一聲跪下。「按說，這本不是臣該說的話，可臣……先是陛下的臣子，才是子女的父親。我的良策，便是想辦法請遼王妃回來！叫遼王妃在宮裡待著，也省得她一個人在遼東，記掛夫婿。」

此話一出，簡親王不由得都朝後退了兩步。這是一個什麼樣的父親，才能說出這樣的話來？這意思還不明白嗎？這是要拿五娘為質！

遼王妃的親生父親，竟提議叫已經出嫁的親生女兒回來為質子？何等的荒唐！

直到現在，雲順恭這個做父親的都不知道自己的女兒是個什麼樣的人。

之前雙娘說起父親時還哭了，她對自己的包容甚至是容忍，僅僅因為自己是一個好父親，可見在雙娘眼裡對她還算是疼愛的雲順恭，究竟是如何對待子女的！

糊塗啊！

便是天元帝，也有些愕然。他不算是一個好父親，雖會限制兒子們的權力，卻從沒有想過要把孩子們怎麼著。不管是對太子還是對平王，哪怕是戚皇后所出的六皇子，如今也只是圈著叫在府裡讀書而已，不曾有半點的慢待，有時候怕那孩子多想，還會不時地給孩子賜些東西下去，讓他知道戚家的事跟他無關，不叫他出來是怕他受牽連。就是對幾個公主，又何嘗不是如此？和親的事，當然是公主最好，但真要把孩子捨出去的時候，他疼了。因此，他想過用宗室女，最後用了雲家的女兒，無論如何卻從來沒有想過要把親生的閨女捨出去。

這就不是一個當爹的會幹的事啊！

但，一個臣下說出這番話來，作為皇帝，他只能收起眼裡的異色，然後嘆一聲。「忠臣啊！」可說實話，這樣的忠臣，著實是不敢要。能為了富貴捨棄女兒的，那就能為了富貴捨棄任何人。當然了，這是後話。如今嘛，不得不說這樣的辦法或許可行。「……那就下旨吧。」天元帝看向付昌九。「叫人擬旨，請遼王攜王妃入京勤王！」

付昌九應了一聲，就退了下去。

天元帝看了簡親王一眼。「怎麼不說話？可是不妥當？」

簡親王搖頭。「非常之時，或可用非常之法。只是……臣想著，回去之後，更得善待王妃了，她……著實可憐。」雲家的姑娘，個個千伶百俐的，可還真就跟王妃說的一樣，她們倒是人人都想跟自家的傻閨女似的，怎麼教都不知事，卻不願意事事通明。說到底，沒有父兄給撐著的姑娘家，在如今，確實是可憐。這也就是她們個個聰明，若是性子稍微弱上一點的，只怕都沒有活路了。

他這一句話，叫天元帝一愣，才反應過來是什麼意思。

而那邊的雲順恭卻脹紅了臉。「王爺誤會了，我並不是要拿五丫頭如何……只要遼王沒有反心，五丫頭自然是會安然無恙的！」

可是，以遼東的作為，你認為遼東是沒有反心嗎？之前還想著五娘利用雲順恭，這種行為好似涼薄了一些，可如今看來……算了，這父母跟子女之間，還真就得有緣分。

天元帝擺擺手。「都下去吧！聖旨即刻就發。京城防衛由雲愛卿先監管著，你也是將門出身，放手去做吧。」

算是對賣女的獎賞嗎？

元娘站在屏風後面，默默地聽完了全場。等人都下去了，她才閃身出來。「陛下，要是聖旨還沒發下去，您還是把攔遼王妃這個旨意去了吧。我二叔是個糊塗透頂的人，您怎麼能聽從他的建議呢？」

天元帝就道：「妳還是捨不得妳妹妹。其實來了也無礙，妳知道的，朕哪怕是看在妳的面子上，也不會將妳妹妹如何的。」

元娘搖頭。「這怎麼能是看我的面子呢？」這壓根兒就不是面子的事！「您有沒有想過，遼王和五娘到底是怎麼樣的人？陛下，這兩人，都算得上是性情中人。何為性情中人？那便是你對他好一分，他即便還了你兩分，還總覺得還不上這個情分。此時，若是能給予厚恩，或許事情不至於往最壞的方向走，可您若是要脅迫……陛下，五娘在雲家長大，雲家以她要脅金夫人，所以，雖上上下下面上對她是極盡寵愛的，可這份寵愛，她入心了嗎？沒有！對一個心思玲瓏之人，非真誠不可打動，脅迫只會讓對方處處提防、事事防備……」

天元帝擺手，繼而揉了揉腦袋。「朕難道不明白這個道理嗎？可如今朕再真誠，他宋承明便會不疑心朕嗎？因此，到了此時，其實已經不可選了。」

元娘便不再說話了，背過身去，看著大殿外面巍峨的前朝宮殿群。

這裡，自己又能再住多久呢？

第五十章

出宮的簡親王，立即一封八百里加急給平王，信上的意思——

皇上要以遼王妃為質，實不妥當，望平王能盡快回京！

這也是聽從了雙娘的意見，將平王給誆回來了。

隔了一天，平王不眠不休，快馬加鞭地趕回京城。

平王進宮就求見天元帝，開口的第一句話便道：「請您收回成命，不可脅迫遼王！」

天元帝睜開眼睛。「你怎麼回來了？誰叫你回來的？」

平王的性情又怎麼會出賣簡親王？只說：「您和母妃都在宮裡，京城如此危機，兒子不回來，能去哪兒？真要是有個萬一，兒子還能擋在您和母妃的身前！」

「癡兒！癡兒！」天元帝氣得直咳嗽。「我怎麼就生了你這麼個性情的孩子？你就不該回來！越是這種時候，就越是不該回來！」說著，他就起身，指著外面。「走！趕緊走！快，不能耽擱，一點也不能耽擱！」

平王搖頭。「您和母妃……」

「不要管朕和你母妃，走！」天元帝伸手，親自推兒子。「京城若是無恙，你便回來看看你母妃；京城若是不保……你與太子可互為臂助，仍有半壁江山可依託！聽明白了嗎？」

平王點頭。「兒子聽明白了，但兒子以為，不到那個分上。要不，遼王送王妃入京，您送兒子去遼王帳下吧？咱們互為質子。若是遼王有異動，您無須顧念兒子的性命。遼王有顧忌，您無顧忌，那麼勝算依舊在朝廷。只要拖到援兵到，一切危機便可迎刃而解。」

傻！真傻！可為何傻得這般教人難受呢？

天元帝拍拍兒子的肩膀。「我兒的孝心，為父已知曉。兒啊，這些年，你也別怪我這當爹的。你為長子，卻不是太子，不是為父偏著太子，而是……你跟太子比起來，太仁善了。」他說著，就拍了拍胸口。「心太軟，這一點作為君王，是致命的缺陷。所以，你不能是太子，懂嗎？」

「父皇，兒子從來沒有因為這個而怨怪您。」平王跪下，看著像是一下子蒼老起來的父親，心裡有些難受。「兒子不曾因為任何事怨怪過您。」哪怕是為了三娘和親的事。

天元帝扶起兒子。「為父知道，我自己的兒子我又怎麼會不知道？你是好孩子，所以要聽話。馬上出宮，馬上出京城，回封地去！若是封地不能自保，記住，千萬去找太子，輔佐他。兄弟齊心，其利斷金，為父的指望全在你們身上了！」

這話一出，平王便是有一肚子的話，也終是說不出來了。他再度跪下，額頭觸地，磕了三個頭，這才準備起身。「那兒子——」可這一句離去的話還沒說完，就聽到大殿外急促的腳步聲響起。

「陛下——陛下，不好了！陛下——」

平王蹭的一下站了起來，扶著天元帝，朝外喊道：「有什麼事就說，這麼呼喊做什麼？」平白亂了宮裡的人心！

付昌九急匆匆地進來，也顧不得大禮，慌忙開口道：「剛得的消息，不知道哪裡來的賊寇，封鎖了京城外面所有的道路！如今這京城裡的人都不能出了！」

什麼?!「哪裡來的賊寇？」這是什麼話？「到底是哪裡來的，弄清楚了嗎？」天元帝急問。

付昌九艱難地道：「從昨兒就沒有塘沽那邊的消息了，所以，老奴猜測，怕是塘沽口那邊早就被賊人占了，只是消息被封鎖著……」

啊？這可如何是好？天元帝閉眼搖頭。「如今倒是盼著遼王今晚就能趕到了……誰能想到，最後指望的卻是他！」

聖旨到的時候，宋承明已經在必經之路上帶人駐紮了兩天了。

旨意一到，他連看都沒看，直接就下令啟程，直奔京城。

來宣旨的是宮裡的太監，這次不敢馬虎，付昌九用的是他的徒弟。

這小子在宮裡也是精明人，可出來面對一身鎧甲、英氣不凡的遼王，嚇得愣是不敢說話。眼看著遼王這就要走了，他才撲通一聲跪倒在路邊。「王爺——王爺，請聽奴才一言！請您且聽奴才一言啊！」

宋承明勒住韁繩。「好生囉嗦！難道聖旨不是叫本王帶兵入京回援的？」

小太監趴在地上，戰戰兢兢地顫聲道：「……是……也不全是……您看看……請您務必看看……」

嗯？難道出了意外？

那邊常江趕緊將聖旨又遞給王爺。「您瞧瞧，難道有了變故？」

這一問，更是把小太監嚇得心肝顫，看來京城的一切，全在遼王的預料當中啊！那這到底是陛下的勝算大，還是遼王的勝算大？一時之間，他頭上的汗都給急下來了。

那邊宋承明接過聖旨，一看之下大怒。「叫本王帶著王妃？」他氣急而笑。「若是調走本王，然後再派人擄走王妃要脅本王，本王還算高看他兩眼！這麼明目張膽的威脅人……」

戴先生就道：「王爺，並不是沒想到這一點，這是給王爺下馬威呢！要叫您知道，朝廷並不怕咱們。」

宋承明臉上的怒意漸去，拿著聖旨，反倒是從馬上下來了，然後叫了常江。「去把這小子扶起來。」

這是說扶起這個還趴在地上的小太監。

這小子最是識時務，如今又在人家的屋簷下，如何敢像在宮裡那樣，仗著師父能橫著走？他立即一臉諂媚的笑。「不敢！怎麼敢勞動哥哥您呢！」他自己索利地站了起來。

常江才道：「你叫什麼？王爺跟前回話，有什麼說什麼，我們主子不愛虛的那一套。」

「噯噯噯！」他忙不迭地點頭。「多謝哥哥提點！小的小福子──」

「小福子，本王知道你。」宋承明聽到他說話，就接了一句。「原本是姓付的，因著跟付昌九同姓，機緣巧合，認了師徒。你師父給你取名小福子，圖個吉利，好到主子跟前伺候，本王沒說錯吧？」

小福子這下更害怕了！他也不是什麼都不懂的，這話裡話外的意思他還聽不明白嗎？遼王雖然常年不在京城，這些年待在京城的日子總共也就那麼幾個月，可京城裡的人事，人家卻熟悉得很，甚至包括皇宮，包括皇宮裡像他這樣的一個小太監！

對他都知道得這麼詳盡，那麼對宮裡的各個主子呢？對皇上、皇后呢？

小福子的心一下子揪了起來。「是……王爺說的都對！」

宋承明忍著怒意問：「那本王問你，皇上是怎麼想起叫本王去京城的時候要帶著王妃的？」

這可真不賴別人了，就是陛下自己其實也沒想到這個！「是肅國公的世子爺主動提出來的，陛下只是採納了這個建議而已。簡親王和皇后娘娘都攔了……」只是沒攔住而已。

宋承明幾乎以為自己聽錯了。「是雲順恭？」

小福子立即點頭。「是！那日奴才就在大殿外伺候，聽得真真的！」

跟在遼王身後的這些幕僚、武將們，頓時一個個的都面面相覷。那不是王妃娘娘的親生父親嗎？這是幾個意思啊？

宋承明幾乎是氣急而笑了。「好！很好！」他說著，就用馬鞭敲著另一隻手的手心，看著小福子說：「本王的王妃是跟著本王一道回京了，你說是不是？」

這裡距離盛城可是有一日的路程，而如今遼王又已經萬事俱備、馬上要啟程的樣子，哪裡有看到什麼王妃啊？但小福子的腦子轉得飛快，馬上就明白了這是什麼意思——遼王這是要叫自己作選擇！是選擇繼續效忠宮裡的陛下，還是遼王？

可對他這樣的小人物來說，哪裡還有什麼選擇的權利啊？

選了陛下，今兒非得身首異處！選了遼王，或可一活。

小福子馬上跪下。「奴才叩見主子！主子說的是，王妃跟著王爺，形影不離呢！前面到了驛站，奴才就去發消息！」

聰明！「到底是宮裡待慣了的人精子，就是不一樣。」宋承明拍了拍常江。「好好看看、好好學學。」

常江撓撓頭道：「我就學不了那虛頭巴腦的樣兒。」

嚇得小福子更不敢說話了。

眾人哈哈一笑，打馬便走。

可小福子覺得奇怪啊，這看著走的急，可是真到了趕路的時候，遼東軍真沒表現的多著急。

他小心地應付著，不知道怎麼順風就聽了一耳朵，遼王好像說「不急……總得叫王妃把城給圍死了，這個功勞拿到手裡才實在」。

什麼意思？

難道遼王妃不在盛城嗎？

這說的圍城，是要把哪裡的城給圍死了？

京城到處瀰漫著恐慌的氣氛，因為不知道什麼時候，便有那姓沐的賊子摸上了塘沽口，然後悄悄地將京城給圍住了！這是要出大事啊！

這幾日，城中物價已經有了上漲的趨勢，再這麼圍困下去，城中物價必然飛漲。大戶人家或許可以多撐一些時日，可小老百姓的日子就不太好過了。

但小老百姓有小老百姓的憂心，大戶人家也有大戶人家的不安寧。

就說雲家吧，從雲高華到顏氏，誰心裡不害怕？畢竟如今雲順恭不知道怎的竟被陛下給拎出去了，到時真要打起來，他得站在城樓上督陣！

今兒，顏氏伺候雲順恭穿鎧甲，就不由得道：「如今這兵荒馬亂的，府裡卻沒一個能靠得上的。大房不在，四房也不在，就是三房，如今人家也有子爵府，搬出去住了。家裡就剩下國公爺、老太太和咱們二房的這幾個孽障了。你的兒子，你自己不知道嗎？哪個能當得大用？國公爺年歲大了，幾個又不頂用，你叫我這一個婦道人家怎麼辦？真要出了事，我們娘幾個只剩下抹脖子了。要不然，你乾脆告病，辭了這次的事就罷了吧？」

「妳以為我不想？」雲順恭就道：「我這是被人給耍了！那戚長天到死都要坑我一把！消息是透過我的手遞給皇上的，我如今把皇上扶到高處了，告訴他無事，然後自己卻在下面撤梯子嗎？真把皇上惹急了，先殺了我我都不敢喊冤！不過也沒事，還有五丫兒，等五丫兒到了，就好了。」

怎麼還有五娘的事？顏氏就道：「便是遼王來勤王，也沒有帶著五娘的道理。不過遼王要是念著咱們是五娘的娘家，那確實是有救！」

「五丫兒要回來的。收到消息，說是五丫兒已隨軍來了。」雲順恭提起這個，才像是放鬆了一些。「我跟皇上獻策，說叫五丫兒來京為質——」

什麼?!顏氏以為自己聽錯。「你瘋了？那是你親閨女！」

雲順恭頓時惱羞成怒。「為君主分憂，哪管什麼閨女、兒子？在國家大事之前，沒有什麼不能捨棄的！」

那怎麼不把你自己給捨了！

這府裡的丫頭真是賣了一個又一個，還以為五娘是個例外呢，沒承想到頭來，到底是被她老子給賣了一次！

她壓著脾氣，拉著雲順恭勸道：「若是在城門口見到來了的五娘，不要叫她進城為質了。聽我的吧，要不然，你真會給一家子招來殺身之禍！你只想著挾制遼王，那你怎麼不想想，還有金氏、還有遠哥兒，更有金家在海上的勢力以及護金衛！你想想，在京城這地界，這麼些年裡，那些護金衛護著金氏，他們想救一個人太容易了，想殺人也會更容易！你知不知道，你這樣會徹底地激怒金氏、激怒金家！你想過怎麼承擔金氏和金家的怒火嗎？」

雲順恭的手在袖子裡不停的哆嗦，但是聽著顏氏說出來的這些話，他更怒了。「金氏又怎麼樣？我是她男人！她還能殺了我？要是想殺我，她早殺了！別忘了，我是遠哥兒和五丫兒的爹，親爹！他們的命是我給的！害怕的人是妳！是妳怕金氏報復！妳少在這裡冠冕堂皇！」說著，就甩袖離開。

看著大踏步離去的男人，顏氏只覺得滿心的疲憊。金氏的半生是悲劇，可自己的一生卻是徹頭徹尾的悲劇。跟了這麼一個男人……怎麼就跟了這麼一個男人！

可如今能怎麼辦呢？

除了找雙娘，她再找不到別人了。

顏氏叫了丫頭給雙娘送信，如今能做的也只有這些了。

卻說雲順恭，還真就等著、盼著，希望五娘趕緊到來。只要五娘到了，就說明遼王的人馬到了！

他卻不想，城都封住了，五娘該怎麼穿過賊人的封鎖進京城？而且五娘和遼王又不愚蠢，有這麼好的藉口不進京城，又為什麼非得去當質子？這壓根兒就不合常理。

因此，只他一個人這麼盼著，誰都沒有當回事。

可就在這種誰都沒當回事的時候，遼王妃還真就跟傻了似的，竟穿過「重重關卡」，真就奔著京城而來，誠心地為質來了！

當下面來報，說遼王妃在大帳外的時候，眾人都懵了。

只有雲順恭大喜，忙讓人迎了進來。「好五娘！好五娘！果然是我的好閨女！」雲順恭看著一身俐落，只帶著幾個丫頭趕來的五娘，老臉一紅，眼圈也紅了。「到底是我的好閨女！人人都說遼王必反，為父卻堅信遼王不會反！為何？那是因為遼王娶了我雲家的女兒！我雲家的女子顧全大局，就如同男子一般，心裡是裝著天下的！」

五娘點頭笑了笑。「父親這般誇我，真叫我不敢當啊！」

城防營的將軍卻疑惑地問五娘。「敢問王妃娘娘，賊子封鎖嚴密，您是如何過來的？」

五娘看了海石一眼。

海石二話不說就拿出一塊牌子。「這是金家的腰牌，有這個東西，別說在大秦可暢通無阻，便是在毗鄰的任何一個國家，都可以暢行無阻！」語氣裡帶著幾分傲然，可這傲然全憑的是實力說話！

這將軍再不疑有他。「王妃高義，臣等慚愧！」

「將軍謹慎，本王妃理解。」五娘說著，就掃了一眼城防圖，然後問道：「那如今，我是進宮，還是回雲家待著？」

這般的自覺……雲順恭就道：「去宮裡吧。妳大姊在宮裡，不會有事的。」

「瞧父親說的，這是什麼話？」五娘就道：「既然王爺帶了我來，並且千方百計地衝破阻礙來到城下，又怎麼會怕出事呢？就像父親說的，王爺是大秦的王爺，不曾對大秦有絲毫的異心，我有何好擔心，又能有什麼事呢？」

雲順恭頻頻點頭。「說的好！說的好！人人都道我失心瘋了，如今我兒叫為父揚眉吐氣！去吧！進宮去吧！我這就打發人給宮裡送信兒！」

五娘便將一封信遞給城防營的將軍。「這是王爺在本王妃臨行前給本王妃的，叫本王妃務必給將軍。該如何破賊，王爺信中說的很詳細，將軍只要配合王爺，相信不日便能擊退賊寇，護衛京師太平。」

這將軍趕緊雙手接住。「借王妃吉言！」

五娘點點頭，就又走出帳外，在雲順恭親隨的護送下，直奔皇宮。

皇宮還是那個皇宮，猶記第一次來皇宮時的情景，如今，時日未久，卻早已物是人非。

進了宮門，就有轎輦等著，一進入內宮，就看到元娘帶著人遠遠地站著，朝這邊張望。

「大姊！」五娘從轎輦上下來，撇下跟著的丫頭，就朝元娘跑去。

元娘伸開雙臂，在五娘跑到跟前的時候，一把將她給抱住。「……五妹，好久不見。」

「大姊！」自打在慈恩寺從寒潭裡將她撈出來後，她們姊妹倆就沒真正的在一處說過話了。當日的情景還歷歷在目，誰能想到，姊妹再見，會是如今的局面？站在面前的元娘，不是當年那個豐腴的姑娘了，她瘦了好些，縱使滿身珠翠，可卻再也找不回當年在韶年院歪在炕頭的那一抹風情了。一時之間，五娘的鼻子有些酸。「大姊……好久不見。」

除了這句之外，姊妹倆相對卻是無言。

元娘緊緊地攥著五娘的手。「我們走著吧……我想跟妳說說話……」

「噯！」也許到了大殿裡，就再也沒有機會跟大姊說說私房話了。

元娘沒有看五娘，而是看著熟悉卻又陌生的宮道兒。「妳說奇怪不奇怪，我從來不迷路的人，在這宮裡，我卻不敢自己走。哪怕前簇後擁，可我依舊每天走同一條路。說起來是皇后，可這個宮裡大部分的地方我都還沒去過，好似也永遠不想去，妳說這是為什麼？」

五娘看著她。「因為大姊妳，總以為自己是奔著榮華富貴來的，可實際上，大姊妳還是把心丟在宮裡。在這裡，偌大的宮殿、輝煌的建築，妳都不曾放在眼裡，那是因為大姊妳的心裡裝著一個人呢。」

元娘苦笑了一下。「我記得，有一次看了妳的手箚，妳的手箚裡有一句話，叫『人生若只如初見』，這句話說的真好。還是想不起來是從哪本雜書上看的嗎？」

五娘只笑了一下，沒回答。

元娘也沒往下追究。「我到現在都還記得那個雪夜，我在院子裡彈琴，他爬到了牆頭上，我忘不了對視的那一眼……說實話，那一眼，讓我忘了我的初衷，動心了……」

五娘點頭，可偏偏，後來她看見了讓她動心的男人最不堪的一幕，而緊跟著的變故叫她眼花撩亂。

「進了宮，跟他守在一處。人還是那個人，讓我動心過，讓我絕望過，甚至讓我覺得厭惡和噁心過……可是，他是想全心全意地對我好的，這個我知道……」

可是妳，卻背叛了他。五娘反攥住元娘越發冰冷的手。所以這些日子，大姊日日都在飽受煎熬吧？她問說：「後悔了嗎？」

「後悔？」元娘搖頭。「不後悔。但是對他還是會有愧疚。對於他曾經的妻妾，他不是一個好丈夫；對於他的孩子，說起來，他也算不得一個好父親。如今看著好很多，那是因為時局到了現在，對外的矛盾凸顯，才緩和了他們父子的矛盾，可若一切能回到從前，還是什麼都不會改變的；對於臣下，他多疑、寡恩，有時候甚至是刻薄。可這天下，誰都能鄙薄他，就我不能。」

五娘慢慢明白元娘的意思了——她這是在變相的求情！她怕自己和宋承明萬一成事，會殺了天元帝。

一般而言，是得這樣的。

她這麼想著，就看向元娘。從元娘的眼神裡，她看到了一絲決絕。

那便是——天元帝死，她必是要生死相隨的！

五娘伸手抱住元娘。「妳是我大姊，永遠都是。」所以，我又怎麼會看著妳走上絕路呢？她拍了拍元娘的脊背，在元娘耳邊輕聲道：「大哥的婚事妳不想參與嗎？大伯娘妳也不管了嗎？大姊，我是五娘呀，我是妳的妹妹呀！妳放心，事情會解決的，會有兩全之策的，妳信我！」

元娘的眼淚在提到白氏的時候到底落了下來。「我不該……我知道他是一個根本不值得人去愛的男人，可有時候，心就是控制不住……他待我的好，若是我不能為他做點什麼，那麼餘生，我將永不得安寧。與其如此——」

「大姊！」五娘一把捂住元娘的嘴。「一切有我，妳信我！」

元娘抬頭看天，把眼淚逼了回去。「我自然是信妳的。」

天元帝站在皇宮最好的觀景樓上，看著在宮中一路慢行的兩姊妹，扭臉問付昌九。「你說怪不怪，遼王妃來了，可朕的心卻更慌了。」

付昌九就道：「陛下，不管遼王有幾分忠心……但他萬萬不敢拿遼王妃的性命冒險的，否則，金家也不會饒了他！」

天元帝輕笑。「那你以為遼王妃真出了事，金家能饒了朕？說到底，朕唯一能挾制金家的，便是金家當年跟先祖的情分。可父皇做的事……朕又怎麼好意思跟人家談情分呢？」

付昌九便低聲道：「陛下不會叫金家找上門的，畢竟，您不會真叫遼王妃在宮裡出事。再者，還有皇后娘娘呢！」

「是啊，還有皇后！」天元帝的嘴角帶出了幾分笑意。「到底是年齡小，嘴上要強。口口聲聲不認雲家，可雲家的事她哪件不掛心？自從入宮，她不曾為她自己求過一金一銀，每次開口，必是她的姊妹。有時候，朕都羨慕這情分。」

「遼王妃敢這麼進來，未嘗不是知道皇后娘娘在宮中？」付昌九的語氣就輕鬆了起來。「只憑著皇后娘娘和遼王妃的情分，事情想來就不會太糟糕。」

天元帝笑了一下，沒言語。這話說的愚蠢，這天下大事，為君為皇者，什麼時候被女人左右過？到底如何，還得看遼王如何決斷。

他站在高處，眺望這座皇城，然後吩咐付昌九。「越是這種時候，越是得穩住。宮裡穩住了，百姓的心才穩得住。再者，不能把遼王妃為質的這件事辦得這麼明顯……因此，傳旨宗室，在京的王公大臣，進宮赴宴。今晚，朕要設宴，邀宗室朝臣一起，等遼王勝利的消息。另外，請各家家眷一同進宮，給遼王妃作陪。記住，宣旨的時候傳召四九城，朕得叫京城的子民都聽得見。」

「是！奴才領命，這就去辦！」付昌九應著，就腳步輕快地離開了。

轉眼，這個消息就傳到了元娘的耳朵裡，她只愣了片刻，然後就苦笑。「若是他早清明一些……就好了！」

若是他早清明一些，這天下又如何會成為這般樣子？

元娘準備著宮宴的一應事務。

五娘則在元娘的偏殿裡養精蓄銳、梳洗更衣，等著即將到來的宮宴。

宮裡四處都在繁忙著，好久都沒有這般熱鬧了。

這麼熱鬧之下，誰又會注意，那偏僻的宮室一角，有一隻信鴿撲騰著翅膀，飛了起來……

「主子。」海石從衣襟下面掏出一隻已經死了的鴿子。「果然被您料中了！」

五娘笑了一下，沒要鴿子，卻拿了海石遞過來的、綁在鴿子腿上的小竹筒，倒出一小片白綾。白綾上寫著一行字，大致說了宮裡和京城的情況。

不用猜也知道，太子宋承乾在這宮裡是埋著不少眼線的。這些人必須要清除掉！

五娘就看海石。「看準了放鴿子的人嗎？」

「認準了！」海石低聲道：「我也留下信號，找咱們自己的人了。這些人隱藏的再深，咱們的人也不可能不知道。」

五娘「嗯」了一聲，這個「自己的人」，說的是金氏這些年想辦法在宮裡埋下的暗線。

「只要把太子的人挖出來就行，殺人的事不用他們，這得你們親自去。還都行嗎？」

幾個人都露出幾分躍躍欲試來。

五娘就道：「春韭留下，妳們去吧。記得按時回來，別驚著大姊姊。」

幾個丫頭低聲應是，然後就依次出去了。

五娘靠在軟枕上，叫春韭守著，當真就睡著了。

這一覺睡得不是很安穩，好似耳邊都是哭聲，一步一步走來，腳下都是鮮紅的血……

聽到春韭輕言輕語的聲音，五娘蹭的一下坐了起來。起來之後，摸了摸頭上，竟是出了一層細密的汗。

春韭帶著元娘從外面進來。

元娘一見五娘的樣子就皺眉。「可是累著了？」

五娘抹了一把汗。「大姊這邊真暖和，好久沒睡得這麼舒坦了。」

「起來吧，好好拾掇拾掇，許多宗室和大臣，都已經攜家眷進宮了。」元娘就去翻衣服。「我去給妳找衣裳來。」

五娘擺擺手。「不用了大姊，我帶了。」

帶了什麼？幾個丫頭確實是帶著包裹的，但那應該是換洗的衣物，這種宮宴，是需要正裝的。

五娘摁住元娘的手，看春韭。

春韭起身，從一邊的包裹裡取出衣物來。

今兒這衣裳有些特殊，五娘的手覆在其上。「我今兒想穿著它，應景！」

元娘的視線就被那金燦燦的鎧甲吸引了。「妳要穿它？」

五娘的手撫摸在上面，鄭重其事地說：「是，我要穿它。它該堂堂正正，走到人前的。」

想起金家一門，元娘什麼都沒說，只點點頭，良久才道：「正好，我也沒見過妳英姿颯爽的樣子。當日妳冰封盛城，京城裡說書的、唱戲的，憑著這一段都能養家餬口了，不知道有多受歡迎呢！那時候我還遺憾著，好像五娘還是那個坐在炕上、抓著毛筆塗了滿紙墨跡的孩子，卻怎的一眨眼，就成了他們嘴裡那個端是英姿無比的遼王妃了呢？今日，終是有緣一見了。去梳洗吧，我親自為妳披上戰甲。」

將頭髮高高束起，不施脂粉、不佩飾品，這金甲，是這世上最昂貴的配飾。

看著五娘英姿勃發、威儀無雙的樣子，元娘笑了。「看見妳這樣，我能想像得到，將妳縱容成如此模樣的遼王該是何等心胸之人。如此……我心裡最後那一點不安也消失了。哪怕是對不起他，至少我作了一件於這個天下而言最有利的決定。」她再度打量了五娘一眼，而後看著依次進門、早已換上銀色鎧甲的丫頭們，笑顏一下子舒展開了。「金甲銀衛……好！好！去吧，我隨後就到，確實是該亮相了。」

大殿裡早已經坐得滿滿當當了，宮宴沒有大聲喧譁的，但卻少不了私下裡嘀咕。今兒這大殿裡，除了宗室勛貴，便是四品以上的大員連同家眷。來是因著聖旨，可這心裡誰不憂心？之前就有過一次齊聚宮內，結果呢？那天死了多少人啊！如今，又是聚集在一處，誰的心裡能安穩？
雲高華坐在大殿裡，老太太和顏氏緊跟其後，再靠後一點是雲家三房的父子二人。因著子爵的爵位，雲順泰父子二人有資格進宮赴宴。雲順泰沒進過宮，這一點連雲家昌也不如。雲家昌好歹還做過御前侍衛，宮裡還常進常出過。這會子父子倆躲在後面說悄悄話，做爹的說，這要是出了事怎麼辦？當兒子的說，沒事，我知道哪裡的狗洞能鑽出去，到時候肯定跑得了！
雲高華聽了一耳朵，險些給氣死，回頭狠狠地瞪了他們一眼。
老太太是眼觀鼻、鼻觀心的，反正她兒子和孫子、孫女都不在這裡，若真要搭上的也就是她這一個老太婆的性命而已。
倒是顏氏，是真真放不下小兒子，她要是出事了，那孩子連個託付的人都沒有，只怕小命也要保不住了。她有些坐立難安，不由得就朝外面看去。靠前的位置是宗室，簡親王府算是顯赫的位置了，老王妃、簡親王還有雙娘都安然在坐。她想，她若是要託付，大概也只有這個庶女能託付一二了。至於娘家……算了，娘家的日子如今也算不上多好過。
雙娘被顏氏看著，似有所感地看過來，顏氏對著雙娘笑了笑，笑容裡有了一些她自己都未曾察覺到的討好。
雙娘淡然地收回視線，卻把手邊放著的一盤如今這季節還少見的莓果叫丫頭端給在後面坐著的世子妃了。人啊，不能把路往絕的走。就像嫡母顏氏，手段太過了，可誰知道這命運兜兜轉轉的，風水輪流了個快，到了想求人的時候，才發現自己就沒把後路給留下。這樣的錯，雙娘不會再犯，因此，雙娘對著簡親王府的世子妃示好了。如此得來的是簡親王的感激、老王妃的欣慰，還有世子夫妻在她面前微微的那一低頭。這些，也就足夠了。

顏氏把這一切都看在眼裡，心想：我的三娘若是在京城，她一定能做的比所有的人都好！

再回過神來，就見理藩院尚書莊大人過來了，跟國公爺不知道在低聲說什麼。喔，是了，是了，這位大人是四房莊氏的親叔叔！也不知道江南那邊到底如何了？

老太太在莊大人過來的時候，手裡撚著的佛珠都不禁撚得快了。

她正想搭話打聽兩句，就聽到外面太監的唱名聲——

「遼王妃到——遼王妃到——」一聲接著一聲，一聲比一聲響亮。

然後，大殿裡不由得都靜下來了。有那消息靈通的，知道是怎麼回事；那消息不靈通的，到現在還有點搞不清楚狀況。這城還被圍著呢，遼王妃是如何就出現在宮裡的？

因此，一邊盯著大殿門的方向，一邊探究地去看雲家。

顏氏的指甲掐進掌心的肉，掐出血了也不曾察覺。難道雙娘沒把信給送出去嗎？焦急的她回頭去看雙娘，卻見雙娘已經不顧滿大殿的人，急切地站了起來，朝大門口張望。緊跟著，就見雙娘眼裡閃過一絲疑惑，接著又是一絲愕然。

這是看見什麼了？顏氏扭過頭去，這一看之下，眼睛再也移不開來。

怪不得滿大殿都是驚嘆之聲，這怎不叫人驚嘆？

金甲銀衛，逆光而來，猶如神祇一般！

大殿裡一個接著一個，不由得都站起身來。曾經，很多年前，在這大殿裡，有那麼一個身著金甲的人，他輔佐天子成就了無雙的偉業，才有了如今這大秦的天下。

那個人，便是東海王。

如今，東海王重新歸來了！眾人彷彿看到大秦初立時的崢嶸。

不知道是誰撲通一聲跪下，發出幾聲嗚咽的哭聲。「東海王……護我百姓，佑我大秦子民！」

這一跪，大殿裡呼啦啦地就跪下了一大片人。

除了宗室和勛貴，好些官員都跪了下去。

當然了，這一跪，不是衝著五娘的，而是衝著這一身金甲，衝著這一身金甲所代表的含義的。

五娘停下腳步。「大秦必安，百姓必安！」她將幾位老大人扶起來。「本王妃孤身進京，不也安然？王爺已經率遼東軍回援京師了，過了今晚，依舊還會是豔陽天。」

「說的好！」

五娘的話一說完，從大殿外就進來一對男女，可不正是天元帝和元娘？

兩人一進來，滿大殿的人都跪下去，三呼萬歲。

五娘一身甲冑，站在大殿當中，作勢要行禮。

天元帝攔住了。「甲冑在身，不需多禮。」他走到五娘面前，上下打量。「好！好一個英姿勃發的金甲郎！當年，金家先祖便是一位奇人，朕看宮中密檔才知道，東海王曾經求過太祖，說了今後金家的爵位不分男女，能者居之。太祖跟東海王情同手足，凡是東海王所請，無有不准的，便允了所請。如今物是人非，但朕見東海王後人，一如見到骨肉至親一般。朕今兒就宣旨，東海王這爵位由遼王妃繼承，這金甲替朕選了東海王的承爵人，這個可不許拒絕！」

五娘一笑，馬上便明白對方的意思了。這是要給遼王府兩個爵位，以保宋承明不造反。這個恩施得好，只是時機不對。若是早上一年半載，一切都會不一樣的。

可是如今……晚了。

五娘的位子被安排在靠前的位置，還在簡親王府之上。

不過緊挨著的，至少說話方便。雲五娘客氣地問候了老王妃。

老王妃也一副善解人意的樣子，對雙娘說：「我這裡不用妳服侍，妳們姊妹也是許久不見了，坐過去陪陪妳妹妹吧，姊妹倆說說知心話。」

這大殿之上，這麼做是極其不妥當的。

雙娘當然是不可能坐過去。

五娘更不可能坐在簡親王府上首，她笑著坐在王妃的這一邊。「您是長輩，理當我來服侍您才對，怎好自己躲在一邊受用？」

「好孩子！」老王妃上下打量五娘。「如今長開了，倒是越發的俊俏了。」

坐在一塊兒有說有笑，跟雙娘只眼神交流了幾次，再不好多言。

正說著話呢，平王湊了過來。

「表妹別來無恙？」禮法上叫表妹是沒錯的。

「平王殿下安。」五娘客氣地跟他寒暄。

平王低聲問了一句。「我想問問……故人如何？一切可都安好？」

是在問三娘。

五娘點頭。「三姊之前告訴過我，說她回京城還不定是哪天，要是我有機會見到你，就跟你說一聲，她的運氣還算不錯。第一次錯了，錯過了一個對的人，她曾經後悔得日夜難眠。還好，老天顧念，又叫她遇上一個對的人，幸好，她這次沒錯過。」

這話一出，平王的眼圈就紅了，良久之後才道：「……那就好……沒有錯過，那就再好不過了……」說著，就起身離開，掩飾般地乾掉一杯酒。

五娘收回視線，正好看見雙娘隱晦地擦了眼淚，便拍了拍她。「挺好的，都挺好的，二姊莫要太過記掛。」

老王妃也似有所感，嘆了一聲。「妳們都是好孩子……也著實是過得都不易。」

五娘點頭稱是，跟老王妃道了一聲失陪，就起身朝雲家那邊走去。她朝雲高華點頭，卻蹲在老太太的身邊。

老太太伸手摸了摸五娘的臉，眼淚還是下來了。「五丫頭長大了，也受苦了……」

五娘摁著老太太的手，低聲道：「四叔四嬸很好，四姊和五弟也都好。四姊夫是個極好的人，一定是老太太吃齋唸佛，才保佑四姊逢凶化吉，還遇一佳婿！」

老太太的眼睛果然就有了光彩。「果然……當真……」

「您知道我的，等閒人還真入不了我的眼，我說極好，那定是真的極好。」五娘給老太太吃了一顆定心丸，才又道：「您一定要好好的，許是用不了多久，四叔他們就會回來了。給四姊辦嫁妝的事，您真放心由四嬸操持嗎？當年您可說好的，四姊的嫁妝您得親手準備的。」

老太太握著五娘的手，一下一下地摩挲著。「好丫頭、好丫頭……回頭祖母再給妳補一份嫁妝！」

「那我可等著了。」五娘笑著起身，繞到後面，給三房父子請安。「三叔、四哥。」

雲順泰還真不習慣因為五娘而成為焦點的狀況，只憨憨的笑，卻一時之間不知道該說什麼。

還是五娘先道：「我打發春韭去看過六妹了，六妹挺好的，還給家裡人人都帶了禮，這次我也一併帶回來了，回頭就叫送家裡去。」

雲家昌瞪大了眼睛。「真的？」他左右看看，聲音都低下來了。「家裡如今有勛爵，我倒是不太好當差了。之前還想著，跟著人家走走商路也行啊！若是六娘在那邊還好，我便不妨走走那一路，這麼來往地跑著，便是我不親自去，她總知道，她不是那斷了線的風箏，不管到哪兒，家裡這根線，咱家沒丟。」

「好啊！」五娘點頭。「四哥要是拿定了主意，隨後咱們兄妹再說話。」

這邊還要再說幾句，顏氏就拉住了五娘的手。

兩人對視了幾眼，顏氏艱難得不知道話怎麼問，五娘卻先笑了。「三姊挺好的，我帶了三姊的信，才說等您出宮的時候，叫丫頭給您遞過去呢！」

顏氏的心一下子就放到肚子裡了，之前所有的徬徨不安，在拉住五娘的手的那一刻，都消失了。人啊，就是這麼奇怪，最不待見的就是這兩個孩子，可最後依仗的、叫她覺得安心的，反倒恰恰是這兩個庶女。她撒了手，說了一句。「知道妳今兒有正事，去忙吧。」

因此，五娘沒有給雲高華說話的任何機會，就起身離開了。她還有很多人家要打招呼的，比如莊家、比如在平安州任職的官員的親戚朋友，一時之間，在這大殿之內，還真就遊刃有餘。

天元帝低聲跟元娘道：「雲家若是出那麼一個兒郎，可保雲家三代不敗。」

這話才落，那邊元娘還沒說話呢，突然，遠遠地聽到了鼓聲。

大殿裡一下就靜了，這是戰鼓的聲音。

一鼓作氣，再而衰，三而竭。

眾人都豎起耳朵聽著，看看這是幾鼓。

鼓聲連綿不絕，並不曾中斷。眾人的眼裡便有了喜意。

簡親王扭臉，跟五娘對視了一眼，然後微微地收回視線。

五娘攥著酒杯，退回位子上，然後看了身後的海石幾人一眼。

海石幾個也是身著甲冑，此時退出去，倒是沒人多想，以為這些上過戰場的丫頭是打探消息去了。

天元帝也看了付昌九一眼。

付昌九明白，這是說，叫人盯著這些丫頭。

元娘只當沒看見這些眉眼官司，眼觀鼻、鼻觀心地坐著，不時地給自己添一杯酒，自斟自飲。

這鼓聲持續了半個時辰，才剛剛停下來，就有人急匆匆的來報——

「遼王進宮了！遼王進宮了！」

這便是勝了！要不然遼王進不了宮！

大殿裡的氣氛頓時一鬆。贏了贏了！這就是贏了！

一時間，相互祝酒碰杯，一個個都帶著慶幸的表情。

可那明眼人卻察覺到不對。遼王贏了固然是好，但遼王是怎麼直接進宮的？有皇上的詔令嗎？要知道，遼王率領的可是驕兵悍將啊！

天元帝扭臉欲看付昌九，卻發現，付昌九自從剛才出去後，就再沒進來。

這事不對了！

天元帝手裡的酒杯猛地往御階上砸去，發出清脆的響聲。

大殿裡頓時就靜了下來，都愕然地朝上看去。

天元帝此時看著五娘冷笑，開口說了一句。「拿下！」

眾人卻見這位遼王妃一身甲冑，自斟自飲好不快活，哪裡把聖上的盛怒放在心上？

壞了！這是要出大事了！

大殿裡靜悄悄的，只等著外面如狼似虎的侍衛進來，將遼王妃押起來。

可這等啊等的，等到外面終於傳來腳步聲的時候，卻是一個風塵僕僕、一身黝黑鎧甲的悍將走了進來，此人不是遼王又是何人？

原本俊朗的容貌因為這一身風塵而平添了幾分滄桑之感，遼王進來之後目光如炬，在大殿之中掃視了一遍，然後視線就落在了一身金甲的遼王妃身上。他三步併作兩步上前，喊道：「沐清！」

五娘笑得眉眼舒展，凌厲的眉眼染上柔和之色。「謹之！」

她起身，他已到身邊。

他張開雙臂，她如小鳥歸林，一頭扎了進去。

男子將女子狠狠地抱在懷裡，像是要揉進骨子裡一般，又低啞地叫了一聲。「沐清！」

然後，女子響亮地應了一聲。「嗳！是我，我是沐清！」
沐清？這個名字為什麼這麼熟悉呢？
啊！對了！沐清！是沐清！
她就是沐清！
大殿裡的可都不是笨蛋，哪裡不知道這意味著什麼？
什麼包圍了京城？什麼西南之亂？全都是假的！
從頭到尾，都中了遼王夫妻的圈套了！這兩口子一個在北，一個在南，兩邊夾擊，滅了戚家，然後直取京城！
不用問也知道，雲順謹和漕幫，早已經入了這兩人的囊中。
從北到南，悄無聲息的都被這麼算計下去了。
一個雲家的五娘，一個小小的女子，竟是生生地叫她給算去了大秦的半壁江山！
遼王他……怎麼敢的？怎麼敢呢？
天元帝看著站在大殿裡的一雙男女，慢慢地閉上眼睛。「你們不是來奪江山，你們是來復仇的。」
對太宗一脈，對文慧太子，他和先帝都是有罪的。
對金家，先帝更是痛下殺手，幾乎是滅絕了滿門。
這是仇啊！

宋承明卻道：「不。朝代更迭，從來都是成王敗寇。先父有君子之風，可他卻未必能勝任一國之君，這一點，我心裡有數。若是因此而找你尋仇，那你未免小看了我。」

天元帝起身，站在御階上居高臨下。「那你為什麼？」

「為什麼？」遼王指了指外面。「因為你為君不明，好好的江山，在你的手裡四分五裂，百姓流離失所，無有太平日子可過。你問我為什麼？你若為明君，我願做一世忠臣；你若為昏君，我為何不能要回本屬於我的皇位？」

天元帝哈哈一笑。「屬於你的皇位？果然，你是這麼想的！」

宋承明也跟著一笑。「那你以為這皇位原本是給你的嗎？」

天元帝看著宋承明如此篤定的臉，倒是真的不確定起來了。

宋承明又道：「陛下就不好奇，這皇宮大內，我是如何進出自如的？您的侍衛營、親衛營又都去了哪裡？」

天元帝朝後退了兩步。沒錯，他早就知道皇家有許多的秘密，但卻沒人告訴過他。這本該是一代傳給一代的，只怕父皇就不曾從太宗那裡繼承而來，所以，他就更無從得知了。而遼王這個哪怕是遺腹子的人，卻能得到屬於皇家最機密的那一部分秘密，為什麼？

說到底，他不是正統。

五娘沒說話，這宮裡確實有進出的密道，這個密道她知道，原來的東宮就有的。而更重要的秘密是龍刺，龍刺不光是護衛那麼簡單，更有分佈極廣的暗樁，監察各地情況，考核各地官員，有密報之權。

哪怕這些年，宋承明不敢大用，導致配置不那麼完善，但骨架還在，該用的時候直接補充就行。這些可都在宋承明的手裡，而天元帝連這個都不知道。

之前，那是宋承明真沒動歪心思，要不然，想叫天元帝悄悄在宮裡暴斃都並非辦不到的事。

親衛營……天元帝的臉色白了。「兵符在你的手裡?!」

宋承明沒有說話，他不想把兵符的事推到金家身上。

但五娘卻朝前走了兩步，看著天元帝道：「金家與太祖太宗有協議的，金家守諾，哪怕幾盡死絕了，也沒有違背當初的諾言，兵符一直由金家保管著。」

眾人深吸一口氣。金家手握這麼要緊的東西，這麼多年了，卻不曾有一絲一毫不臣之心，何等的難得啊！

五娘苦笑，笑著笑著，眼淚流下來了。「當年金家老祖留下話來，他說，若是金家後人遭遇不測，那這也必將是大秦皇室的劫難。如今，身為金家的後人，我依舊是這句話，如果金家的後人遭遇不測，那這也必將是大秦皇室的劫難。」

宋承明知道，這話是對自己說的。他一把攥住五娘的手，表示明白了她的意思。

天元帝朝後再退了兩步，坐在椅子上，看著宋承明。「所以，之前所有的調兵之令都沒用……你有兵符，想來那些已經出發準備勤王的幾路將士，都被你的人拿著兵符給調回去了吧？」

不錯！根本就沒有什麼援兵。京城從內而外，都在遼王手裡。連城防營也以為是遼王奉了皇上的命令，接管京城防衛的。

天元帝又問了一句。「戚家呢？戚家如何了？」

宋承明就看向五娘。「這個王妃知道的最清楚。」

五娘看著天元帝，一字一句地道：「戚長天死了，戚家所有人，被秘密安置了。如今，西南一片太平，都知道朝廷平叛了戚家之亂，各官衙運作正常，百姓已經恢復正常生活。」

「兩江……兩江……」天元帝想起什麼似的，哈哈一笑。「你們當真下的好棋！雲順謹坐鎮兩江，他的乘龍快婿整頓了漕幫，成為水師提督……如今，他們也是聽從『朝廷』，安撫地方了吧？」

宋承明點頭。「過了今晚，京城也一樣，戰火的硝煙沒飄過來就散了，還是那個熱鬧的京城。」

可我卻不再是高高在上的帝王了吧？天元帝笑了一聲。「還有西北……太子在西北……」

「可我已經聯絡了成厚淳。」宋承明道：「成家為何造反？那是因為你偷了臣下的妻子，你還誘導江氏毒殺成厚淳，這個當年在苗疆立下赫赫戰功的功臣！他反的是你，不是大秦。我承諾他，可為西域王，世襲罔替，替我大秦永駐邊防！」

這話一出，大殿上響起一片吸氣之聲。怎麼也沒想到，對成家，遼王是這麼安排的。當然了，更沒有想到，之前傳得沸沸揚揚的關於皇帝的流言，竟然都是真的！

一個君王，怎麼能如此……如此……如此的卑鄙呢？

天元帝露出幾分嘲諷的笑。「西域王？你以為成厚淳會答應？」能自立為王，為何要依附他人？

宋承明就一嘆，眼裡閃過幾絲悲哀之色。「你好像一點兒也沒意識到，『大秦』這兩個字意味著什麼？你甚至都不如一介女流。兩位和親的公主，在那樣的環境下，還能記著時刻維護大秦的尊嚴，寧死也絕不叫大秦的尊嚴受辱。兩位公主尚且如此，更何況是成厚淳？他是誰？他曾經出生入死為誰而戰？為了大秦！這一片土地，曾經是他寧可捨棄生命也要守護的。『大秦』這兩個字刻在他的骨頭上，融在他的血液裡，所以，他為什麼會不答應？你為什麼認為他不會答應？」

天元帝猶自不信。「他答應了？竟然答應了？」

「答應了。」宋承明點頭。「但他也說了，子孫後代，不會臣服於你的後人。」

若是成厚淳歸了大秦，那太子的處境將非常尷尬，他已經被圍在中間，除非真就做一回國中國。

對內，只剩被圍困於一地的太子宋承乾。

對外，跟烏蒙、突渾等國好似有協議，從遼王和遼王妃敢雙雙離開遼東就能看得出來，他們不怕後院失火，那這必然是做了妥善的安置了。
棋盤就這麼擺著，棋子黑白分明，勝負懸殊太大了，輸贏一眼就能斷定。
從遼王夫妻偷摸地在眾人的眼皮子底下擺大龍的時候，這一點就已經注定了。
誰也沒想到，亂到最後，會以這樣的態勢收場。
簡親王起身，緩緩地跪倒，然後匍匐在地，語帶哽咽。「臣祈陛下退位。」
雙娘跟著慢慢站起來，站起來的這一刻，她只覺得渾身怎麼會這麼舒展？跟著跪下去的那一刻，她也不再覺得卑微。
簡親王這一跪後，莊家緊跟著站起來，也呼啦啦地跪下。
雲順泰父子馬上起來，跪在不起眼的角落。
老太太也跟著跪，她眼裡帶著笑，偏眼淚又止不住，只能這麼低下頭去，不敢叫人看見她的神色。因為娘家的事，她不知道有多心焦，而如今，事情能如此，那是再好不過了。
顏氏坐著，一臉關切地看著好似被什麼打擊到的平王。這孩子……這孩子接下來該怎麼辦？
而平王在大殿裡呼啦啦跪下那麼多人之後，終於反應過來了，他問的第一句話就是。「父皇，遼王說的是真的？」你真的因為跟臣下的妻子偷情，而要逼死功臣？不！不會的！
被兒子問到臉上，天元帝該怎麼說？可那背後所有的無奈，偏偏無法擺到明面上，頓時，他只覺得頭暈眼花、喉間腥甜。

元娘趕緊扶住他。「您別這樣……別這樣……我不是還在嗎?我不是還在嗎?」

天元帝怔怔地看著元娘。「妳也覺得朕無德無能,該退位讓賢了?」

元娘的眼裡閃過一絲心疼,伸手慢慢地撫平他額頭的皺摺。「不管別人怎麼說,我知道您的心裡不是沒有天下,不是沒有臣民。您或許做錯過,您或許做的不能叫臣下子民滿意,但我知道,您一直在努力。您在想,等把這個位置坐穩之後,一定要如何如何……您寫的那些東西,我都整理好了,為您保存著呢!我知道,您有許多的雄心壯志,可是,命運命運,有時候不光要看命,還要看運。誰叫咱們趕上了呢?我要是您,我就讓他坐……我還要好好地活著,看看他是不是真如他說的那般能為?若是您的一雙眼睛,能盯出一個更聖明的君主來,這難道不是對天下的一個交代?」

「妳是這麼想的?」天元帝拂開元娘。「說來說去,還是跟他們一樣,覺得朕該退位。」

元娘的袖子裡就滑出一把匕首來,她笑著將匕首抵在脖頸上。「陛下真這麼想的嗎?」

天元帝冷冷地看著元娘。「又想死一次給朕看?」

元娘收了臉上所有的表情,眼裡除了哀傷,什麼也沒有了。她的手上一使勁,匕首瞬間就捅到了脖子上。

「大姊!」

「大丫頭!」

可太快了！誰都以為是嚇唬人的，誰會想到她真的就捅了上去？

血順著雪白的脖頸往下流，五娘瘋了一樣地撲上去，捂住傷口，喊著春韭。「快！快救人！救人吶！」

看著春韭幾個丫頭將元娘圍住施救，五娘才看向天元帝。「你這種人，不配！不配我大姊！不配我大姊到如今還對你的一番維護！」

天元帝看著生死不知的元娘，愣愣的失去了反應，良久才笑了。「原來……還有人在這種時候為我……只為我……」

當天晚上，天元帝下旨退位，廢了宋承乾的太子之位，改冊封為秦王，將漢中作為他的封地。而後冊立太祖太宗嫡脈的宋承明為太子，令其擇日登基。

「大秦……還是那個大秦……」站在船頭上一身黑衣的金雙九把紙條遞給金夫人，說了這麼一句。

金夫人接過來看了看，卻不由得笑了。「可這大秦，再也不是那個大秦了……」

雲家遠笑了笑。「是啊！娘，這個大秦一定會是個不一樣的大秦。」

有了金家的參與，大秦也必將會成為一個不凡的大秦！

——全書完

番外

大秦新元十年，四海昇平，百姓安康。

做了皇后的五娘懷裡抱著一個粉雕玉琢的娃娃，正一臉嚴肅地看著同樣繃著一張小臉的小小子。

小小子是個淘小子，一個看不住就會把伺候的人甩了，也不知道他一個小屁孩甩了伺候的人到底想幹啥？這要不是龍刺跟著，都不知道叫他得逞多少回了！

每次一跑，五娘就罰這小子去田邊幫著漚肥，可饒是如此，也是扳不過這脾氣。

小小子叫宋金恩，今年五歲了。他是他娘二十歲的時候生下來的，那時候他爹已經當了皇帝第五個年頭了。

五年裡後宮沒添一個人，偏皇后的肚子怎麼也不鼓起來，不知道多少人上摺子叫皇上納嬪妃，但宋承明一句沒銀子，養不起嬪妃，就把人給堵回去了。但對親信的臣子，他還是說了，不是皇后不生，是他不叫皇后在沒長成之前生孩子。愣是過了十九歲，才叫懷上了。皇后的肚子鼓起來後，在多少人期盼和不期盼中，這個大皇子呱呱落地了。

大皇子三歲的時候，皇后的肚子又鼓了一回，生下了一個更漂亮的二皇子。

得！這下都消停了。兩個嫡皇子，確立了皇后更加不可撼動的地位，對著宮裡使勁也沒用的。

宋承明從外面回來的時候，瞧見母子三人就這麼僵持著，他的表情不由得更加柔和了。「好了，妳跟這小子生氣，多少氣都不夠生的！舅兄來了，這次就直接把這小子給岳母和老叔帶去吧？」

啊？

「哥哥來了？」

「舅舅來了？」

母子倆異口同聲，懷裡那個小的還咿呀呀了兩聲，不知道想說些什麼。

「來了！」宋承明把小的接過來。「這小子精力旺盛，不如就把他丟給老叔吧！岳母和老叔妳還放心不下嗎？」

那倒是沒有！只是在眼前的時候瞧著煩人，真要送走的話又捨不得了。

可這小子卻全然不懂爹媽的心，一聽能跟著舅舅去浪，頓時就歡呼了起來，轉身就往外跑。「舅舅呢？舅舅呢？我找舅舅去！」

宋承明和五娘瞧著他一雙小短腿後面跟著一群人，也就由著他去了。

五娘這才騰出工夫問宋承明。「大哥怎麼這個時候來了？」

「能為什麼？還不是岳母逼婚逼得緊嗎？」宋承明便笑。「遇不到合適的，岳母著急，舅兄也遭罪。這回啊，舅兄的意思也是接了孩子過去，好叫岳母轉移轉移注意力。」

喔！就說嘛！「今兒叫大哥進宮來吃飯吧，我親自下廚。」五娘說著，就想起什麼，問道：「國書都送達了吧？」

「嗯！」宋承明點頭。「貿易互通的事，是大事，也是解決爭端的好辦法。之前嘗試著開了兩年，如今也都獲利了。只怕這次，一個不落的，都會來。」說完，他就看五娘。「妳是想妳三姊和六妹了吧？」

嗯！想了，太想了！

原本以為很快就會見面的，可是……一年一年又一年，各自都有忙不完的事情，反而是再沒機會見面了。

明王這些年忙著統一烏蒙的事，三娘哪裡得閒？每次來信，都是有正事，不是想買點鹽巴，就是想換點別的。如今她都已經是四個孩子的娘了，三個兒子、一個閨女，一個孩子接著一個孩子的生，想出一趟門，何其艱難？

至於六娘，突渾想肅清內政，也非一朝一夕之功。小皇帝的年紀小，又不曾處理過政務，扶持他的勢力又是早被邊緣化的百夷諸部落。因為民族的不融合性，各自為了利益，且是一番龍爭虎鬥。哪怕五娘這邊給予支持，她那邊也是左支右絀，很是狼狽。直到三年前，楊相國一場疾病，死得有點急，段鯤鵬才算是抓住機會占據了主導。緊跟著又是三年，這才肅清朝廷，一切步入正軌。六娘如今也是一女一兒了，先生了個女兒，要不是段鯤鵬按照百夷的規矩，堅持只娶一妻，六娘的處境只怕會更難。四年前，又生了個兒子，這才算是把皇后的位置給坐穩了。
這次，也不知道她們會不會回來？畢竟孩子都不大。
這邊她正想著這事呢，雙娘和四娘就一塊兒遞了牌子，要進宮。
來了就進來吧。

這兩人果然是為了三娘和六娘的事來的。
四娘搖著手裡的扇子。「咱們姊妹可都十多年沒聚齊了，說起來，咱們家出了四位皇后一個王妃，早該聚一聚了。錯過這個時間，還不知道要等多少年呢！妳給她們寫信，問問她們，還認不認娘家？這是真打算一輩子不回來了？」
四娘嫁給于忠河之後，過得越發的隨心所欲。于家就沒什麼規矩，她的話就是規矩，她說什麼，于忠河聽什麼。于忠河被封了侯爵，府邸寬大得很，全由著四娘折騰。成親十年，兩口子只生了一個，還是個丫頭。說什麼的都有，連莊氏都要撐不下去了，可人家于忠河卻說了——我本就是草莽出身，什麼家族傳承？我一個人就是家，就是族，我說了算！要是姑娘能繼承爵位，我就叫我姑娘繼承侯爵！
宋承明還起鬨，說閨女承爵當然能了！金家都能，別人家也能！
這話很得五娘的心。
於是，那邊于忠河越發把他閨女縱得不成樣子，七、八歲的年紀了，整日裡帶著人在船上飄著呢，曬得黑不溜秋的，四娘一看見她閨女，就捂著心口直嚷疼。

倒是雙娘，十年前，五娘給雙娘賜了別院，對外只說是叫養身體的，雙娘就從簡親王府給搬出來了，簡親王自然而然的就跟著住到別院裡了。

宋承明又承諾，說了再有嫡子就另外賞爵位，這也算是對簡親王的獎賞。如此一來，就解了雙娘在府裡的尷尬，化解了矛盾。只要沒有爵位的爭奪，就好相處多了。

雙娘生了兩女一子，兩閨女都給了縣主的封號，兒子被封了安郡王，這將來再有功勞，也不會封無可封。

簡親王對此滿意得不得了，宗室的事情，基本上是不用宋承明操心的。

姊妹三個說了一會兒的話，五娘保證一定去信，兩人這才滿意。

臨走的時候，雙娘就問：「大姊呢？大姊肯出來嗎？」

當年，元娘差點喪了命，但到底是把命給救回來了。人活了，可這說話到底是受了些影響，聲帶受損了。簡單的能說，說多了嗓子就會難受。傷好了之後，她還是願意跟著天元帝去住常樂園。常樂園是一處修建得不錯的行宮，就在京郊。那地方是圈禁天元帝的，元娘一直陪著天元帝住在裡面。五娘隔三差五的就打發人去看，她在裡面過得還不錯。兩人在裡面也不怎麼說話，剛好，那麼多事，也不知道該從何說起，那倒不如乾脆不要說好了。兩人在園子裡轉轉，種花種樹，琴瑟相和，倒像是過出了幾分意境一般。

想起元娘的狀態，五娘點頭道：「大姊會出來的，我打發人去接她。」

晚上雲家遠才過來吃飯，舅甥二人一整天都在外面晃蕩。

五娘就問雲家遠。「哥想找個什麼樣的？」

「這上哪兒知道？碰到了，覺得對，就是那樣的。沒找到之前，誰知道？」雲家遠搖頭。

「橫豎有這兩小子了，金家的血脈也算是傳下去了。」

五娘一怔，愣愣地看著雲家遠。「哥這是什麼意思？」難道是不想叫子孫重複金家的命運，所以才不成親的？他說金家的血脈，就是自家的兩小子，這是什麼意思？是說金家的血脈融到皇家的血脈裡，才是阻止悲劇發生的唯一辦法嗎？「哥！」你這麼想，未免太悲觀！

「想哪兒去了？」雲家遠不肯承認。「妳現在越來越會瞎想了，跟娘一樣！妳說說娘，以前跟老叔多好啊，現在對著老叔，那是橫挑鼻子豎挑眼的，兩人整日地拌嘴……」

拌嘴了才是夫妻。這麼一說，她反倒是放心了！

「這次多留幾個月吧？各國的使團都來，難得的一次熱鬧，錯過了可惜。」五娘想留雲家遠些日子，有些話，兄妹倆慢慢嘮。

雲家遠也沒急著要走的意思。臨走的時候，他突然跟五娘說了一句。「聽說雲順恭……不大好了。」

這十年裡，沒人懲戒雲順恭，但也沒人搭理雲順恭。

肅國公的爵位，給雲順謹繼承了。二房的幾個，資質都平平，看著五娘的面子，幾個都領著子爵的爵位，但卻不世襲。也就是管他們一輩子衣食無憂，以全了五娘跟他們的情分，至於子孫後代，全得靠自己。

雲順恭是沒人搭理的，顏氏生的那個兒子到底不是長壽之人，勉強維持了幾年，夭折了。顏氏去了廟裡，吃齋唸佛，在家廟裡跟白氏作伴去了。

本是皇后的父親，結果卻淪落到這個地步，他的處境誰都知道。家裡沒人待見，外面沒有交際，近兩年身體就不好了，如今更是傳出不大好的話。

「他有那麼多兒子，還用咱們操心？」五娘淡淡地道。

「不是操心。」雲家遠就說：「該給娘去個信，有些心結了結的好。死了死了，一死百了。」

這話是說金氏的，又何嘗不是說給五娘聽的？

又是一年金秋，京城裡別樣的繁華。

三娘坐在馬車裡，靠在男人的身上，懷裡抱著一身奶香味兒的孩子，隔著窗簾看著外面的風景，嘴角露出幾分笑來。

打從慈恩山下過，孩子指著山上的寺廟問：「那是什麼地方？」

「那是慈恩寺。」她們姊妹的命運轉盤，就是在慈恩寺被轉起來的。她揉了揉孩子的腦袋，道：「等有空了，娘帶你去看看。」

孩子搖頭。「我不喜歡！我不要像大秦人一樣，跪什麼神啊佛啊菩薩的！」
明王哈哈大笑。「對！這才是我的兒子！」
三娘皺眉瞪眼。「可我是大秦人，我是大秦的公主！」
「可妳也是我的女人！」
「還是我的親娘！」
這話叫三娘一怔，愣愣地看著窗外。故鄉還是故鄉，可當真是物是人非了。變的不只是別人，也是自己吧？當年，自己身上烙著大秦的烙印，而今，她的身上同樣也烙上了屬於烏蒙的烙印。任何一個烙印都從她的身上去不掉了。
若是戰爭再來，便如同自己的左手打自己的右手……她突地鄭重地看著孩子的眼睛，道：「答應娘，在娘活著的時候，不要跟大秦起衝突，好嗎？」
孩子似懂非懂地點點頭。「我聽阿娘的。」
明王攥著三娘的手，久久沒有說話。
另一邊，眼看著那個魂牽夢繞的京城出現在眼前，六娘還是忍不住哭了出來。「我回來了、我回來了！」第一次這麼真切的感覺到，她回家了！
她的一邊依偎著一個漂亮的小姑娘，那邊一個還小的孩子被一個容顏有些蒼老的婦人抱著。

那婦人也道：「是啊，回來了！」

「怡姑，」六娘回頭看怡姑。「當日，妳曾想到還會回來嗎？」

怡姑搖搖頭。「不曾，也不敢想。」

六娘的嘴角露出了幾分笑意。是啊，不敢想。

騎在馬上的段鯤鵬打馬到車跟前，問她。「不怕曬嗎？把簾子放下吧？」

六娘摸了摸臉。「也是！本就是大秦人，回來反而不適應氣候了。以前覺得突渾濕漉漉的不舒服，現在卻覺得大秦乾燥得一樣不舒服。」她扭臉又問怡姑。「妳說咱們現在是哪裡的人？」

怡姑看著已經近在咫尺的京城，緩緩地道：「咱們……是雲家人。」

雲家，今兒特別忙，因為幾位姑奶奶都回門了。

四娘和雙娘早早的就回來幫忙了，一遍又一遍地打發人去看。

不大會兒工夫，五娘扶著元娘進了門，那姊倆便拉著元娘看，少不得見面又落了一回淚。

直到門外喊著「三姑奶奶回來了……六姑奶奶回來了……」，幾個人才動了起來。

提著裙襬跟個孩子似的跑到門口，看著熟悉中又帶著幾分陌生的臉，姊妹幾人，就這麼站著，卻不知道話該從何說起？

「園子比以前修整得好多了。」三娘坐在亭子裡，看著五娘又在那裡餵魚，魚還是肥嘟嘟的，都游不動的樣子，她就問：「妳常回來餵魚嗎？」

「沒！」五娘搖頭。「也是顧不上。這是四姊家的那個小祖宗餵的，餵得比我還狠！」

三娘不由得莞爾一笑，然後才低聲說了一聲。「謝謝。」

「謝什麼？」五娘一時沒明白。

「謝妳給平王的安排。」三娘目光真摯。「真的謝謝了。」

平王的封地沒收回，也沒圈著他，一生不離開封地就行。他走的時候，還帶走了他的生母顏貴妃。這些年來，他並無出格之舉，但也不曾娶妻生子。

五娘沒想到，三娘的謝謝會因為他。

六娘就看三娘。「三姊，這些年，在烏蒙過得苦嗎？」

三娘愣了一下。「有他，不苦！」

六娘緊跟著便釋然一笑。「也是！」有他，還有孩子，苦也是樂。

元娘伸手摸了摸三娘略帶粗糙的臉，這是風沙留下的痕跡；又看看六娘扎得滿是耳洞的耳墜，這是入鄉隨俗吧？當時這有多疼呢？

「甜，也是妳們用苦換來的！」元娘艱難地說了這麼一句。

一句話，叫幾個人都紅了眼圈。

姊妹幾個相對而坐，一邊笑著，眼淚卻也止不住地流了下來。

那些經歷過的苦難，隨著時間好似淡了，但她們都知道，那就如同一道疤痕般，鐫刻在每個人的身上了。或許，等老的那一天能坐在爐火前給兒孫把那些當故事講，可如今，再想起來，還是會忍不住淚濕眼眶。

看著姊妹們眼裡的淚還有唇角洋溢著的、彷彿是從心裡流淌出的甜蜜笑意，五娘徹底的放心了。

將來或許會有艱難、會有困苦，但沒關係，她們的身邊都有一個他。

因為那個他，再苦也甘之如飴。

站在雲家的園子裡，看著哭哭笑笑的姊妹們，再抬頭看看雲卷雲舒，五娘不由得就想著：老天對雲家姊妹，到底是眷顧著的……

——全篇完

純情摯愛 此心不渝／桐心

2017年4月出版

鳳心不悅

既然他就算做牛做馬都要待在她身邊，
那她這個當老婆的，
絕對會好好「疼愛」他的～～

文創風 513 1

沒想到新婚後便不告而別的沈懷孝，居然還有臉回來？
對蘇清河而言，有沒有這個丈夫，她壓根兒不在意，
她不過是為了與兩個孩子重逢，不得已才借了他的「種」，
古人嫁雞隨雞、嫁狗隨狗的那一套歪理，可不適用在她身上！
然而他失蹤五年的真相，竟是在京城另娶嬌妻，
如今他一口一個誤會，就想回到他們母子身邊，
當她是三歲小孩那樣好哄的嗎？

文創風 514 2

自從知道蘇清河那落難公主的身分後，
沈懷孝對她可說是百般討好，萬般禮讓，
還時不時在她面前走動，蹭吃蹭喝的，順便刷刷存在感。
為了家族的利益，他甚至還使出美男計想誘她上鉤～～
她本打算自己守著孩子過一輩子的，
可身旁若有他這樣一個免費的苦力能使喚，何樂而不為呢？

文創風 515 3

在這時代，要當個公主可真不輕鬆！
不但要出得廳堂、入得廚房，還要上戰場賣命，
好不容易拚死拚活換來個「護國公主」的封號，光榮回京，
回到京城的頭一件要緊大事，就是宣示主權——秀駙馬！
她可沒忘記自己的丈夫在京城中有多炙、手、可、熱，
她要讓那些覬覦他的女人知道，
沈懷孝是她的人，也只能是她的！

文創風 516 4

隨著蘇清河的身世之謎一一解開，
地位瞬間水漲船高的她，成了權貴爭相巴結的對象。
只有沈懷孝，待她始終如一，
不為了權力而利用她，更不會為了利益而傷害她，
但為了生他、養他的家族，他不得不做出讓步與犧牲。
在這一刻，她才驚覺，只要他身為沈家人的一天，
他們之間，就注定存在著永遠化不開的矛盾……

文創風 517 5 完

什麼叫一波未平，一波又起，蘇清河總算是體認到了！
就算她與太子哥哥長得再怎麼相似，
要她假扮太子代理朝政，還真是嚇得她的小心肝兒直打顫，
更可惡的是，沈懷孝這沒良心的，居然乘機不與她親熱，
就在她忍不住撲上去又親又摟又抱，一解相思之苦，
他卻突然熱情了起來，讓她深深覺得，自己中計了！

2019年7月出版

文創風767～769

小女金不換

誰說兒子才金貴，女兒就是賠錢貨？
安其滿夫婦大大不認同，自家的好閨女可不就打臉全村了？
金頭腦帶福又帶財，還有小神醫準女婿相隨，
得女如此，夫復何求……

田園好文，家長裡短自有餘味／君子羊

當安雲開意識到自己穿成貧窮農家的小養女時，真真是哭笑不得！
老天絕對是在開玩笑，雖說能有爹娘照顧是身為孤兒的她夢寐以求的美事；
但她為啥是個智商只有三歲、腦袋不開竅的傻妞呢？
也難怪刻薄吝嗇的奶奶、慓悍懶惰的大伯娘對她這隻米蟲頗有意見，
連帶老實善良的爹娘也遭打罵奚落兼壓榨，
日常種田織布所得全須上繳，做得要死要活仍三餐不繼，讓她很看不下去——
自己的爹娘自己護，她從來不認命，怎堪被欺負？何況她本非癡兒！
極品親戚吃人夠夠欠收拾，她略施小計便讓眾人叫不敢；
地位弱勢便要動腦筋，和隔鄰與她同病相憐的孤僻玩伴小磕巴丁異結盟，
兩人合力所向無敵，整得鎮上的小霸王曾八斗從此乖乖不調皮。
天不下雨、五穀歉收又怎地？只要肯上進打拚，銀子還不信手拈來？
且看她如何帶領軟柿子爹娘一手種田、一手經商，翻身作主奔小康～～

文創風
795

夫人拈花惹草 5 完

國家圖書館出版品預行編目資料

夫人拈花惹草 / 桐心著. --
初版. -- 臺北市 : 狗屋, 2019.10
冊 ; 公分. --（文創風）
ISBN 978-986-509-055-5（第5冊：平裝）. --

857.7 108015639

著作者 桐心
編輯 黃淑珍
校對 周貝桂
發行所 狗屋出版社有限公司
地址 台北市104中山區龍江路71巷15號1樓
電話 02-2776-5889～0
發行字號 局版台業字845號
法律顧問 蕭雄淋律師
總經銷 知遠文化事業有限公司
電話 02-2664-8800
初版 2019年10月
國際書碼 ISBN-13 978-986-509-055-5

本著作物由北京晉江原創網絡科技有限公司授權出版

定價250元
狗屋劃撥帳號：19001626
網址：love.doghouse.com.tw E-mail：love@doghouse.com.tw